WAITING

姚佰顺

著

花山文艺出版社

图书在版编目（CIP）数据

在西沙等你 / 姚佰顺著. -- 石家庄：花山文艺出版社，2018.3（2023.9重印）
ISBN 978-7-5511-3835-2

Ⅰ．①在… Ⅱ．①姚… Ⅲ．①长篇小说－中国－当代 Ⅳ．①I247.5

中国版本图书馆CIP数据核字(2018)第038432号

书　　名：*在西沙等你*
著　　者：姚佰顺

责任编辑：梁　瑛　王李子
责任校对：李　伟
封面设计：ABOOK不瓷
美术编辑：胡彤亮
版式设计：西橙工作室
出版发行：花山文艺出版社（邮政编码：050061）
　　　　　（河北省石家庄市友谊北大街330号）
销售热线：0311-88643299/96/17/34
印　　刷：涿州汇美亿浓印刷有限公司
经　　销：新华书店
开　　本：880毫米×1230毫米　1/32
印　　张：9.25
字　　数：250千字
版　　次：2018年8月第1版
　　　　　2023年9月第3次印刷
书　　号：ISBN 978-7-5511-3835-2
定　　价：49.80元

（版权所有　翻印必究·印装有误　负责调换）

目录
Contents

第一章　合欢树下　　/1

　　苦情开花，夫为叶，我为花，

　　花不老，叶不落，一生不同心，世世夜欢合。

第二章　欠你的旅行　　/23

　　山不在高，路不在远，只为与你相见。

　　多一次邂逅，多一份执着，欠一次旅行。

　　迎着晨光，穿过一片树林，

　　让阳光洒下斑驳，洒在我们的脸上……

第三章　我在阳朔等你　　/127

佛说，人生有八苦：生、老、病、
死、爱别离、怨长久、求不得、放不下。

第四章　去西沙　　/197

彼岸花，开一千年，落一千年，花叶永不相见。
情不为因果，缘注定生死。

第五章　银杏叶黄　　/273

我们穿过银杏树林，迎风而行，
风吹拂着金黄，吹拂在我们的脸上。
我们的脸上留不住青春的印迹，
随风而行，如同一地的金黄，
随风飞舞，散落在让人铭记的土地上。

后记　　/282

第一章 合欢树下

苦情开花,夫为叶,我为花,花不老,叶不落,一生不同心,世世夜欢合。

01

  这是一间不大的教室，准确地说是一间出租房的客厅。在这个小区里，这样的教室很多很多。教室里的学生几乎都是成年人，而且各个年龄段的都有，男男女女。他们听课不需要什么书籍笔记，完全凭借过人的大脑和热烈的口号。他们每天都在各种各样的教室里上课，分享着所谓的成功经验，喝喝"鸡汤"，打打"鸡血"。

  一位年轻的男教师戴着一副黑色的边框眼镜，在这个寒冷的冬季里，也只穿一件褪色的呢子大衣。在一块白板前，这位男教师挥动着双手，异常兴奋，一直在向下边的学生讲述着他的"1040工程"。

  岁月都会在脸上留下痕迹，或许只有苍老的皱纹才能彰显出丰富的人生阅历和渊博的知识。但是在这位男老师的身上，我们看到了一张清秀的脸庞，他叫何海，做这样的老师也不过才一个多月。面对刚刚入职的学员，他声嘶力竭地呐喊，生怕有谁开了一个小差而错过了发大财的机会。

"有人要问，什么是1040工程？在这里我会告诉你，如果你今天错过了我的讲课，那么你就错过了1040万人民币！记住，打起你们的精神来，机会都是给有准备的人，千万富翁不是传言，是真的。"何海的讲课更像是演讲，不等别人提问，就假想出别人可能会提的问题，然后自行解答，再假设出新的提问。看上去像是自说自话，但是每一个问题都问到了学员的心坎上，每一次解答都有力地振奋了学员们的士气："我们这个项目最早的准入门槛是3800元，我们的行业经过十几年的发展，现在越做越大，挣钱也越来越快，所以根据最早的股金推算，我们每人要缴纳69800元的入会费。当然这个钱不会让你白缴的，也不是交给我的，是存在银行的，是放在国家那里的，再一次强调，我们这是国家工程……当你拥有了21个成员之后你就上总了，什么是上总？就是成了我们的老总，以后你直接或间接吸纳的金额已经达到了25407200，其中45%上缴国税，剩下10%上缴个人所得税，所以你会得到11433240，折去各项费用后你会得到1040万！"

何海的激情不仅点燃了他自己，也点燃了在座的大部分学员，他继续说道："不要不相信，拿出你们的手机打开计算器，跟我一起算，是实实在在的1040万，千真万确！"

台下的一位姑娘没精打采地蜷缩成一团，现在给她打什么样的"鸡血"都没有用，因为她发高烧了，但是她还是来听课了，因为讲台上的老师是她的男朋友。起初她是不愿意来这儿的，半个月前她男朋友打电话跟她说他找到了一个非常好的工作，让她过来和他一起奋斗。为了爱情她来了，可是来了之后她才发现这根本就不是什么好工作，每天除了听课还是听课，行动也没有自由。

这位姑娘一直在咳嗽，但是她的男友好像并不关心她的病情，他说："你站起来，所有的人都在认真听课，你就不能打起精神吗？"

　　"何海，我发高烧了，我想回去睡觉。"姑娘勉强打起了一点精神。

　　"在课堂上请叫我何老师！再坚持一会儿，当你把我所讲的都能体会了，发大财了，这些小病算什么？"何海没有理会她，继续讲课。

　　"发财发财，你就知道发财，这些都是骗人的你知不知道，新闻上天天都在说抓你们。"姑娘不止一次地和她的男朋友争论过这些问题，打她第一天来到这里她就认识到了这一切，但是她想带她的男友一起离开。

　　"我很严肃地告诉你，你的思想很有问题。我想大家可能也有这样的疑问，在这里我再一次告诉大家，我们这个项目是什么？国家为什么打击？那都是国家宏观调控的一种手段，国家只是为了让一部分人先富起来，每次抓几个也是意思一下，最后都放了，这样做就是要让胆子小的和没进取精神的知难而退，这样的事业属于有进取心的愿意奋斗的人！你们自己想想，我们这小区有多少人参与了我们这个项目，有人来抓过吗？没有！从来没有！只有傻子才不想赚钱！"

　　姑娘一脸苦笑，用手擦了擦凝满水汽的窗户，看着窗外树上挂满了冰霜，此时她的心就和冰霜一样的冰凉。都说人的眼睛有5.76亿像素，却始终看不懂人心。

　　中午大家挤在一起，煮了一大锅稀饭，吃着馒头就着咸菜。作为老师的何海也没有特别开小灶，他和大家一起同甘共苦："只有经得起考验的人才能成功！苦尽自然甘来。"

　　直到晚上，何海才带他的女朋友去药店买退烧药，说了一大堆的甜言蜜语，憧憬着美好的未来，但一切的一切都建立在赚到1040万之后。

　　这位姑娘一开始还犹豫着要不要帮帮何海，找找朋友，让更多的人人会，好让何海早日上总，早日离开这里。再后来她认识到这是一个无底洞，不能从根本上摆脱这个可怕的世界，就琢磨着怎么带着男友一起离开。可经过无数次的争吵过后，她决定一个人离开。但是一个人的离开也变得越来越难，每天哪怕是出去一趟，哪怕是打个电话都有人跟着，而且还都是她男友何海亲自安排的人。

就是离开了又能怎样，在这个世界上，这位姑娘根本没有什么亲戚可言，在她未成年之前爸妈就离开了她，后来就开始了一个人的漂泊。要说朋友她只有一个，还是去年一起骑行新藏公路认识的骑友，她叫叶子芷。叶子芷是她目前除了何海之外最亲最近的人了。

这位姑娘天生长着一头鬈发，所以上学之后同学们都叫她"自然卷"。上小学的时候有同学骂她是个外国杂种，回家后她狠下心来剪过光头，但新长出来的头发还是卷的。从此她很厌烦人家叫她"自然卷"。但是再后来，她慢慢地接受了这样的称呼，也喜欢上了这样的称呼，以至于她唯一的朋友叶子芷也一直叫她"自然卷"。

和她俩一起骑行新藏公路的还有何海，那会儿他有个可爱的昵称叫"小泥人"，但是现在他不让"自然卷"这么叫他了，他说干大事业的人不能叫这么弱智的名字。

02

何海和"自然卷"的故事都是叶子芷告诉我的。当她跟我讲这些故事的时候,"自然卷"已离开了那个地方,一个人在一个美丽的小镇,安心地开着一家青年旅舍。从此她便和何海失去了联系。

从真正意义上来说,我交过两个女朋友。第二个是在大学时候谈的,还没毕业就分手了,第一个女朋友便是叶子芷。中间这六年我们没有联系过。六年的时光,说长不长,说短也不短。王菲和李亚鹏结婚八年还是离婚了,还有什么爱情可以相信?但是这六年来,我一直相信爱情。

我和叶子芷在十三年前就认识了,那会儿我们在同一所高中。九年前在大学校园里意外相遇,开始了我们的恋爱之旅。六年前我们由于种种原因分手了。从此分开,没有音信,也没有联系。之后我郁郁寡欢了两年，直到四年前，我因为工作不顺，也为了逃避自我，只身来到了西藏，去了雅鲁藏布江大峡谷，去寻找安妮宝贝笔下的莲花圣地。从排龙乡到扎曲村，峡谷、碎石、吊桥、塌方，没有路人，没有食物，没有手机信号。只有滔滔江水的轰鸣，只有可怕的吸血蚂蟥，只有险峻的殒命峡谷。三天两夜，徒步进出，在马蹄形大拐弯的村落，在一块勇敢者的留言墙上，我意外地发现了叶子芷的留言，写的是她将去勒布沟小学支教。于是我马不停蹄地从林芝赶到山南，从山南赶到错那县，一直赶到丛林深处的勒布沟小学，可惜还是错过了。

那一次错过之后我又苦苦寻找了四年。

在这四年里叶子芷、"自然卷"和何海三人一起骑行新藏线，最后叶子芷竟然丢弃了自行车，穿着单薄的衣服在大雪中独自一人徒步行走，幻觉与高反相伴，无人区里与死神擦肩。在这四年里叶子芷曾在藏北牧区默默地支教，与世隔绝。

这四年里我平平淡淡地消耗着我的青春，却始终孑然一身。这四年里我曾经驱车去藏北的牧区小学寻找叶子芷，大雪封路，车困雪夜，我甚至做好了与世诀别的准备。

世界这么小，一次次地让我寻得她的踪迹，给我寻找她的希望；世界又是那么大，我们一次次地错过，一次次地擦肩，甚至都没有一个回眸。

直到有一天，我无聊地打开电脑，点开叶子芷家乡一所中学的网站，在青年杰出教师一栏里看到了那个久违而又熟悉的名字：叶子芷！

于是我连夜驱车一千多公里，来到了北方这个陌生的城市。
在一所中学的校门口，保安拦住了手捧一束鲜花的我。

一位陌生男教师走来，打了我一拳，让我不要骚扰叶老师，我没有还手，就那样静静地等着。

叶子芷惊讶地走了过来，接过我的花，和我面对面地站着，一直站了很久。

那个暑假，叶子芷辞掉了工作，来到了我所在的城市，第二次成了我的女朋友。

03

以前上班,我都睡到不能再迟的点才起床,然后早饭也不吃就匆匆地发动车子。自从叶子芷来了之后,我每次睁眼的一瞬间都看见她侧着身端详着我,端详着身边这个既熟悉又陌生的男子。

后来我经常会在闹铃之前醒来,而她依然会比我醒得更早。她说她是因为教师这个职业病的缘故所以醒得早,而我也许是因为她的缘故。

起初我会一个人上班,把叶子芷留在家里,并嘱咐她记得去楼下的早餐店吃早餐。后来她会在我起床之前把早餐做好,再后来她要求与我一起上班,她说这么多年了,她一直惧怕一个人的生活,尤其惧怕一个人的孤独。

我上班的单位离我的家也就两三公里的样子,以前我都是开车上下班。现在应叶子芷的要求，我们会在阳光照耀大地的第一时间出发，肩并着肩，走在一条很长的合欢大道上。

合欢大道的两旁栽满了合欢树。但是四年来我从没有在这条路上步行过，从没有停下脚步细心地观察过，从没有静下心来安静地欣赏过。合欢树，开着粉红色的花，这个夏天，我彻底地喜欢上了合欢树。

叶子芷问我，这条路被命名为合欢大道是不是因为两旁栽满了合欢树。我说也许是因为先有了合欢大道，才在两旁栽上了合欢树。其实我们并不是在讨论先有鸡还是先有蛋的问题，而是因为我们的心里都会睹物思人。

合欢树下叶子芷问我为什么这多年没有结婚。

我没有正面回答她的问题，我只是对她说："如果再迟两三个月找到你，也许你就已经结婚了。"

她说那是因为她内心的绝望，她对于等待的绝望，就像合欢树的传说。

我说那是因为我们的内心都还有一丝丝的希望，要不然，谁能够熬过岁月，谁能够放下曾经的诺言？

我上班，叶子芷在单位里转悠，也没人知道她是来办事的，还是来上班的。我让她出去逛逛街，或是回家休息，她说实在是逛够了，也休息够了。我让她来我的办公室，她说和大家都不熟，不太习惯。她就这样一直让我心疼着，这种心疼六年来一直存在。

她说，像这样无忧无虑地和我在一起，这样的梦她做了好多年，现在的生活就是梦一般。我知道，我们再也不能分开了。

下班后，火烧云出现在天边，变幻莫测。我说小时候没事就会坐在外婆家村头的大石头上,看晚霞,看夕阳。

叶子芷拉着我的手,说她早就转悠过了,她知道我们单位有个看火烧云的好地方,单位大楼的天台。

通往天台的门被锁着,我说上不去。她没有说话,拉着我的手继续走,一直走到一间废弃的房子。推开落满灰尘的窗户,窗户连着天台。

我们相视一笑,站在凳子上爬了过去,穿过中央空调的管网,坐在两个大外机的中间,看着大风叶,望着西边的云,聊着天,嗑着瓜子。

她问我这几年一个人是怎么过的,是不是靠"英雄联盟"游戏人生。

我说我习惯了一个人上班,一个人下班,下班后一个人坐在电脑前,同时打开电脑和电视机,有时却什么也不做,一直发呆到很晚很晚。而且我还告诉她,我很怀旧,我从不玩"英雄联盟",依然玩DOTA。

她说:"为什么你的电脑桌面那么干净,就'计算机''网络'和一个改了图标的'文件夹',连'回收站'都没有。"

我说:"要'回收站'干吗?我删东西都是'shift'加'delete',都准备删了,难道还要进回收站找回?"

她说:"难道你就不怕误删了什么?"

我说:"决定要删的东西这次不删下次也要删,不想删的东西,绝对不会误删。"

她说:"你说话别搞得和心灵鸡汤一样,说点能听得懂的。我再问你,你是不是有强迫症?"

我说:"什么意思?"

她说:"电脑桌面这么干净这事我就不说了,你只要一坐到沙发上必定会动一下茶几，非要把茶几的边缘与地砖的缝对齐，就连桌上的抽纸盒你都不放过，也要摆得与地砖缝对齐。"

我说："你不觉得歪了很难受？"

她说："不觉得难受呀，歪的东西多着呢。"

我是话题终结者，我们就这样嗑着瓜子看着夕阳。她又问我是不是有什么心事，或者有什么隐藏多年的心结。

我觉得她问得好奇怪呀，我想了想，觉得还真有一些事想不开，就问她当年骑行新藏线是结伴而行的，为什么最后何海和"自然卷"会丢下她一人在大雪中行走？

她说："何海其实是一个非常好的人，我们是在一起骑行新藏线时认识的。在骑行之前我并不认识他们俩，只是网上发帖就结伴出发了。一路上何海不仅照顾着'自然卷'，也照顾着我。特别是当大家都特别疲惫的时候，何海主动把我自行车上的负重卸下，绑在了他的车上，路上还帮我补胎。"

我说："这些不都是一个有绅士风度的男人应该做的吗？"

她说："不是的，就和电影泰坦尼克号一样，在灾难来临的时候人性的丑恶与美善就会完全暴露出来，是把自己伪装成妇幼逃离，还是和大家一起坚守，这些一下子就暴露出来了。何海就是这样的人，特别是当大家都开始出现高原反应，都疲惫得自顾不暇的时候，他还能起早帮我们做早餐，还能帮我找药，帮我拦车，他真是一个非常好的人。至于我最后为什么只身一人，那不关他俩的事。那会儿新藏线大修，每月只放行三次，所以路上根本搭不到便车。我高反非常严重，脸开始浮肿，就连走一条直线都很困难。当时我嘴里一直念叨着你的名字'弘毅'，搞笑的是他们听成了'红叶'，但我晕乎乎的也没回答他们……"

　　当时何海他俩决定把叶子芷送回叶城，但是叶子芷不想因为她而误了别人的梦想，于是她就让他们先走，她说随后她便搭车回叶城，因为当时修路，回叶城的车还是能搭到的。但是当时她太固执了，也干了她这一辈子最危险的事：丢弃了唯一的交通工具——自行车，继续徒步向阿里的方向走去。在那个方圆六百公里的无人区里，她只穿着单衣，雪下得非常大，不一会儿就盖住了道路，她只能靠电线杆来分辨方向。她还出现了幻觉，她感觉不到寒冷，也感觉不到疲惫，她仿佛来到了儿时的田野，一个人躺在草地上，看着成群的蝴蝶，安静地睡着了。就在她准备安静地睡觉的时候，远方的一个灯光照醒了她，是一位修路小哥救走了她。

　　说到这儿我落泪了，她也落泪了。她说："修路小哥非常照顾我，每天都帮我在路边拦车，企图带我离开那个鬼地方。可是一个月只有三次有车辆通行，哪能拦到车。直到有一天他用铲车铲土，把那无人区里唯一的一条公路拦了起来。他发誓，不管什么车路过，不把我带走，他绝不让别人通过。那一瞬间，我感动得几乎想以身相许。"

　　她说："只有走过了新藏线，才知道什么是生死。当我们三人在拉萨相遇的那一刻，喜极而泣，我们自然成了生死之交。后来救我的修路小哥在拉萨开了一家青年旅舍，我们四人也经常聚集在那家青旅，在留言墙上留言。也多亏了那些留言，后来你再一次进藏的时候，才看到了那些留言，才会有你奋不顾身地在大雪中前往藏北的尼玛县去寻找我的感人故事。"

　　我说："还是不要说这些哄人眼泪的事了，说说何海和'自然卷'的事，他们为什么进了传销组织？"

　　当时何海和"自然卷"是很恩爱的一对情侣。后来叶子芷留在了西藏支教，他俩回了内地，一心想在内地某个热门的旅游城市开一家属于他们俩的青年旅舍。但是做生意必须要赚钱，如果不营利，再热爱这个事业也没有用。也许是他们不善于经营，也许是地段不好，总之他们亏得开不下去了。后来何海就听老同学说某个地方有某个项目非常赚钱，何海经不起诱惑就去了。临别的时候他把青旅托给"自然卷"一个人打理，并嘱咐她开不下去的时候就别撑着了，等他赚钱回来了重新选地扩大经营，并一次次地强调要带着"自然卷"去中国的马尔代夫，去那一片很少有人涉足的沙滩——西沙群岛。

　　何海心很好，但是也属于没脑子的那种，很快就被人洗脑了，不仅如此，他还把"自然卷"也骗了进去。当"自然卷"跟着来到那个地方之后，她便很快地认识到那不过是一个庞氏骗局。于是她想带着何海一起离开，但是在这些可笑的"诱惑"面前，何海似乎是变了一个人，他不再关心"自然卷"，也不再提起他们曾经的梦想，他只会带着她去上课，去喊口号，去哄骗亲朋好友来发展下线。多少年的感情也经不起这短短一个月的冲击，所有的誓言，所有的期望都变得烟消云散。

　　后来"自然卷"狠下心来，她决定一个人离开，但是何海不但不允许她离开，还说了好多威胁她的话。什么"你今天要敢走，以后我们就是陌生人""你口口声声地说爱我但却不支持我的事业"之类的话天天说，一天说好多遍。终于，"自然卷"也受够了这些威胁，她觉得她真的看错人了，她该放下这一段感情了。她在晚上大家都睡着的时候偷偷地溜进卫生间，企图跳窗，但是楼层太高。她也试着偷偷地开门，但门口总是睡着一个人，就连出门买日用品都轮不到她。越是想逃离，就越会把这种想法表现在脸上，就会被更多的人警惕，就会更难逃离。

当行动、语言甚至精神都快被控制的时候，只有理智才能解脱。渐渐地，"自然卷"变得很顺从，表现出精神亢奋、主动听课。如此又过了一周，何海的上线对他说可以发展"自然卷"为下线了，让"自然卷"缴纳会费。"自然卷"有没有钱何海是最清楚的，"自然卷"有没有朋友他也是清楚的，"自然卷"连一个亲人都没有他也是清楚的，可是这个时候他却把这些都忘了。在何海的催促下，"自然卷"下定决心一定要离开，于是她对何海说："我先回去把旅舍给转让了做会费，等赚了钱再开一家规模大的旅舍。"

"自然卷"能有这样的"觉悟"和"认识"，何海喜出望外。就这样，"自然卷"离开了。

其实这一个月来"自然卷"无时无刻不在犹豫着要不要报警。但她无法面对何海对她的失望，也不想看到何海被抓的那一瞬间。离开了这个地方之后，她狠心换了手机号码，因为她知道自她离开的那一刻起，她和何海就真的是形同陌路了。伤心、失望都抵不过惋惜，都已经这样了，就是被他恨一辈子也要拯救他一回，于是她还是报警了。

夕阳西下，天渐渐地暗了下来，我牵着叶子芷的手，下了天台，继续走在合欢大道上："那何海和'自然卷'现在在什么地方？做什么？"

"何海在哪儿我不知道，'自然卷'也不知道他在哪儿。'自然卷'后来回到了他们的青年旅舍,她说如果何海想通了,或是原谅了她,那么他一定会去青旅找她的,她就在那儿等着他。"

"他们的青旅在哪?"

"在阳朔,如果这个夏天没有遇见你,那我应该会去阳朔看她。"

04

就在一个月前,我找到了分开六年的叶子芷。因为有了她的到来,我才第一次觉得这条我走了四年多的合欢大道是那么美。

她说看到了这些合欢树让她想到了上大学时的情景。那时候的我们都在南京读大学,我们一起在深秋沐浴着北京西路的银杏叶落,一起在深秋沐浴着浦口火车站的梧桐细雨。

一棵合欢树下,叶子芷轻轻地采下一朵合欢花问我:"你知道合欢树还有一个名字叫什么吗?"

"含羞树?"

"它的确是含羞科的,但它不叫含羞树,它还有一个名字叫苦情树。"叶子芷一边拿着合欢花,一边端详,"关于合欢树是有传说的。这合欢树最初叫苦情树,也不开花。相传,有个秀才寒窗苦读十年,准备进京赶考。临行时,他的妻子指着窗前的那棵苦情树对他说:'夫君此去,必能高中。只是京城乱花迷眼,切莫忘了回家的路!'秀才应诺而去,却从此杳无音信。他的妻子一直在家里盼着他归来,一直等到青丝变白发,也没等回丈夫的身影。后来他的妻子变成了老太婆,临终前来到那株见证她和丈夫誓言的苦情树前,发下重誓:'如果夫君变心,从今往后,就让这苦情树开花,夫为叶,我为花,花不老,叶不落,一生不同心,世世夜欢合!'说罢,气绝身亡。第二年,所有的苦情树果真都开了花,后来人们为了纪念秀才妻子的痴情,也就把苦情树改名为合欢树了。"

苦情花开
一场大雨
凋零一夜间
那一樱红花落

睹物思情
一次邂逅
相守一辈子
那天醉意朦胧

一把绿伞
昼展夜合
等待花开花落

一场空欢
满眼泪水

折磨日日夜夜

合欢树下我们肩并着肩,看着清晨的第一缕阳光透过树叶,洒下斑驳。清晨花开叶展,鸟语花香。

叶子芷说,到现在她都觉得和我走在合欢树下是场梦,她以为她这辈子真的会错过了我,也几乎将要放弃了她心中的最后执着。她问我是什么样的预言引领着我找到她的。

我说,不是预言,是概率,因为这六年来我一直在找她,找的次数多了,总会有线索。

一个月前,又是一年发榜时,各个中学捷报频频。我上班闲来无事,点开我当年的高中网站,往事历历在目。我又闲来无事搜索叶子芷老家的中学,没想到在"青年杰出教师"那一列,一个名字赫然出现,彻底地打乱了我的思绪。那个名字正是"叶子芷"。于是我又以学生家长的名义打电话给那所中学的教务处,询得了叶子芷的电话。

那一晚,我整个人都疯狂了,激动、凌乱、忐忑,所有的一切都顾不上了,这一次绝对不能再错过,我迫不及待。

我对叶子芷说,那天我本来是准备去相亲的,但是发现她名字之后,我放了人家鸽子。

叶子芷问我没能去相亲会不会后悔。

我说:"不后悔,错过了一晚《我是歌手》倒是挺后悔的。"

她说:"那你后来补看了吗?"

我说:"没有,那晚之后我就不看《我是歌手》了,因为你来了,从此我可以听你的声音了。"

叶子芷又问我:"这么多年你一共相了多少次亲?"

我说:"很多,但一直相不着。"

她说:"那是因为你心里一直藏着别人,所以才相不着。"

"那还不是因为心里藏着你。"

"应该不止我一个。"叶子芷没给我狡辩的机会,"走,去吃早餐。"

梅雨季节已经到来,合欢花落了一地。

雨一连下了十几天,不见阳光,合欢树下一把伞,两个人。我们有太多的故事要讲给对方听,六年来,花开花落,阴雨不散。

我问叶子芷,如果那一晚我没有连夜驱车一千多公里去找她,那是不是就很有可能再次错过?

她说:"那天当你拨通我电话的一瞬间,你听到的是我的惊讶,其实我是在流泪,我真的不敢相信六年了,我终于联系上你了。上一次打你的电话还是我在藏北尼玛县支教的时候。那年大雪来得比往年要早,在藏北的牧区小学里,我发高烧了,是淳朴的牧民们冒着大雪用拖拉机把我送到了几十里外的医院,我的学生们也顶着大雪,一直跟着拖拉机后边跑,一直追到了医院。那几天我特别感动,同时也特别想家,但是我不想让父母担心,就没有打他们的电话。那会儿我想到了你,弘毅,那会我真的是非常非常地想你。可是当我打开通讯录拨打你电话的时候,才发现那个电话号码太久远太久远了,还是你在南京时候的号码,早已换人了。"

听了叶子芷的话,我真的好想哭,这些事我一点都不知道。我只是告诉她,当我在她老家高中的网站上发现她名字的时候,我就已经决定,不管她的老家有多远,我都必须去寻找,于是当晚即刻动身。就好像当年在拉萨的翰墨青旅得知她在尼玛县的消息一样,不管藏北的雪下得有多大,也不管我会不会有去无回,我都必须即刻动身。

"你好冲动,也不怕我身边已经有人了,被人家打了一拳吧?"叶子芷掐了掐我的脸,"那男老师也是的,一直追我,我也没正式答应,他还真把我当成他的女朋友了,看到你捧着花来学校找我,他竟然还打了你。"

"不冲动的话,就让那小子得逞了,不过我一点也不生他的气,因为我觉得那一刻我比他幸福。"

雨越下越大,我说:"雨下大了,我们打车回家吧。"

"好吧。"在出租车里她说,"不过这点雨不算什么,我记得六年前的今天,你去苏北的盱眙找我。那么大的雨,其实我透过酒店的窗户看到你了,但是你绝不知道我流的泪水和大雨一样多。你怪我绝情,但我当时坚定地告诉自己绝不能心软,绝不去见你,当时我认定了咱俩不合适。"

我说当初是我太年轻,不懂得去珍惜才导致了分手,责任主要在我。

她说:"别这么说,那会儿要是没分手,也许我就不会牵挂你这么多年,也许我们就和刚毕业的大多数情侣一样分手了。如果没有当初,我们哪会有这么多的故事,哪会分开六年又能在一起。不过呢,你真的很执着哎,后来在西藏勒布沟小学,我的第一感觉就知道来找我的肯定是你,看到你车子离开的那一瞬间,我哭得像个泪人似的。当时我决定以后不能再这么倔强了,我一定要找到你,于是过年回来,我去你老家找你了,只可惜你老家已经拆迁变成一片厂房了,我问了好多人,没人知道。"

我们一直就这样你找我,我找你,却一次次地擦肩而过。

她说:"你那天说去尼玛县找过我,还差点死在路上,如果当时你真的死在了路上,那我会恨死我自己。"

我说:"没有见到你,我是不会死的。"

我最近一次进藏,是和大学的舍友一起。在拉萨我们住在翰墨青年旅舍，却不承想又在留言墙上发现了叶子芷的踪迹。向旅舍的服务生打听后才知道叶子芷在尼玛县支教过，现在在哪不知道。但是当时我的第一感觉就是她肯定还在那里。于是我奋不顾身地要驱车前往，但舍友都劝我先冷静下来，因为那个季节藏北已经开始下大雪，学生们应该已经放假了，叶子芷可能已经离开了那里。但是我绝不放过一丝的希望，也许她还在尼玛县，也许在那里我能找到关于叶子芷最新的讯息。于是我的一个好哥们儿与我一同前往了。

　　藏北的雪有多大呢？大到车子刚刚开过，车辙就消失了。因为大雪，整个尼玛县都加不到油，因为就连油罐车都开不进去。后来我们的车陷在了雪地里，轮子一直打滑，我们脱下了自己的衣服垫在车轮下才驶出雪坑。再后来车子发动不起来了，我们冷得瑟瑟发抖。当时就是报警，等警察到了，也只能为我们收尸。夜幕降临，寒冷、饥饿，整个车轮都已经被大雪盖住。我已做好了死在路上的准备，但我的同伴心有不甘，因为他还没交过女朋友。正是因为他的不甘心，他才想到把氧气瓶对着车子的进气口，然后再打火。那一夜，我们死过了好几次，再回到拉萨时，已是浴火重生。

第二章 欠你的旅行

山不在高,路不在远,只为与你相见。多一次邂逅,多一份执着,欠一次旅行。迎着晨光,穿过一片树林,让阳光洒下斑驳,洒在我们的脸上……

01

合欢树下,我对叶子芷说:"我们结婚吧。"

"就这样求婚?"子芷摘了一朵合欢花放在手心,"连玫瑰都没有。"

"那我改天搞个求婚仪式吧,就像那些大学生一样,摆上蜡烛,带上一群人助威。"我说。

"你都提前告诉我了,不管什么仪式都不会是惊喜了。"子芷挽起我的手,"还是低调点好。"

我们没有再多的对白,就这样一直走到合欢大道的尽头。雨后的合欢树,花儿落了一地。蜗牛懒懒地粘在人行道上,打劫不像,散步不是。就这样沉醉于合欢花丛,陪伴着花开叶展,悠然自在。

这样的场景似乎出现在童年,似乎出现在梦里,似乎出现在旅行的途中。放慢脚步,去享受所经历的一切,不管是风雨还是烈日。

我说:"我还欠你一次旅行,上大学的时候我们经常一起去旅行,但是我始终欠你一次,一次去西藏的旅行。"

"你还记得?那时候我说过我想去西藏,也说过毕业后想去西藏支教,但是当时都被你拒绝了。我知道你是为我担心,但是所有的这些我一个人都做到了。你不是欠我的,是欠我们的,那是我最想去的地方,也应该是我和你共同最想去的地方,却不曾想这些年我们却天各一方、各自走过。"

我说:"我有年假,要不我们来一次说走就走的旅行吧?"

"去哪?"她说。

"我欠你一次旅行,你说哪都行。"我说。

"要不我们去阳朔吧,我想去阳朔看看'自然卷',她说她在阳朔的兴坪镇,漓江岸边,她说那儿很像她的家乡,非常美,她一直邀请我去看看。"

我问:"'自然卷'还在那里呀?"

子芷说"自然卷"仍然在阳朔开着青年旅舍,还是当年和何海一起开的那个。"自然卷"说兴坪镇就是她的第二个家乡。她当年和何海第一次来到兴坪镇,看到漓江山水的第一眼,她就觉得这辈子离不开那个地方了。

我问子芷:"'自然卷'是不是一直想在阳朔等着何海回来?"

子芷说:"也许吧,这么多年了,也不知道是什么能让她一直坚守下去,也许是爱,也许真的是阳朔太美了,美得让她舍不得离开。"

旅途总是美好的,旅途没有终点,舍不得的是过程,离不开的是眼睛。带上行李，开着车，一路走，一路玩，走累了就停下，休息好了再出发。这样的旅行没有疲惫，这样的旅行随心而行，心悦心静。

我和子芷就这样出发了，没有攻略，不需要计划。地图上标好了几个关键点，把心情放飞到风中，逃离阴沉的梅雨，去寻找心中的阳光。

穿过城市与村庄，穿过河流与大山。好久没这么长距离地开过车了，往事历历在目。

我对子芷说："上一次开长途还是几个月前的事，那晚天是黑黑的，路边什么也看不到，但我的心是明亮的。"

"当时我要是知道你连夜开车来找我，那我肯定不会同意的，路那么远，又是晚上，很让人担心。"子芷说。

那一晚我不疲惫，心情是激动的，也是忐忑的。那一去究竟会是怎样一个结果我无法预料，但至少现在我可以告诉你自己做得一切都是值得的。

子芷说当晚即使我不去找她，她也会找个时间来看我的，因为她的心就像飞蛾，一旦看见了那团火，就会奋不顾身。

长时间地开车非常容易无聊，也很容易分神。子芷要我讲点小时候的故事给她听，我对她说："你还是讲点你小时候的故事给我听吧，我想听你小时候的故事。"

子芷说她小时候一直是个乖乖女，没什么可讲的，倒是遇上我之后，她那乖乖女的形象全被我颠覆了。

我问她我是不是她的初恋，她说是。她问我的初恋是什么时候，我竟一时愣住了，我思考了一会儿，不知该如何回答，最后说："我的初恋应该是暗恋吧。"

"你这么主动的一个人也会有暗恋？那你跟我讲讲你的那段暗恋

吧，反正路上也无聊。"

我双手握紧方向盘，眼神凝视前方，瞬间鼻子一酸。我对子芷的爱是那么深，为什么此时一提到那段暗恋，心中就万般绞痛。就像脚底长出了一个水疱，不走路倒没什么，可走起路来就钻心地疼。

02

  大多数人的孩童时代都喜欢去外婆家,我也不例外,童年的每个暑假,我几乎都是在外婆家度过的。似乎在童年的记忆里,外婆家有数不清的好吃的,也有数不完的玩伴。

  外婆家在运河边,河水静静地在这个古老的村落边流淌。村落里有着上百年的老街,老街里铺着厚厚的石板路,石板路的两边,竖立着两排灰色的房子。青砖黑瓦,石板弄堂。村子的另一头小桥流水,两岸栽满了垂柳。从桥上穿过,来到一片树林,树林里栽种着许多高大的银杏树。树林里是孩子们最喜欢的地方,夏天里,早晨,太阳还没升起,孩子们就会从青石巷里涌出。有的骑着自行车;有的一路小跑,从石板路的颠簸中走来,跨过石拱桥,来到那片树林;有的拿着小人书;有的带上玻璃球。跳皮筋、打弹弓、过家家,玩什么的都有。而我作为外乡人,总会一个人静悄悄地走在最后边,看着大家在玩，也想融入进去，却又很腼腆。每次我都会站在小树林的角落里，倚着一棵大树，看着男孩们欺负女孩子，又看着几个女孩子把某个男孩暴打一顿。

直到有一天，那个经常被女孩子暴打的小胖注意到了我。也许他是看我不顺眼，也许他只是想在女孩子面前证明他的强壮。那天他让我离开那片树林，说这都是他的地盘。我没有理睬，只是又换了一棵大树，继续倚靠在那儿。后来那个小胖趁我不备，抓起一只癞蛤蟆从我的后背塞进我的衣服。当时我被吓哭了，我哭着说要去告诉我的外婆。但是那个小胖却拦住了我的去路，把我狠狠地推倒在地，就像一块肉球一样坐在我的身上："你还敢跑，想去告状，你敢回去说试试，我揍不死你。"

那一刻从人群中冲出一个比我高一点的女孩，蓬乱的头发，凶狠的眼神，一个飞脚踢在了小胖的身上。那个小胖立马从我身上爬起，抓住她本来就很蓬乱的头发，骂道："夏洛依你找死啊，你这个死老外的杂种，我非弄死你。"

其他女孩也一并拥上来，对小胖又掐、又拽、又踢、又打。小胖明显不是她们的对手，但是女孩子们并不罢休。随后夏洛依又捡起地上的树叶塞进小胖的后背。只听见小胖哇哇大哭，脱下衣服，光着膀子，红着后背，离开了："我要回家告诉妈妈，哇……"

"夏洛依，小胖后背怎么红红的，你刚才塞的什么？"女孩子们问道。

"洋辣子。"夏洛依平静地回答。

洋辣子，这种可以堪比蛇的小虫虫，估计没人不怕。夏天的杨树、银杏树下尤其多。顿时我对夏洛依的感激转变成害怕、恐惧。这是一个多么厉害、凶狠的女子，竟敢把洋辣子塞进别人的后背。那种疼痛大人也难以忍受。

"以后谁再欺负你，就告诉姐姐，姐姐我帮你揍他！"夏洛依拉起我的手，对自己的行为不以为然，然后指着小胖离去的身影告诫其他男孩，"以后谁再欺负邵弘毅就是这个下场。"

没多久小胖的妈妈来到了这片树林。那个农村妇女把手指向前面，从左指到右，再从右指到左，一个劲地骂："是哪个小兔崽子干的？你们看看，你们看看，下这么狠的手，这种小兔崽子以后还了得，我看长大了不是杀人就是放火！"

小胖一边哭，一边把手指向夏洛依。

夏洛依本能地往后退几步，也许她也没想到事情的后果会这么严重。而我却被这农村妇女的凶狠吓得躲在了树后边，全然忘记了夏洛依是为我出头的。

小胖的妈妈顺着小胖手指的方向，大步向前，揪住夏洛依的耳朵大骂："你这个小杂种，和你妈一样一看就不是个好东西！"

"你才是小杂种！"夏洛依不依不饶。

啪！一声响亮的耳光打在夏洛依的脸上。夏洛依没有哭，但是眼泪一直流到了嘴里。

小胖的妈妈离开后，几个女孩一起护送夏洛依回家，我也跟在护送的队伍里。在这一群女孩子中间夏洛依肯定不是最漂亮的一个，但绝对是最突出的一个。蓬乱的头发，高高的鼻子，大大的眼睛，只看一眼就能让人记住。但是当时的我记住她绝不是因为她的外貌，而是出于感激和内疚。也是从那天开始，我的记忆里永远地留下了这个女孩。

每到傍晚，卖冰棍的或是卖杂货的小挑们，就会吆喝着来到村子里，孩子们就会里三层外三层地围上来，但真正能买得起东西的人不多。我就是能买得起零食的少数人，因为我是在我的外婆家，外婆总是会给我零钱。那天被小胖欺负之后，我买了两根冰棍，一根给了夏洛依。但是夏洛依却没有要，一直在小挑的货架里把玩着一个发夹，她对我说："我不要冰棍，你把冰棍换成发夹送给姐姐好吗？"

那时我也不知道夏洛依是不是真的比我大，可能也就比我大一岁的样子，但是我默认了她是我的姐姐。

晚上洗完澡外婆不让我出去，说外边蚊子多。但是我看见小伙伴们都往树林里跑，我也跟着去了。树林里小伙伴们都在捉知了的蛹，他们说这个可好吃了。夏洛依看到了我就递给我一个，我吓得把手一缩，掉地上了。

"你怕什么，这个能吃的，可好吃了。"夏洛依重新捡了起来，放在自己的嘴里大口吃了。

这是我第一次看到有人吃这个。但是当我看到小伙伴们都在吃之后，我才知道夏洛依并不是故意吓唬我，她只是想带我分享她的礼物，只不过她的礼物只有知了蛹罢了。

欠你的旅行，一场说走就走的旅行，只有两个人的旅行，一次轻松与交心的旅行。车继续在行驶，在山间穿行，在田野间穿行，在路林间穿行。就像我的小时候，在外婆家，骑着自行车，在石板路上穿行，在小树林里穿行。

子芷问我："那时你几岁？"

"最多十来岁吧。"我回答道。

"天哪，你不会那么小就开始暗恋人家了吧？"

"应该不算是吧，那时我就是觉得她人好，而且她对我也好。"

可能我是外乡人的缘故，在外婆家的那个村子里，我是最突出的一个男孩,也是最容易吸引其他女孩的男孩,所以我的身边时常会围着不少女孩,她们总会问一些奇怪的问题,比如问我穿衣服为什么和大人一样?为什么穿皮鞋?为此其他男孩总是嘲笑我,而女孩们就会为我打抱不平。

在此之前,我的注意力总是在男孩子身上,看他们都玩些什么。而从此之后,男孩子们都觉得我和他们不是一类的,都不带我玩,只有女孩子们愿意和我一起。但是在那群女孩当中,我最喜欢和夏洛依在一起,也许是因为那天小胖欺负我,她帮我出头的原因。

一天夏洛依对我说:"其他女孩子都说你长得白,衣服也干净,像城里人,都想和你做朋友,我也觉得你和那些男孩不一样,不像他们脏兮兮的。"

我说:"你穿衣服也挺干净整洁的,但是你为什么不能把辫子梳一下,头发乱糟糟的。"

夏洛依说:"你不懂,姐姐我这是自然卷,天生的,就和电视上的公主一样。"

我说:"是不是因为你头发卷,那天小胖才骂你是死老外的那个?"

夏洛依说:"他再敢这么说我一定狠狠地揍他。"

那个夏天我和夏洛依成了很好的朋友。每天看着小伙伴们骑着自行车在前边,夏洛依也会推出自行车,说要带我。当然她自己连大杠都够不着,根本没法带我。之后她又说要教我骑自行车,我说我会。她说她不信,非要我骑给她看看。我说这车太高太重了,我家有小自行车。她说我们这比你矮的都会骑,我们这只有这种大自行车。

于是之后的每个早晨,我都会骑着外婆家的凤凰大杠自行车,骑在大杠上,踩着半圈,迎着朝阳,来到那片树林,阳光透过晨雾,雾气笼罩着树林。微风吹在脸上,闭着眼,听着树叶沙沙作响。在我的前方,夏洛依总是歪着身子紧贴在自行车的左边,把一条腿伸到大杠底下,踩得飞快,时不时地微笑着回转过头,看着我,微笑传递到我的脸上。而我却从不超过她,就这样一直骑在她的后边,看着她的背影,看着她那蓬乱的头发,等待着她的回眸一笑。头发蓬乱,迎着晨光,一片金黄,阳光洒下斑驳,洒在我的脸上。

03

　　九省通衢，江城武汉，两岸三镇，荆楚之地，历史悠久而又不乏现代时尚。我和叶子芷的到来，完全是因为路途遥远，晚上需要休息。没有做攻略，仅凭印象来寻找旅途中的节点。

　　睡了一夜美美的觉，在我们拉开窗帘的一瞬间，长江近在眼前，大桥横跨南北。我俩相视一笑：武汉不可匆匆而过。我们带上一个背包，走出酒店，穿弄堂过小巷，听着小贩的吆喝声，吃一碗热干面。

　　我记得小时候在外婆家过年，每天最期待的就是小贩的吆喝声。那天是大年初二，小伙伴们都有了压岁钱，把小贩里里外外围得严严实实。女孩子们买糖葫芦、猴皮筋、洋娃娃，男孩子就买玩具枪、掼炮、奥特曼贴纸什么的。但是作为从城市里来的我，根本看不上这些玩具，我只玩我的遥控坦克、四驱赛车。也因此，我在这个村子里第一次成为男孩子们的焦点。当我终于有了男玩伴的时候,我把夏洛依给忘了。而她总是一边和女孩子们跳皮筋,一边把眼神转向我。

外婆家的门前有口大水缸,是放猪食的,农村人称它为"猪食缸"。冬天的时候,缸里的猪食水被冻得结结实实。傍晚时分,村里的男孩子们聚在一起,在我外婆家的门前放鞭炮。当我们正玩得起劲的时候,一声闷响,外婆家门前的大缸被人炸裂了,往缸里放鞭炮的是夏洛依。当时我就怒了,我说这是我外婆家的缸,你为什么要把它给炸裂开。夏洛依吞吞吐吐,说她不是故意的,她只是想把冰给炸开。因为这件事,那一个寒假我都没理她。

说到这儿叶子芷对我说:"我也觉得夏洛依不是故意的,她只是想学着男孩子一起玩,以便能回到你的身边,她往缸里扔鞭炮也只是想引起你的注意,她也没想到结了冰的缸经不起鞭炮的轰炸。"

吃完热干面,我们跟着菜农,一起去乘坐一次武汉的绿皮小火车。听说这列火车主要用于运送上下班的铁路职工,当然也有不少菜农喜欢搭乘。

穿过一片老式居民区,来到了长江二桥的桥墩下面,走过桥墩就是武北站。站在铁轨上,顺着铁轨延伸的方向,时光仿佛一下子回到了民国年代,那些电影里生离死别的场景就像是在眼前发生过,让人感动。老火车静静地停在铁轨上,任凭我们上上下下。车厢里斑驳陈旧,空空荡荡,有过太多的回忆,看过太多的繁华。这一眼,只是不想被遗忘。透过窗户,看着铁轨边锈迹斑斑的信号灯,感慨时光的变迁。时光变迁着容颜,变迁着理想,变迁着无尽的爱恋。

火车行驶,慢慢悠悠,让生活慢下来,演绎放慢的生活。叶子芷靠在我的肩上,一言不发,我们一起看着窗外,任凭时光匆匆,但留片刻美好。

一位列车员阿姨坐到了我们的对面："你们是大学生吧，天天都有大学生来这里，一个破火车，有什么好看的。"

我说："我倒是想回到学生时代，好带着心爱的人坐上这列火车，谈谈恋爱。而现在就只是来找回忆的。"

列车员说她在这列火车上待了一辈子了，这列火车上还真发生过许多感人的爱情故事。

列车员说，曾经有一位武汉某大学的男生，在武昌北站登上了这列绿皮小火车，在车上他邂逅了华师一位美丽的女生。两个人在火车上相聊甚欢，相知相恋，迅速坠入爱河，成了人人羡慕的校园情侣。可是大学毕业前女生患了重病，医生说手术的成功率只有百分之二十，女生术前的唯一愿望便是和心爱的男生再来一次邂逅，再一次一起乘坐那列绿皮小火车。那个男生为了达成心爱的人的愿望，他找到了自己的同学和小火车上的列车员，精心策划了一次生命之旅。

到了约定的那一天，女孩擦干眼泪，将自己打扮得漂漂亮亮，然后准时到达武昌北站。站台上的所有人都向女孩微笑，帅气的男孩从人群中走出来，将女孩款款引上小火车，而车厢里早已贴满了祝福的卡片。每到一站，便有一对陌生的男女上车，送给女孩一束花，以及一张写着"我们把百分之十的好运借给你"的卡片。小火车走了八站，女孩得到了八对陌生人百分之八十的好运，终于怀着百分之百的信心面对了手术，而手术也成功了……

我记得离外婆家不远的田野，也有一条铁轨。每天都有几列火车呼啸而过，驶向远方。小的时候我喜欢问外婆，这些火车从哪里来，到哪里去，外婆就会随口回答："从北京来，到南京去。"

后来学了地理，我才知道那条铁路是从上海到乌鲁木齐的。其实外婆也不知道铁路通到哪，但小的时候我认为外婆说的是对的，我甚至萌生了要爬上火车去北京，去看天安门，去看人民大会堂的想法。

有那么几个早晨，我和夏洛依骑着带大杠的自行车，穿过那边树林，逆光而行，阳光洒下斑驳，洒在我们的脸上。我们呼吸着早晨的空气，穿过树林，穿过田野，一直骑到铁轨边。然后坐在树荫下，看着铁轨，等待着火车呼啸而过，数一数一共多少节车厢，想象着哪一天我们能踏上这列火车去北京，去看天安门，去看人民大会堂。

叶子芷问我第一次坐火车是什么时候，我说是上了大学之后才第一次坐上火车。子芷又问第一次坐火车是什么感觉。我说感觉没大巴方便。子芷说她问的不是这种感觉，我说那会儿只是为了感受一下坐火车，从南京到镇江，半个小时太快了，根本没感觉。

收获的季节
铁轨在田野里
延伸到远方的天际

那载着希望的种子
不知山外的世界
寄托着梦的童年

远行
离开潮湿的家乡
带上一沓卡片
把卡片贴满整列车厢

每一站
都被带走一张
于是我的梦想
一直被带到了天堂

04

"故人西辞黄鹤楼,烟花三月下扬州。"我们正好逆流而上。

我每来到一个地方必定要去看一眼这个地方的标志性建筑。到武汉登黄鹤楼的心情就和我小时候梦想着要去北京登天安门是一样的。黄鹤楼是武汉的标志,登上黄鹤楼,眺望武汉三镇,景象很是壮观。

我和叶子芷在黄鹤楼上待了好久,一直眺望远方。子芷说这让她想起了她第一次登上布达拉宫的情景。那时候的心情别提有多激动了,117米高一口气就爬了上去,高反什么的根本就不算是问题。但是当她站在高处眺望整个拉萨的时候,群山环绕,看不到山以外是什么模样。那一刻,她无比孤独。就连激动、高兴的事都无人分享,还有什么比这个更让人孤独的。

我也说起我第一次看到布达拉宫的情景。那时候一个人在布宫广场待到凌晨,就连起跳拍照都是自己一个人完成的。那一刻我也感觉到了孤独,感觉到了激动与高兴却无人分享的孤独。

  远眺长江以及长江大桥。 武汉长江大桥是万里长江上的第一座桥,历史厚重,雄伟壮观。江上的轮船拉着汽笛往返于长江,只有与航标上的小船擦肩,才能感受到轮船有多大。

  小时候每次去外婆家都要坐渡船过运河。去外婆家的路不远,但是每次过河都要花费很长的时间。有时候船队来了,一条船拖着几十条,长长的,一等就是一个小时。那是整个村子的生命之河,河堤上有成群的羊羔,也有绿绿的草地,有灌溉农田的抽水站,也有捕鱼的渔船。夏日的傍晚,大人、孩子都会来到运河里游泳。村里的男孩子们几乎都会游泳,他们就在水边长大的,也是在水里玩大的。而我却是唯一一个坐在岸上的男孩子,每次这个时候,我就会静静地看着河面,看着大家游泳的身影。每当这个时候,夏洛依就会坐到我的旁边,和我一起看着河面,聊着天。她说:"不要下河游泳,我妈妈说了,下河游泳的都是坏孩子。"

  "不是的。"我立马反驳道,尽管我不会游泳,但是我还是挺向往的,"我们家那里有游泳馆,没有泥巴,不会游泳的人可以带个游泳圈下去,这样就不怕被淹了。"

  第二天傍晚,我仍坐在岸上看着男孩子们在河里游泳,但夏洛依却不在。过了好一会儿她带着一个自行车的内胎过来说:"这就是游泳圈,来,姐姐教你游泳。"

  "这个能当游泳圈吗?"

  "怎么不能,你看他们,什么都不要都能浮起来,我们带上这个肯定行。"夏洛依很肯定地回答。

"你会游泳吗？"我问。

"很简单的，只要能漂起来，腿蹬一下就动了，你看，他们都是这样的。"

"那我们套游泳圈会不会被大家笑话？"我又问。

"走，我们去那边，躲着他们。"

一条船驶过，激起的浪花一直打到岸边。我的脚刚碰到水面就退缩了。但是夏洛依鼓励我说没事的，因为她也真的在水里漂了起来。她说："你要是不放心就套上这个游泳圈。"

我套上这个自行车的内胎，慢慢地下水了。突然腿一滑，脚触碰不到底。我拼命地拍打着双手，却一直浮不起来。我已经感受到我喝了好多水，不停地蹬腿，但还是往下沉。夏洛依看到了这一切，立即抓住我的胳膊往岸边拽，而我就像抓到了一根救命稻草，也抓住她的胳膊拼命地挣扎。

幸好我们被放羊的村民发现，把我俩救了上来。我俩被救上来之后，夏洛依没什么大碍，就好像什么也没发生过一样，而我却不省人事了。

那时候人们也没有急救常识，救我的那个村民把我抱起来，扛在他的肩膀上一直往村子里跑，这也算是另一种心肺复苏吧。跑到我外婆家之后，外婆吓得脸色苍白，她立马拿出一口土锅倒放在地上，然后把我的肚子按在上面，拍打着我的后背。过了好一会儿，我吐了一口水，醒了。

这件事惊动了村子里的所有人，包括夏洛依的爸妈。后来夏洛依的爸爸当着全村人的面狠狠地打了夏洛依，而夏洛依却没有哭，只是眼泪啪嗒啪嗒地滴落在她的鞋子上。而我也不知道为什么，却跟着哭得稀里哗啦。

之后夏洛依的妈妈把我紧紧地抱在怀里，给我买了好多零食，让我不要记恨夏洛依，说她不是故意的。

其实我根本没有记恨夏洛依，我哭是因为看她哭了。

外婆也对我说不要记恨夏洛依。她说夏洛依的妈妈是一个外地来的大学生，会说外语，大学毕业后就在镇上的中学教英语，后来就嫁给了夏洛依的爸爸。外婆还说起初夏洛依的爸爸家很穷，自从娶了夏洛依的妈妈之后，因为家里有人拿工资，之后的日子才稍稍好起来。

没多久，我和夏洛依又玩到了一起，这回她拿出她储蓄罐里仅有的零钱，买了"唐僧肉"给我吃。

说到这儿叶子芷笑道："小时候能有什么零食，除了'唐僧肉'就是'萝卜丝'，连娃哈哈都没有。"

"有娃哈哈，还有乐百氏。"我纠正道。

"有吗？我只记得有那种瓶装的小香槟……走，下楼吧，去长江大桥上走走。"

走在长江大桥上，回看黄鹤楼，还是那么高耸。回首往事，也还是那么历历在目。

子芷说："你这些事分明就是你小时候调皮捣蛋的事，还当初恋讲给我听，你不会那么小就对人家小女孩有企图了吧？"

我辩解说："那么小我能懂什么，也就是小时候的趣事，不是初恋。要么我就不说了吧。"

"别，听起来挺有趣的，继续讲，我喜欢听。"

《舌尖上的中国》的确是个好节目，因为中国人好吃是出了名的。每个城市自然也少不了各自有名的小吃街，户部巷就是武汉的舌尖。户部巷里各种美食，看都能看饱了，对视觉和味觉都是很大的冲击。我和叶子芷走在户部巷里,品尝着各种小吃。对于美食,我俩都没有太多的研究,但是鱿鱼绝对是中国各地小吃街上必备的美食。一家烤鱿鱼店前,一个大垃圾桶里插满了密密麻麻的竹签,可想而知一天到底有多少人禁不起这美食的诱惑。

我们又聊起小时候的美食,子芷说她只记得一种面食叫"朝牌",贴在类似于烤山芋的大铁桶内,再撒点芝麻,味香脆嫩。我说我印象中的美食就是"唐僧肉"和"萝卜丝",还有白象方便面。

说到武汉的吃,有一道菜不得不提,那就是大名鼎鼎的武昌鱼。说到名气,它可追溯到三国时期。当年孙权准备迁都武昌,朝廷百官们很是反对,"宁饮建邺水,不食武昌鱼",可见三国时期武昌鱼就已经是美食了。伟人毛泽东也说过"才饮长江水,又食武昌鱼",更是大大地增加了武昌鱼的名气。

说到武昌鱼,我和子芷立即停止了关于美食的争论,走进一家饭店,点上武昌鱼。南京我们都待过四年,建邺水要饮,武昌鱼也要吃。

武昌鱼肉质嫩白,含丰富的蛋白质和脂肪,其做法有清蒸、红烧、油焖等多种。其中最负盛名的做法是清蒸。一般用一公斤左右的鲜活樊口鲂鱼作主料,辅以火腿、香菇、冬笋、鸡汤等十多种配料、调料,上笼清蒸,严格控制火候,使之恰到好处。蒸好后再在鱼上缀上红、绿、黄各色菜丝,使之色彩艳丽,香味扑鼻,鱼肉细嫩,汤质鲜美。

旅行不仅只是看风景,旅行也一直与美食相伴。我们吃着武昌鱼,讲着和鱼有关的故事。

小时候外婆家的村子里有个水库,水库比运河深多了,所以大人们不让孩子们去玩。水库是被私人承包的,承包人用来养鱼。每个夏日的清晨,我都能听见锣鼓轰鸣的声音,鼓声密集,声音足够传遍整个村子。那是承包水库的人在捕鱼。他们事先会在水库的一边张上密集的大网,然后划上很多小船,在水库里排成一排,往一个方向划,一边划船一边敲鼓,这样鱼就会往一个方向跑,乖乖地钻进捕鱼人的大网。有一年的夏天,我一直都没有听到捕鱼的鼓声。那年夏天大旱,水库里的水少得可怜。每天清晨太阳还没出来,水库边就会聚集着很多人,大家戴着草帽,拿着捕鱼的工具,坐在岸边等着。这些人就这样一连四五天地聚集着,但一直没有人下水。其实这些人都不是承包水库的老板雇佣的,他们都是附近的村民,看着水库里的水一天天变少,早就觊觎了很久,蠢蠢欲动。终于有一天,一个人带头下了水,然后一群人下了水,最后变成了几千人下了水,人们疯狂地抢鱼。

　　人越多水越浑,鱼儿就不停地跳出水面。有的人都不需要捕鱼工具就能抓到鱼。那一天,整个村里的人都大丰收,而且收获的鱼儿还特别大。

　　大人们在捕鱼,我们这些孩子就在一边玩耍。平时大人们一直告诫我们不要下水库,但是今天没人管了,孩子们也跟着下了水,就连我这种不会游泳的都跟着下水玩耍去了。水库里有的地方浅,有的地方深,我在一个水浅的地方玩耍,分明感觉到有鱼在撞我的腿。说时迟那时快,一不小心,我被一条大鱼给撞翻了,滑进了深水区。这是我第二次感觉到了被水淹的滋味。我在水底挣扎,但仍能清晰地听见夏洛依语无伦次地大喊"来人"。

　　大人们听到夏洛依的喊叫,以为水底有大鱼,就扔下一张大网,使劲地往岸边拉:"这么重,肯定是条大鱼!"

　　网拉了上来,躺在网里的是我,大人们既失望又好笑:"这谁家的孩子，怎么跑到网里去了。"

我吐了几口水，看着一旁的夏洛依，她眼睛里噙满泪水，但没有哭出声音。她扶着我走上岸，坐到草丛里。

夏洛依问我有没有事。我说还好，就是喝了几口水。

"不行！"夏洛依摆摆手，"我在书上看过，被水淹的人一定要做人工呼吸，不然会有生命危险。"

我问她什么是人工呼吸。

她说："我会，我教你。"

就这样我们在草丛里演示了一遍人工呼吸。

讲到这里叶子芷忍不住打断了我："天哪，你的初吻竟是这样被夺走的！"

05

中国有内湖的城市很多,北京有昆明湖,南京有玄武湖,苏州有金鸡湖,杭州有西湖。在这些湖中,属西湖的名气最大,但是不要忘了,有西湖,就有东湖,而东湖便在武汉。

在诸多的城市内湖之中,东湖不是最出名的,但应该是面积最大的。东湖泛舟,水清、心静、人美,风景也美。泛舟东湖,珞珈山郁郁葱葱,武大依湖而立。只可惜现在不是樱花盛开的季节,要不然,整个东湖都会飘散着樱花的香气。

我说东湖的山水真不错。

子芷说等到了漓江就会知道,什么才是最清的水,什么才是最美的山。

我说:"你去过漓江?"

她说没有,她也是听"自然卷"说的。

听子芷这么一说,我对阳朔充满了期待,对"自然卷"这个人也充满了好奇。

东湖很大,游船一直行驶了好久,听涛、珞洪区、落雁区、吹笛区……

天气很好,蓝得彻底,朵朵白云飘过,映在东湖之上。我们的船追着云朵落下的阴凉,一会儿清爽宜人,一会儿刺眼的亮。就好像小时候的夏日,骑着自行车在马路上,追着云朵的阴凉,你快我也快,你慢我也慢。有时候踩得满头大汗,却始终追不到不远处的阴凉,就一直在眼前,一直渴望着,却一直触及不到。

湖面吹着微微的风,轻轻拂过游人的脸颊,我眯着眼,用心享受着这一刻的平静,让心绪在这湖面之上荡漾,一直延伸到湖畔的绿树丛中,一直延伸到远方的城市。

半小时之后,船到了东湖东岸的磨山,我们准备上岸。子芷一不小心脚下踩空,差点落水。

我问子芷从小到大有没有被水淹过。

她说她小时候在北方长大,河少湖也少,所以根本就没有机会被水淹。

我说会不会被水淹和水的多少没有直接的关系。

我从小到大被水淹过三次。第一次是夏洛依教我游泳,那一次差点死掉;第二次是在外婆家村子里的水库捕鱼,被大人用渔网拖了上来;第三次就有点可笑了。还是在外婆家的村子里,与外婆家门前的那口大缸有关,就是那口曾经被夏洛依炸裂开的大缸。

那口大缸自那次被炸裂之后就被圈了一圈钢丝,经过修补继续发挥着作用。当时缸里的水并不多，准确地说是猪食与水的混合物。当时有小伙伴说缸里有龙虾，我不相信就踮起脚伸长了脖子，一不小心栽了进去。看到此景，小伙伴们笑得前俯后仰，全然不顾我的状况，是夏洛依第一个冲上前，叫上其他小伙伴们把我一起拽了上来。

听到这儿子芷笑得合不拢嘴："当时你几岁了？"

"十二三岁吧，好像读初中了。"

"那么大了竟然还能栽缸里，而且还是装猪食的缸。"子芷拍拍我的脑袋，"说说猪食什么味，香吗？"

磨山景区三面环水，六峰相连，山水相依，是整个东湖景区的精华。登高远眺，整片东湖尽收眼底。空气清新，风景极佳。

我们坐上观光车，赏花赏荷，又来到楚天台，评乐品舞。东湖把现代与古代的楚国文化完美地交织，完美地展现，如临影视基地，如现时空穿越。

离骚碑前，毛泽东的《离骚》被临摹在大大的崖石上，如今再次默读，中学课堂的情景浮现脑海。

环湖路上，战国的马车栩栩如生，两马一乘，气势不减当年。

我说换成现在，要是有辆这样的马车还是挺拉风的。

子芷说她小时候村子里有驴车，当时在村子里也是挺拉风的。

小的时候在外婆家，见到最多的车子就是自行车，那时候小伙伴们几乎人手一辆。但是每当有汽车从村头驶过的时候，我们一群男孩子都会跟着追赶，根本不会顾及扬起的滚滚灰尘，就像看到外星人一样稀奇。

有一天，一辆黑色的汽车驶过村头，拐进了村子里，一直停到了夏洛依家的门前。当时村子里的人都很好奇，把夏洛依家里里外外地围了个水泄不通。后来夏洛依告诉我,开车的是她在外地的舅舅,很有钱。从此在与小伙伴的聊天中,夏洛依都会时不时地提起她有一个很有钱的舅舅,开着黑色的小汽车。

又是一年的夏天。夏洛依的爸爸时常在外打工,一个夏天也不会回家几天。那个夏天,我几乎每天都会找夏洛依玩,青春懵懂,心思蠢蠢欲动,但只要和夏洛依在一起,我每天都是开心的。

雾气笼罩着像水一样的早晨,清晨我们穿梭在树丛中,逆光而行,阳光透过树叶洒下斑驳的光点,洒在我们的脸上。我们一天都会待在没人知道的地方,在桑葚树边吃着桑葚,把嘴唇吃得黑黑的;带上水果刀,摘着菜地里的香瓜;折断一种叫"美人蕉"的鲜红花朵,吮吸里边的甜水。就这样一直到傍晚,在草丛里躺着,看着蜻蜓从头顶飞过,听着知了的叫声,闻着花香。

夏日的空气似乎并不是那么炎热,至少我和夏洛依都感觉不到。我们喜欢躺在草地上,聊着天,看着天空,心向远方。夏洛依说:"你要是春天来,那才美呢!村子里什么样的花都有,还有那种茅草,剥开外皮,里边白色的茎是可以吃的,很甜。"

我说我只有暑假才能来,我最期待的就是暑假。但是我没有告诉她我期待暑假是因为期待见到她。

一直躺到天黑,直到听见外婆喊我回家吃饭的声音,我才会恋恋不舍地回家。往回走的路上我都会让夏洛依先走,以此来躲避其他同伴的猜疑。

又是一个雾气笼罩着的早晨,我穿梭在树丛中,逆光而行,阳光透过树叶洒下斑驳的光点,一直洒到我的脸上。太阳升起,水雾散开,心情也甚是欢喜。

我来到夏洛依家,轻手轻脚,企图躲避她家人的眼光。也不知从何时起，我不敢再与夏洛依爸妈的眼神有交会，也不知从何时起，我喜欢和夏洛依单独在一起。

晨光微熹，我蹑手蹑脚地倚在夏洛依家的窗前，偷偷看看她的爸妈在不在。白天夏洛依家是不会拉窗帘的，每次我都会在这扇窗户里看到夏洛依，但是今天这扇窗户的窗帘被拉上了。我透过窗帘的边角缝隙，看到夏洛依的妈妈穿着肉色的丝袜，和一个男人紧紧地抱在一起。我吓了一跳，但还是忍不住多看了几眼。那个男人不是夏洛依的爸爸，是一个高高大大的人，满脸胡子。那个时候我还不知道什么是性感，但是看到夏洛依的妈妈穿着肉色的丝袜，我的脸就开始发红，心跳也开始加速。那一瞬间我觉得夏洛依的妈妈好年轻，好美丽；那一刻我觉得夏洛依要是长大了一定比她妈妈更美。

那一天我都没有再去找夏洛依，一整天都感觉魂不守舍。那一天我所看到的从来没有对夏洛依提过，我不想让她责怪我偷窥她们家。自那以后，我不敢看到夏洛依的妈妈，哪怕是远远地相遇，我都会想着法子绕开。自那以后，我总想对夏洛依坦白，但却始终没有提及。

等我再一次来到夏洛依家时，却远远地听见她爸爸和她妈妈在吵架。他们吵得不可开交，又是摔杯子，又是掀桌子。而夏洛依一个人躲在门外，一动不动地流着泪。

夏洛依的妈妈看到了我，给了我一些钱，说："带夏洛依去镇上玩玩，买点好吃的好玩的，还有，夏洛依上次说要买随身听的，你去帮她看看哪个好，觉得好就买了。"

我接过钱，带着夏洛依离开了。我问夏洛依她爸妈为什么吵架，她说不知道，她说她从来没见过她爸妈吵架的。

我和夏洛依在镇上玩了一整天，她买了心仪已久的随身听，我送给她一盒小虎队的磁带。那一天，我们一人耳朵里塞上一只耳机，听着歌，逛着商场。那一天，我们在新华书店里坐了好久。我们翻开一张地图，寻找着我们的家乡，第一次发现经过我们家乡的铁路不是从南京到北京的，而是从上海到乌鲁木齐的。夏洛依对着地图看了好久，她说她将来一定要走遍全国。

一直到傍晚，我和夏洛依才回到村子。夏洛依高举着她的随身听，三步并作两步地回到家："妈妈，妈妈，谢谢你给我买随身听，妈妈……"

没有人应答。夏洛依打开了一间又一间房门，还是没看到她的妈妈。她的爸爸一声不吭地坐在院子里，大口地吸着烟，长久地看着天空。

"爸爸，妈妈呢？"

"走了。"

"走了？去哪了？"

"国外。"

"怎么会呀，我们家不认识外国人。"

"你妈妈认识。"

夏洛依的妈妈真的就这样走了。

之后好多天夏洛依都没理我，我也不知该怎么去安慰她。她每天一个人沉默不语，一个人待在家里，把那心爱的随身听放在收纳盒里，抱在怀里。她说那是她妈妈送给她的临别礼物，总有一天妈妈会回来的。

后来夏洛依再也不提她那个有钱的舅舅了。听村里的人讲，那个所谓的舅舅是一个老外的司机，她妈妈和那个老外去国外了。我还听一些人讲，夏洛依就是她妈妈和那个老外生的。

说到这里我眼睛湿润了，子芷的眼睛里也泛着泪花。子芷紧紧地挽着我的胳膊，一言不发，一直向前走着，一直走到景区的出口。

　　走出景区，一排法桐蜿蜒于道路两旁，法桐上挂满了一串串的红灯笼。黑色的路面，黄色的虚线，衬托着一盏盏红色的灯笼延伸到路的尽头。

06

　　晚上夜空明亮，却看不到星星，唯有灯光。也不知道从什么时候开始，人们再也注意不到夜空中的星星了。我们沿着徐东大街一直往二桥走，走在桥上看夜色中的长江，走在桥下看夜空中的明月。江面荡漾，分不清是灯光还是月光；江风拂面，分不清是凉爽还是清冷。

　　子芷说她小时候的夜晚有漫天的星星，月光洒在田野上；是屋顶上的一丝光亮，追逐着地上长长的身影。

　　我说我小时候的夜晚是坐在河边听着蛙叫，看着波光的荡漾；是寻着稻田里的灯光，等待着那个身影。

　　自从夏洛依的妈妈走了之后，夏洛依变了。她不再像以前那样欢快，不再和小伙伴们一起玩耍，也不怎么理我了。

　　打那以后，夏洛依似乎有忙不完的事。每天早晨天才一丝亮，她就提着竹篮来到水库边，捡田螺、河蚌。小时候没多少人吃这些东西，水库边的田螺、河蚌又大又多。光着脚，踩在浅浅的水边，水清清，冰凉透心。透过清清的水，寻找泥水里一条条弯弯曲曲的泥缝，在泥缝的尽头，用手去挖，大大的河蚌就躲在泥底下。而田螺就更好捡了，半个身子藏在泥底下，露出另一半欢乐地看着捡它的人的笑脸。一直到太阳晒到屁股了，夏洛依才提起沉重的竹篮回家。回家的路上，她不走大路，一直在玉米地里穿梭。村里的孩子们都觉得她怪怪的，但是她谁也不搭理。

　　整个上午夏洛依都很忙碌。回到家之后，她把田螺、河蚌放在水里养着，然后就开始在菜地里割草喂猪。做完这些之后她便开始择菜。我见到最多的就是她在剥毛豆，似乎她家有剥不完的毛豆。我时不时地会过去帮她一起剥，但是她一直戴着耳机，听着歌曲，从不理会我。剥完毛豆，夏洛依又会把大把的毛豆梗抱到猪圈里喂猪。但是有一天，她不小心把我送给她的那盒小虎队的磁带混进了毛豆梗，扔进了猪圈。当时她就奋不顾身地爬进了猪圈，那黑黑的指甲，那红红的手指头在毛豆梗里翻来翻去。但是一切都迟了，那盒磁带被猪咬坏了。夏洛依一声不吭，就那样一直站在猪圈里好久好久。小伙伴们都嘲笑她，说她像猪一样进猪圈了。而我看着她那惋惜的眼神，就翻进了猪圈拉她离开，但是她狠狠地甩开了我的手，头也不回地回家了。

　　夏日的中午，知了叫个不停，太阳无情地烤着大地。大人们会在树底下乘凉，孩子们就在树底下写暑假作业，下象棋，学画画。但唯独没有夏洛依。有一回夏洛依的爸爸在镇上搬砖头中暑了，躺在家里一动不动。那个炎热的中午，她没有和小伙伴们一起乘凉，也似乎从来不去看书学习。那么热的中午，她穿过一片玉米地，来到一片西瓜地里，左挑右拣，抱起一个大大的西瓜。然后又轻手轻脚地来到瓜棚边，在看瓜人的小床上放上她仅有的七角钱硬币。怀抱着那个大西瓜，夏洛依满脸的笑容，汗水顺着脸颊一直流到嘴里，她顾不上擦拭，继续穿过那片玉米地，她要给她的爸爸带去夏日的清凉。

喜悦写在脸上，步伐轻盈，却与几个小伙伴撞个照面。小伙伴们问她西瓜哪来的，她说是买的。其中一个男孩说那片西瓜地是他家的，中午他们家根本就没人过去，怎么可能卖西瓜给她。于是大家都一齐说她的西瓜是偷来的。夏洛依辩解道："我给钱了，我把钱放那小床上了。"

"你放了多少钱？"大家不依不饶。

"我，我。"夏洛依吞吞吐吐，"我就是放钱了。"

"你就是小偷！"

"我不是小偷！"

"你就是！"

"我不是！"

"就是，就是，你就是小偷。"

众口难辩，夏洛依没有继续辩解，她把那个大西瓜狠狠地砸在叫得最凶的男孩的头上，然后又把那个男孩推下水沟。

小伙伴们一片慌乱，有人下沟救人，有人大声骂她，有人说要回去告诉妈妈。一片慌乱中夏洛依捡起碎掉的半边西瓜，流着泪跑回了家。

自那以后，小伙伴们都疏远了夏洛依，只有我想去找她，但是她本能地抵触着所有的小伙伴，包括我。为此，每当夏日的夜晚来临，每当小伙伴们在村头东跑西溜的时候，我都会坐在运河边，看着星空，看着月光在河边洒下涟漪，等待着田野里的那点光亮。

田野里的那点光亮来自夏洛依的头灯。

每个晚上，她都会戴上头灯去找鱼。夏日的晚上，特别是一场暴雨过后的晚上，鲢鱼就会冒出水沟。此时只要用头灯照过去，鲢鱼就会一动不动，束手就擒。每一个夜晚对于夏洛依来说都是丰收的夜晚，对于小伙伴们来说都是快乐的夜晚，而对于我来说都是等待的夜晚。

　　没有人知道夏洛依捡田螺、捡河蚌、捉鱼到底干吗，她没日没夜地做这些，持续了整个夏日。自从她妈妈离开之后，她就开始没日没夜地忙碌，像是发泄情绪，像是寄托思念。

　　自那个夏天开始，夏洛依像个男孩子，也像个野孩子。捡田螺河蚌、捉鱼都不算什么，她还会捕黄鳝。不过她的工具不多，十几个黄鳝笼，那种长长的，只能进不能出的竹片编织品。在竹签上穿上蚯蚓放进黄鳝笼，找准自认为好的水沟，把笼子放进去，然后第二天早上记得来收就行。那时候我舅舅有一个水塘，里边养了好多黄鳝，我经常在水塘的周边看到好多黄鳝逃跑出来。为了接近夏洛依，我把这个秘密告诉了她，从此她就在天黑的时候，把她的十几个黄鳝笼放在舅舅家水塘周边的稻田里，然后天没亮就起来收走了。

　　尽管这样，夏洛依还是没有理睬我，也许在她的心里还是感谢我的。

　　那会儿随身听很流行，小伙伴们都会借着学英语的名头，用随身听去听流行歌曲。每当听到好听的歌曲，我们都会倒带重复听。但是为了省电，我们时常会把磁带拿出来，插上笔，在手中旋转，手动倒带。没多久又开始流行随身电源，男孩子们都喜欢把随身听扣在皮带上，边上再挂个电源，然后戴上耳机，从村东头走到西头，洋气又能吸引女孩子们的注意。我也学着那些男孩子们的装扮，但我只想吸引夏洛依的注意。可是夏洛依还是和往常一样并不搭理我，也不去搭理其他小伙伴们。后来我又买了张信哲的磁带送给她，她接受了，但是她并没有听，也再没看见过她拿出随身听。

说到这里子芷笑了起来:"我觉得你当时少送了一样东西。"

"是什么?"

"随身电源。"子芷挽紧了我的胳膊,接着又问我,"那后来她有理你吗?"

"没有,那个暑假都没有。"

那个暑假夏洛依彻底地变了,变得沉默寡言,变得像个男孩子,变得不那么讨人喜欢了。

车流渐止,汽笛声划破夜空,街安静,灯火阑珊。

夜渐深,江风起,风拂人心,人静心波澜。

子芷接着问我:"那你们后来有没有重归于好?"

"和好过一次,但那是初三毕业的事了,在外婆家的最后一个暑假。"

我的美好年少记忆中,几乎都是外婆家的那个村子,那样匆匆,那样无忧无虑而又充满幻想的年少。也许是之后的学业紧张了,也许是孩子长大之后都不愿再去外婆家了,也许还有其他的一些原因。初三的那个暑假,是我最后一次在外婆家度过的暑假。

当我望眼欲穿地来到那个村子,我的记忆又把我带到了一年之前。我满心期待所见到的人啊,却在一年之前疏远了我。

当我走过村头,一个回眸让我悸动,是夏洛依。时隔一年,她对我微笑了。当初那蓬乱的头发戴上了发卡;当初那瘦弱的身影还是那样的瘦弱;当初那叽叽喳喳的话语变成了一个微笑。只是,她变黑了,回眸之时,露出洁白的牙齿。

我每天都制造出无数次与夏洛依的不期而遇,期待她的回眸一笑,期待她那眼神里的微笑。但是相互打了个照面之后,她并没和我有过多的交流,她还是像去年夏天一样的忙碌。

我的心就像夏天夜晚的萤火虫,暗得可怜,但足够让远方的人发现。我的心就像夏天暴雨前的闷热,总想着透透气。我的心懵懂、躁动、不安,就像夏天的知了,叫个没完没了,永不安静。

我用我的精心制造,与夏洛依相遇;我用的我苦心安排,与她同路;我用我的无声问号,与她对话;我用我的行动,与她共同忙碌。

于是早晨,我不再睡懒觉,那梦里的贪恋都不如现实让人激动与回味。那样的早晨,我们提着竹篮,穿过那片树林,迎着晨风,闻着早晨的气息,向水库边前进。我帮夏洛依提篮子,她教我怎么找河蚌;我帮她撑网,她教我怎么捕鱼。

有时我们会带把铁锹,挖泥土把一条小沟拦腰截断,然后等下游的水开始流淌之后,再把先前做好的堤坝破一个口子,撑一张网。做完这些之后,我们就来到树荫下,看着远方的铁轨,听着火车的轰鸣声,讲着我们的理想。一直等到太阳升得很高了,我们才去收网,定有收获。喜悦伴着欢笑,我们快乐地回到村头。我把所有的收获都给了夏洛依之后,我们一前一后分开至少一百米的距离回到村子里。

树叶一动不动,空气闷热。蜻蜓低空盘旋,在草地上肆意轰炸。黑云压低了天空,从南边滚滚而来。然后就是一阵狂风大作,落叶满地。这样的天气在江浙一带的夏天尤为常见。

人们在树荫下摇着手中的芭蕉扇;狗儿懒懒地躺在地上,伸出舌头;蜻蜓从草地上轰炸到树底下;知了的叫声也开始收敛。午后的宁静,也是暴风雨前的宁静。

暴风雨即将来临。

树枝左摇右摆，一会儿弯成扁担，一会儿弯成弓箭。地上的泥灰和树叶一起，铺天盖地。人们忙着收拾晾晒的衣服，把家什往屋里搬。天空渐渐黑了下来，黑得就和傍晚一样。一个闪电从远方的地平线上划过，一声巨响，炸开了天际。暴雨倾盆，像钉子一样，从天而降，扎进泥土里，溅起地表的热浪，把泥土的气息传递开来。

我站在外婆家的廊檐下，看着这场暴雨，闻着被雨水浸润过的泥土气息。雨水汇流成溪，溪水汇积成河。河的尽头，我看见了一个身影，不急不慢，在雨中踱步，任凭雨水的拍打，任凭雨水在头发上汇流成河，顺流而下，流过脸颊，漫过嘴角。

这个身影渐渐走近，并不在意别人的眼神。这个身影孤单可怜，裤子上的斑斑血迹并没有被雨水冲刷掉。这个身影不躲闪，不逃避，分不清雨水和泪水，看不透眼神和内心，寻不到家的归宿和方向。

村里人都注意到了这个身影，在暴雨中行走的身影，裤子上带着血迹的身影。村里人都指着这个身影议论纷纷，却没有人上前过问和关心。村子里的狗对着这个身影狂吠。

这个身影是夏洛依。

我奋不顾身地冲进雨里，却被外婆拉了回来。外婆让我进屋去，然后她拿起一把伞冲进雨里，脱下外套，披在夏洛依的身上，领着她进了屋。

外婆一直让我去后屋不要出来，但是她却紧紧地把夏洛依抱在怀里，任凭雨水浸湿了自己的衣服。

透过门缝，我看到夏洛依泪流满面，却没有一丝哭泣的声音。透过心门，我的心一阵阵抽搐似的疼，像是被剪刀剪过一般。

暴风雨后的宁静，一片残败。雨后的树木断了很多，光秃秃的，像直耸云霄的荆棘。我看着眼前的残败，闻着夏日雨后泥土的味道。从那以后，我开始讨厌夏日雨后泥土的味道，带着血腥，带着泪水，是苦涩的。

第二天我忍不住问外婆昨天的夏洛依怎么了，外婆没有回答我。当天下午，我的爸妈就把我给接走了。

我对子芷说："每次我回忆起那段经历的时候，我就在想，人的大脑为什么不能像电脑一样，留有USB接口，有需要的知识，就直接拷贝进去，不用学习。不想要的记忆，就直接从硬盘里删除。"

子芷说："要真是这样，那大人和小孩子还有什么区别？"

我说："人还是要成长的，随着年龄的成长，大脑就跟着成长，大脑的成长就相当于电脑的硬件配置在提高。成年人比小孩子高的是CPU，高的是内存。如果真是这样，精神病人也不用怕，给他大脑重装系统就行了。"

子芷说："那如果大脑死机了呢？"

"不死机的大脑才是学霸的大脑，不死机的大脑才是最强大脑。"

子芷没有再说下去，沉默了好久才说话："删除一个人的记忆，要比删除电脑里的内容难多了。"

我们沿江边散步，除了江水的声音，没有更多的声响。我们坐在江边的铁轨上，仰望天空。其实城市的夜晚是能看到星星的，只是平日里视野不够开阔，灯光过于明亮。换个地方，换个时间，换一种方式，换一种心情，星星就在天空，永远地停在那，眨着眼，微笑着。

我们在铁轨上坐了好久，像是等待星星的消失，像是期待记忆的删除。过了好久子芷又问我："那你后来见过夏洛依吗？"

高一的时候外婆过六十大寿，这是我时隔一年半后再一次去外婆家。过运河还是要渡船，石板路还是石板路，村子还是那个村子。我记得那天是大年初六，村子里格外热闹，在外工作的人都回来过年了。

我在外婆家的周边转悠，男孩子们还是喜欢放鞭炮，女孩子们还是喜欢跳皮筋，只是人已不是当年的人。当年的男孩子们都长成了翩翩少年，女孩子们都变成了亭亭玉立的少女，只是我一直找不到我想看到的身影。

晚上，鞭炮响起，烟花照亮夜空，就像冬夜里的星星，却只能转瞬即逝。晚宴开始，村子里的人都过来祝寿。我们晚辈们磕头领红包，红包在手，我的心情却一直低落。这个冬天，爸妈他们来外婆家的主要任务就是给外婆过寿，这个冬天，我来外婆家的主要目的却是想看一眼夏洛依。

院落里热闹，院外冷清。我一个人坐在院外的石阶上，看着星空，听着从远方传来的火车的鸣笛声。

一个身影从我的眼前闪过，是夏洛依。我双目凝视，不会让这身影如流星般匆匆。我立马起身，送上微笑，而她低着头，跟着她的爸爸走进了院子，并没有停留。跨过门槛的那一刻，我看见了那一瞬的回眸，似春雪消融的一湾晶莹，似夜空里最亮的那颗星。

我快步跟上，在门槛边站定，看着她一步一步地走进屋里，走过黑暗，走进明亮。透过灯光，她的头发依然是卷的，只是不再那么蓬乱；她的皮肤是白净的，不再像以前那样黝黑；她的身影如水中粉荷，不濯不妖。她变了，变漂亮了，变迷人了，只是也变得陌生了。

晚宴上，我特意坐在夏洛依的对面，看着她，期待着她的微笑；晚宴上，众人举杯，唯有夏洛依一言不发；她一直咬着指甲，我注意到她的几个手指甲都被咬得如锉过一般。

子芷说:"我教过的很多学生都喜欢咬指甲,说了也改不掉,坐在课堂里,一边听课,一边咬。后来我了解到,喜欢咬指甲的孩子大多都是问题家庭的孩子,或是单亲家庭,或是留守儿童,或是重组家庭,咬指甲或许是这些孩子的一种自我保护的表现。我认识的'自然卷'都二十几岁的人了,还咬着指甲,连指甲刀都省了,'自然卷'小时候就是在问题家庭长大的。"

也许自夏洛依的妈妈走了之后,她家发生了很多事,很多足够给她童真的心灵留下创伤的事,很多她不愿再提起,甚至不愿告诉我的事。指甲能咬掉,可那些悲伤的记忆能咬掉吗?

铁轨冰凉,触及心底的冰凉。子芷看着我的眼睛,轻声地说:"起风了,回酒店吧。"

07

东湖畔，珞珈山下，武大校园里，如诗如画。武汉大学的办学源头可以追溯到1893年湖广总督张之洞奏请清政府创办的自强学堂。其历史悠久，古迹众多，风景宜人，学风浓郁。

沿着樱花大道而行，想象着樱花盛开的粉色世界，在樱花的世界里与美女同行，在樱花的粉色中抒发情感。花瓣漫天纷飞，飘散而落，落得头发上、衣服上、鞋子上都是。才子佳人，樱花树下，怀抱书本，相伴而行。

我和子芷聊起我们上大学时的故事，回想起当初的情景。那是个深秋，我和子芷并肩走在南京的北京西路上。路旁是民国的古老建筑和挺拔的银杏树。秋风起，银杏叶落，纷飞起舞，撒下一片金黄，撒在子芷白色裙子的褶皱上。我轻轻拾起一片，细细端详，仿佛落叶上写满了情诗，写满了我们的青春和我们的故事。

这个季节樱花不再，恰是修身养性、奋发读书的好时机。樱花大道的路上，大大的榕树盘根交错，在夕阳下垂落长长的树枝，像是一把大伞，一直延展到接近地面。榕树下，一位红衣姑娘在练瑜伽，恰是万丛绿中一点红。这种意境美不胜收，我和子芷不约而同地拿出相机，按下快门，然后一起比较谁拍得更美，再相视一笑，仿佛回到了我们的大学时代。

樱花大道一侧是古老的楼宇，灰墙绿瓦，巍峨大气。另一侧是一片足球场，场地上的学生来回奔跑，激烈对抗。一边走，一边看，一边聊。时光匆匆，我们还不曾老去，笑容依旧，只是不及当初的灿烂。岁月似乎在我们的脸上刻下了印迹，不管怎么去打磨，怎么去装饰，不管妆化得有多浓，笑容有多美，都还是有抹不去的痕迹。那种痕迹是岁月，是阅历，是人生中最宝贵的财富，却也是挥之不去的痛。

迎面走来一群中学生，他们拿出手机拍照，应该是一个夏令营的活动。自中学时期起，好多学生就为自己设定了一个奋斗目标。这么美的武大，自然也是万千学子心目中的神圣殿堂。

我问子芷读高中的时候是不是也有一个为之而奋斗的大学。

"嗯。"她点了点头。

然而高中时代的我浑浑噩噩，没有目标，是一个很消极的学生。

子芷说："那是因为你的心里藏着很多解不开的结。"

我不承认，我只是一个学生，我能有什么样难解的结。

"夏洛依就是你的结，你的高中三年心中一直藏着的结，从未对任何人说起过的结。只是你的结结得太久了，你会习惯地认为那不是一个结。"

我无言以对,细细回想,我年少的心思究竟被多少事物纠缠过?

自那年过年在外婆家见过夏洛依一面之后,我就开始打听她的下落。她在另一所职业中学读书,成绩不好,名声也不好。在我的心中,她一直都是美丽的,一时间我很难接受我所听到的讯息。这两种截然相反的形象,在我的心里碰撞过很多次。直到有一天,我们年级来了一个转校生;直到那一天,那个身影再次出现在我们的校园;直到那一天,那翩翩的身影走过我们的教室窗前;直到那一天,她的一次回眸带给了我无尽的笑容……

我坚信我内心最深处对她的美好印象,那些听到的流言都是谎言,我再一次想象着我回到那个村子,在那个夏日的早晨,迎着晨光,阳光洒下斑驳,洒在我们的脸上……

听同学们议论,夏洛依在另一所中学是个女混混,名声也很差,所以不得不转学。我还听同学们议论,说她一共交过多少个男朋友,谁谁是学校的老大,谁谁为了她和谁谁打架。但是每当她经过我们教室的窗前,我就觉得她像初夏的栀子花一样,纯洁美丽。而每当此刻,男生们都会挤在窗前吹口哨。

她的美是公认的,在我的心中,她的美如栀子花开;但是在其他男同学的眼里,她的美如红色的玫瑰,在女生的眼里,她的美如妖艳的彼岸花。

那段时间我非常讨厌那些一边说她漂亮,还一边说她坏话的人。每当有同学说她是坏女孩的时候,我就会与他们争论,一直争论到他们都说我是重色轻友之徒,一直争论到他们说我是癞蛤蟆想吃天鹅肉。

不管别人怎么说,夏洛依在我的心中一直是最美丽的,是最有气质的，尽管我们不再像小时候一样在一起玩耍，尽管我们除了偶尔的碰面已不再有联系。

有一次课间，同学们都在走廊上看着楼下走过的同学，评头论足。一个身影走过，如春风里的那一缕清香，如痴如醉地吸引着所有同学的目光。

走廊里男生们一阵骚动，一边夸夏洛依长得漂亮，一边指指点点，说她的各种不好。平时男生们背地里说说也就罢了，但是现在这么多人一起把目光投向楼下的她，那种感觉对我来说，就像是被别人脱光了衣服游街一样。

我愤怒了，冲下来，喊住了夏洛依，全然不顾那一刻会有多少人看我笑话。

"哎！"我走近了夏洛依，这么多年没有说话，没想到会是用这种方式问候，"楼上好多同学都对你指指点点，说你坏话。"

"他们说我什么了？是不是说我是个坏女孩？"

我点了点头。

夏洛依微笑着看着我，全然不顾别人对她的看法："我知道一直有人在背后议论我。"

"那你就真的不在乎别人怎么说你？"

"小时候在村子里，我就一直被别人指指点点的，现在我也不在乎别人怎么说我。"夏洛依还是微笑着看着我，就和小时候对着我微笑一样，"你还认我这个姐姐吗？"

我点点头。

"谢谢你，弟弟，不要和我走得太近，因为我不想伤害你。"

回到教室，同学们看我的眼光变得异样了。

我和他们说："她是我姐姐，我亲戚家的。"

从此没人在我的面前说她了。耳根清净，我愿意一叶障目。

说到这儿，我仿佛自己戳破了脚上的一个泡，隐藏了那么多年，一直不敢碰，原来戳破了也并不是那么疼痛。

子芷问："你当时是怎么看待夏洛依的？你觉得那些传言是真的吗？"

"我那会儿也不知道该不该去相信那些传言，也许是真的，但我不愿相信，所以她在我的心里一直像是初夏的栀子花般美丽、纯净。"

"你应该相信她。"

走过樱花大道，走向珞珈山的方向。学生们三五成群，手里捧着书本。梧桐叶落，落在道路两旁，和我们一起，讲述着我们的学生时代。

大学的时候，我有一段时间陷入沉寂，百般无聊，只能靠着电脑来打发时间。有那么一个人，一直在我的空间点赞、留言，我却不知道是谁。有时也会聊一会儿，聊些极其无聊的话题，反正是和陌生人说话，说了再多、再过、再掏心窝也不怕，反正聊完之后就可以忘掉。这就是为什么大家会对熟悉的人守口如瓶，反而对陌生人敞开心扉的原因。

有时候在网络上聊天也会聊到无话可说，可似乎谁也找不到一个就此结束的理由。我发一个表情过去，她也发一个表情过来，一来一去靠表情也能聊个十来分钟。后来她发了一个拥抱的表情，我回了一个玫瑰的表情，然后我们谁也没有继续回下去。

有一次她问我有女朋友没，我说："没有，但是心里一直住着一个人。"

她说："是我吗？"

我说："是最熟悉的陌生人。"

她说:"我们就是最熟悉的陌生人。"

她还说:"要不我做你的女朋友吧,我们一起周游世界。"

我说:"好啊,我们一起迎着晨光,穿过树林,然后再一起来到田野里的铁路边,等着火车经过,一起去远方……"

她说:"这正是我所期待的世界。"

后来的聊天,我们共同描绘着一起周游世界的场景,甚至也说过一些打情骂俏的话语。但是一旦关上电脑之后,大脑里就会一片空白,就像被格式化的硬盘。

直到有一天,她对我说:"我们能见面吗?"

"不可以!"我果断地拒绝。

"难道我们只能在网络上做情人,幻想着周游世界?"她回复道。

"我们只是陌生人!"我依然斩钉截铁般地回答。

"你真的只认为我们是陌生人?你以为一个陌生人会这么主动地和你聊天?你以为一个陌生人会像我这样期待与你的每一次聊天?难道陌生人就真的不能成为一个熟悉的人?"

"你到底是谁?"

电脑那边没有回答。

后来我不怎么上QQ了,像是在刻意躲避着什么。可越是刻意地躲避,就越是忍不住打开QQ,但是并没有人给我留言,也并没等到我想要的留言。

时间就这样匆匆而过,那些零星的记忆就像是存储在了硬盘的坏道上,一直读了很久,也读不出来。

后来沉寂的日子里,我远离了电脑,时常一个人泡在图书馆里,翻看着各种旅游杂志,在图片中寻找心中的世界。那段时间,我每时每刻都在勾勒我的旅行计划；那段时间，我向往着一个人的颠沛流离；那段时间，我期待着向心爱的人讲述我的精神世界。然而那段时间，我孑然一身，我贫困潦倒，我把我的旅行永远停留在那些图片上。

再后来，当我再一次沉醉于我的精神世界的时候，一个电话带给了我一个惊喜。

电话那头是既熟悉而又陌生的声音，是好多年没有听过的声音，是我曾经期待过的声音，是我童年里听过最美的声音。

是夏洛依的电话，她说要来看我，我欣喜若狂。

子芷听到这儿打断了我："是什么时候的事情？"

"是和你分手以后的事，别多想。"

"哦，我以为你瞒着我搞小三，没事了，继续说，我想听。"

在武大校园里，我们往回走，再一次走在樱花大道上。樱花不再，但能够想象樱花盛开的漫天粉色。时过境迁，还是能够读取到那尘封的记忆。

那个梧桐叶落的季节，校园里落满了金黄色的树叶，像是撒下了金黄色的花瓣。那一天我把自己打扮得阳光帅气，像是去迎接久违的新娘。那天，我站在梧桐叶落的楼下，手捧鲜花，焦急地等待着夏洛依的到来。

我的舍友们看我一大早精心打扮，也猜想到今天会是个不寻常的日子，便偷偷地躲在树边，观看着我的一举一动。

一辆红色敞篷奥迪驶进校园，卷起漫天的金黄树叶。同学们的目光都被这辆车吸引着，而我却一直望着远方，等待着我想等的人。那辆奥迪缓缓地在我的身边停下，而我的眼神并没有回转，依旧望着远方，等待着我想等的人。

那辆车的主人是位美女，美女下车，卷卷的头发迎风飘扬，吊带裙也迎风飘扬。美女走近我，摘下墨镜，微笑着看着我。我这才转过头来，用诧异的眼神看着她。

"邵弘毅，怎么，不认识我了？"美女微笑着看着我，似乎也在等待着我的微笑。

"夏洛依？"

我的心就像盛开的鲜花，我张开双臂，迎接着那久违而深情的拥抱。

梧桐树下，同学们都驻足回头，梧桐树后，我的舍友们探出脑袋。像是一场婚礼的现场，像是一个电影的镜头。

我们走在梧桐树下，踩着金黄色的树叶。校园里金桂飘香，香溢满园。夏洛依说她喜欢这样的场景，喜欢桂花的香气，就好像小时候村子里的味道。

我的舍友们想着法子与我迎面，眼睛直勾勾地看着夏洛依。擦肩的一瞬间还向我打招呼，顺便邀请夏洛依去宿舍坐坐。

那么乱的窝，哪能让美女去坐，但是夏洛依还是开心地同意了。

我们的宿舍里，平日里脏衣服脏袜子一大堆，瓜子壳铺满整个地面，但是今天却很整洁。舍友们搬来凳子让夏洛依坐下，又是端茶又是倒水的。夏洛依谢过，来到我的床边，帮我把被子又叠了一遍。我一边给她介绍这是我们宿舍的谁谁谁，一边指着我的书桌，向她讲解我每天的活动范围。她来到我的书桌前，看着我的电脑桌面，好久都没有回过神。我的电脑桌面很干净，没有多少图标，电脑的桌面背景是一片林荫路，女孩儿坐在自行车上，偎依在男孩儿的后背，自行车在林荫路上穿梭，阳光洒在他们的脸上。

当晚我们学校将要举行校园十佳歌手决赛,我就是十佳歌手之一。我把这个消息告诉了夏洛依,她问她是不是来得不是时候,打扰到了我,我说没有。她让我把晚上要唱的歌唱给她听一遍,我有些羞涩,但还是唱给她听了,那首《烟花易冷》。听完之后她问我这个比赛能不能拉外援,我没明白什么意思,一直看着她,她说她想和我合唱。要知道在理工科大学,能有美女陪着上台绝对是一件十分荣耀的事情,于是我答应了。那天下午,我们在学校的后山上练歌,寻找相互配合的默契。那是我第一次听到夏洛依的歌声,十分好听。

傍晚我们一直在校园里走了很久,闻着花香,踩着落叶,看着校园里的一对对情侣,听着他们的欢声笑语,聊着我们小时候的趣事。走累了,我们就来到食堂里,相对而坐,在汽水瓶里插上两根吸管,甜甜地笑。那些平日里我看不上的饭菜,现在都是香的;那些平日里不曾看我的目光,现在都被夏洛依吸引而来。

晚上十佳歌手决赛准时开始,学校礼堂里座无虚席,学生们高举着荧光棒,欢呼着,呐喊着,就好像是"快男""超女"总决赛一样。十佳歌手一个接一个地上台,每一位选手都是那么优秀,有唱情歌的,也有边跳边唱的,就好像他们之中每一位都是为舞台而生的。我们在候场区坐着,我一直在喝水,喝完水又要上厕所。夏洛依拉着我的手,让我不要紧张,说就当是唱给她一个人听的就行了,她告诉我上台之后眼睛一直看着观众席的最后一排就不紧张了。终于轮到了我们,在观众的掌声中,我牵着夏洛依的手缓缓登场,夏洛依穿着美丽的吊带裙,在灯光的照射下分外妖娆。两个人上场,这是十佳选手中唯一的一组,而且还是一男一女牵手上场。台下观众的激情瞬间被点燃,我甚至清楚地听到了舍友们的呐喊声。

"繁华声遁入空门折煞了世人，梦偏冷辗转一生情债又几本，如你默认，生死枯等，枯等一圈又一圈的年轮。"我牵着夏洛依的手，在舞台上边走边唱，夏洛依一直跟着我的脚步，微笑地看着观众。

"浮图塔断了几层断了谁的魂，痛直奔一盏残灯倾塌的山门，容我再等，历史转身，等酒香醇等你弹一曲古筝。"夏洛依的歌声刚刚响起，台下的尖叫声就盖过了音乐。

自始至终我都自我陶醉在歌曲之中，牵着夏洛依的手，陶醉在我与夏洛依两个人的世界之中。那晚的比赛有夏洛依的加盟果然效果不错，我获得了亚军。然后我们在同学们的呐喊声中一起牵手离开了礼堂，就好像牵着失散多年的爱人一样的温暖。

晚上在酒店里，我们坐在懒人椅上，看着落地窗外。夜晚的城市灯光璀璨。我们俯瞰这座城市，相依相偎，直至夜深人静。

房间里，我注意到了夏洛依穿着性感的丝袜，纤细的腿，性感、迷人、诱惑、妩媚……

一声电话铃响起，夏洛依起身走到卫生间。我本可以忽略这些细节，但是我还是听到了那些暧昧的话语。我想她应该是有男朋友了，也就没和她聊那些关于感情的事情。

夏洛依说她也在读大学，但我很好奇她的车是哪来的，只是没有问，她也没有说。见到久违的人，我本应喜极而泣，只是喜悦之余我总觉得她的言行举止，她的穿着打扮，她的很多很多都不像是一个学生。我甚至怀疑她是不是一个混迹于社交场合的女子，就像高中时听到的那些传言一样。尽管我在内心深处暗示自己不要这么想，但是我还是说服不了我的所见所想。虽然她比以前更美，更有魅力，但是却越来越不像我曾经喜欢过的夏洛依，离我越来越远。

或许是她变了，或许是我成熟了，也或许是因为她不再是我唯一的寄托。

灯光如月光一般洒在床头，窗外淅淅沥沥雨声不停。那种声响有些让人痛心，有些让人讨厌，就像手指在纸盒和泡沫盒上划过的声响一样。

早晨拉开窗帘，天空阴沉沉的，就像哭了一整夜。

"你之前说的话还算数吗？"夏洛依看着我，"我们一起迎着晨光，穿过一片树林，然后再一起到田野里的铁路边，等着火车经过，一起去远方……我就是那个一直和你在QQ上聊天的陌生人……"

我沉默着，没有回答。

也是那次见面之后我才知道夏洛依的生日比我还小几个月，只是因为女孩子发育比较早的原因，她小时候看起来比我要大，我也就默认了姐姐这个称呼。

"可这又能怎样呢，'姐姐'并不是你不敢接近她的主要原因。"子芷停顿了片刻又问我，"这些故事你是不是从来没有对任何人讲过？"

"是的，藏在心里好多年。"

"讲出来会好过一些。"子芷挽紧我的胳膊，走过樱花大道，走出校门，"以后就由我陪你迎着晨光而行吧！"

武汉不仅有雄伟的建筑，悠久的历史，美丽的校园，宽广的长江，还有一个属于文艺小青年的街区——昙华林。昙华林老街两边有很多有特色的咖啡店、小吃店，与其说是在做生意，不如说是在做艺术。不在乎收入的多少,只在乎心情的愉悦,把店当作童话中的家来经营,把每一位客人当作友人来对待,微笑过后,谁都只是过客。

小小的路口,屹立着微缩的指路牌,红色的杆,白色的方向牌,蓝色的字,指向每一家小店,指向各式惬意的生活。惬意地看书聊天,惬意地喝着现磨咖啡,惬意地品尝各式餐点……惬意的地方,惬意的生活。

走着走着下起了小雨,花店老板并没有把花搬进屋的意思。行人们快步离开,游客们纷纷躲避,不停止的是我和子芷的脚步,雨中的美不是谁都能体会得到的。

雨线、绿色、鲜花,三者完美地交织组合,呈现出雨中独特的美景。

边走边看,边走边拍,忘记了午饭的时间,但不会忘记美食的味道。在一家鲜花饼店前,我和子芷停下了脚步。买几块吃上几口,有点鲜花的味道,沁心扑面,有点回味,但似乎又缺了点什么。

继续悠闲地往前走,老街、老教堂、老医院、老学校、老民居、老城墙……一切都是那么让人心情放松,那么让人心旷神怡。我们顺着微缩的指路牌,走到一个微缩的公交站台,站台上写着本站为"大水的店"。

"大水的店"的招牌是一块怀旧的竖放木板,像是以前政府大院的招牌。招牌边垂满了绿萝,从房檐上一直垂落到地上。绿萝下一匹斑马雕塑悠闲地看着路人,像是在为店家招揽生意,又像是为游人指路。红色的邮筒安静地待在另一边,等待着游客用明信片和信件来把它喂饱。

走进店里,墙上挂着老旧的钟,古黄色的小提琴,墙边摆放着老旧的缝纫机,天花板上挂着老旧的煤油灯。一切都是那样的老旧,又是那样的让人怀旧。我和子芷买了好多明信片，我埋头苦写地址。子芷问我为什么不给我们自己寄一张。我说那就寄回老家吧，等回去了就收到了。

子芷说："还是寄到阳朔吧，寄到'自然卷'的店里，也给'自然卷'寄一张，等我们到了阳朔正好收到。"

我说夏洛依也热爱旅行，上大学的时候她时常会给我寄明信片，也会发些路上的照片与我分享。后来我们的联系越来越少，每次仅有的联系也只是交流旅行、交流照片，心是相通的，仅此而已。只可惜毕业之后就没有联系了。

雨停了，我们走出店，路上的游客也多了起来。很多年轻人都结伴拍艺术照，摆起各种拍照的造型。我和子芷也装了一次嫩，卖了一次萌。

08

  离开武汉,继续旅行,一路向西走,从荆门南下去湖南。这么多年来数次驾车远行,和同学一起,和同事一起,有时甚至独自一人,但是这次,是和心爱的人一起。一路走来,途经不同的地貌,穿过不同的水系,听着不同的方言,看着不同的风景,讲着不同的故事,感受不同的心境。心境,由心而生;心境,因人而异。时空把六年的光阴一下子拉到了一起,就像一张弯曲的纸,头和尾直接相连,不用去管那些曲折的过程。

  高速公路的两边除了护栏还有树木,偶尔有几株花朵点缀其中,像是为了避免司机的瞌睡而故意为之。而我开车总是喜欢看路边的高炮广告,有时候从来不会去注意的广告,只要挂在高速路边的高炮上,我都会多看几眼。也许真的是因为路上太单调了。

  走出武汉没多久,路边就一直出现潜江小龙虾的高炮广告。

子芷问我捉没捉过小龙虾。

问一个在水边长大的人捉没捉过小龙虾,就好像问一个在河边长大的人吃没吃过鱼一样的可笑。对于她的疑问我嗤之以鼻:"要说捉虾的故事,我可以对你说上三天三夜。"

"不怕你笑话,我就没捉过小龙虾,而且第一次拿它的时候还被它钳过,可疼了。"

一下子我又打开了话匣子。钓龙虾是在外婆家的村子里学会的。每个小伙伴都用十几个竹竿,缠上线,然后捉几只癞蛤蟆,撕开癞蛤蟆的肉,每个虾杆上捆一点,连钩子都不需要,直接放进水里就行。只要看到杆上的线绷直了,必定有虾子在咬肉。慢慢地提起来,虾子会傻傻地抓住不放。有时也有聪明的小龙虾会在我们提杆的时候跑掉。后来又有了新工具,在竹竿上绑上一个用铁丝做成的圈,在铁圈上串上网篓。左手提杆,右手准备好网篓,一下一个准。十几个虾杆轮流绷直,不要多久就有半桶收获。

"你说得这么起劲我没好意思打断你,"子芷在我的话隙问我,"你不觉得撕蛤蟆有点恶心也有点残忍?"

"癞蛤蟆爬脚面不咬人瘆人,但是小时候一点儿也不觉得恶心或者残忍,大家都这么做,我也跟着做了。"

再后来,大人们发明了虾笼。把虾笼放进水里,注视着水面上的浮标。在树荫下打会儿牌,洗牌之余去提一次虾笼,准会大丰收。

小时候的虾真是多得不得了,我问子芷知不知道虾在水里是往哪个方向游的。

她说应该是和螃蟹一样侧着爬的。

我就像是老师在给学生上课一样,一板一眼地告诉她:"小龙虾在水里是退着游的。"

"不管是螃蟹还是小龙虾都比你强,你在水里是上下走的。"子芷反驳。

"你捉虾是夏洛侬教你的吧?"子芷又问我。

"是的。"我回答道。在去外婆家之前,我甚至都没见过小龙虾,在遇到夏洛侬之前,我只看过别人捉小龙虾。

"等我们回去了,你也教我捉小龙虾吧?"子芷看着我。

"我是想教你,可是现在没法教了。现在虾没有小时候好捉了,一来是因为捕捉量太大了,二来水污染也严重了,稻田里的农药用得也多,现在连一条清澈的小沟都很难看到。"想想这些,真的很让人惋惜。

"好可惜,那你还是和我讲讲你们捉虾的故事吧,我脑补一下那些幸福的画面。"

"还是不说那些故事了吧,和你在一起才是最幸福的。"我回答。

"我有那么小心眼吗?"子芷拽起我的耳朵,"我是老师,小心我揍你,你那些故事都是小孩子过家家,继续说,我喜欢听。"

读高中之前的每个暑假我都会在外婆家的村子里捉虾,但是让我印象最深刻的当属我在外婆家的最后一个暑假,那也是我捕获小龙虾最多的一次。早晨夏洛侬拿着两个脸盆和铁锹带路,我提着桶,拿着网篓跟着,来到一条不宽的小河边。我们就像在建造一项大型水利工程,在小河里筑起两道泥坝,把小河拦腰截断,形成一个小型的堰塞湖。没有抽水机,我们就用最原始的方式,每人拿起一个脸盆,把堰塞湖里的水往外舀。累了就直起腰来捶捶后背,用泥泞的手擦擦汗,相视一笑,继续舀水。堰塞湖里的水越来越少,小龙虾纷纷露出自己红红的外壳。这个时候的虾是不用钓也不用捉的,完全用双手捡,或者用网篓舀。小龙虾真是多得不得了，捡多了都觉得是一种负担，总想着怎么还捡不完。这种感觉就好像捡硬币一样，不捡吧舍不得，捡吧又不是什么大钱。

当天我没有回外婆家吃饭，我来到夏洛依家，把小龙虾倒在大盆里，用刷子一个个地刷干净。然后我在柴火锅下边烧火，夏洛依在灶前烧虾。那会我们也不懂什么是清蒸什么是红烧，也没有现在那么丰富的调料，我们只是加了油盐，加水翻炒，一直炒到小龙虾身体发红，尾巴弯曲。

那天我觉得小龙虾特别好吃，至少是我那十几年来吃过的最好吃的一次。那天也是我迄今吃小龙虾吃得最多的一次，虾壳堆积成山。

我很享受那样的夏天，那样年少的夏天。可是之后没几天，在一场猛烈的暴风雨中，我看见了夏洛依，看见了她任凭雨水拍打，看见了雨水在她的头发上汇流成河，流过脸颊，漫过嘴角；我看见了她的裤子上还带着血迹，看见了村子里的人对她议论纷纷，看见了村头的那只野狗对她狂吠……

"别说这些不开心的了，马上就要到潜江了，正好也是吃饭时间，我们去品尝品尝潜江小龙虾吧。"子芷看着我专注的神情和泪汪汪的眼睛，"前边服务区换我开吧，你休息一会儿。"

潜江到处都是龙虾店，这家自称"虾皇"，那家自称"虾神"，搞得我们都不知道去哪一家好。顺着店家热情的手势，我们停车吃虾。

潜江小龙虾主要是以油焖为主。把锅烧热，加入大量的油，烧上个十来分钟，然后再倒入姜、蒜头、花椒等调料爆炒出香味，再把虾入锅，大火翻炒，再加点料酒、醋，最后翻炒至干，放点香葱或香菜即可出锅。

红通通香喷喷的小龙虾上桌了,我和子芷先是很讲究地戴上手套,但是不多久就觉得手套很不方便。为了美食,形象算什么,我们连筷子都用不着,直接用手去盆里捞虾,一边剥一边吃,一边吃一边聊。

子芷顽皮地把每个手指上都套上虾头,在我的面前比画,说要用龙虾美甲给我挠痒痒。

子芷说:"你知道吗?在咱们江浙一带也有一个地方的龙虾非常出名。"

"于台?"

"不是,读盱眙,跟着我读,'xū yí',第一个字读第一声,第二个字读第二声。"子芷一边纠正我,一边向我讲述着她在盱眙发生的故事。

那是她和我分手后的夏天,她因为出差,去了美丽的山水小城盱眙。下了高速之后,一路上都是龙虾的味道,道路的两旁齐刷刷地立着各种小龙虾的塑像,像是迎接远方客人的到来。每年六月,盱眙都会举办龙虾节、万人龙虾宴。夜幕降临,整个小城异常热闹,各种饭店、大排档通宵营业,人们喝着啤酒吃着龙虾,似乎龙虾已成了他们那里的一道主食。不管是家庭聚餐还是朋友聚会,龙虾总是必不可少的,就好像四川人离不开火锅一样。那真是名副其实的"龙虾城"。

那段时间,每个清晨,子芷都会推开酒店的窗户,看着淮河水拍打着河堤,闻着河水的湿润气息,和风吹拂,吹拂着她湿漉漉的脸颊。然后子芷会去都梁山上的"都梁阁",看市民晨练,看朝阳升起,看淮河从山脚下流过,汇入洪泽湖,静静等待整个山城苏醒,迎接新的一天。"第一山"坐拥山城,北宋书法家米芾的"第一山"三个大字在石碑上仰面朝淮。登山临淮,登高望远,那种气势,那种美景,足以带走所有的不快。只是傍晚一个人走在淮河边,看渔舟唱晚，看夕阳西下，看这座小城入眠，好多往事又会一下子涌上心头。

我问子芷盱眙的小龙虾和潜江的有什么区别。

她说味道上各有千秋，但是从情感上，她更喜爱盱眙的小龙虾，因为那个失恋的夏天，她都是在盱眙度过的，都是靠吃小龙虾散心的。她说："盱眙的小龙虾就像是一道药，专治失恋；十三香味的让人忘掉心痛，蒜香味的就会把美好的回忆带来，忘掉不快乐的，记住美好的，这就是治疗失恋的良药……"

"对不起。"那一刻我能想到的就是道歉，我能为她做的就是带着她走向快乐，带着她抚平过去的伤痛，"对不起，那段时间我脾气暴躁，整天疑神疑鬼，经常莫名其妙地对你发火，都是因为我才导致了我们分手，才让你的那个夏天那么难过。"

"该说对不起的是我，真的。"子芷摆摆手，示意我听她讲完，"那时我也不知道自己为什么那么倔强，我坚信感情就和物件一样，上一代人总认为东西坏了就该修，而我坚持认为东西坏了就该换掉，可是时隔六年绕了这么一个大圈，我才发现感情这个物件还是一开始的好。你信吗？其实那天晚上我看到你在盱眙的大街上淋着雨给我打电话，我看到一辆辆车子驶过，溅了你一身的水花，我看到一道道闪电从空中划过，我看到你嘴角的雨水和泪水。在酒店的落地窗前，我什么都看得到，那一晚我的泪水和你身上的雨水一样多，我也不知道当时我为什么会那么绝情，就连你写给我的最后一封信我都没有要，因为我怕我会被你感动，我会情不自禁。这么多年了，每次当我想到那一晚的场景，我就会非常自责……"

"别哭了，我手上全是虾汁都不好给你擦眼泪。"

"我自己擦，你手上全是油。"子芷拿下了她的"虾头美甲"，一边擦手一边擦眼泪，"等我们回去了，我们一起去盱眙吃龙虾，我们把所有的不快乐全当虾壳剥掉,把快乐的都当虾肉吃掉。"

"好,拉钩。"

"拉钩。"

09

一路向南，天黑时分才驶入湖南。

湖南人也是属于很能吃辣的那种，但是印象中湖南的景色却是那样的小资、秀气，就像江南的小家碧玉。其实辣与豪爽或是雄壮并没有直接的联系，但是我们看待事物会习惯先入为主，甚至是信口开河、凭空捏造。就像我对夏洛依的感觉一样，她小时候给我的印象是自立自强，甚至有点泼辣，我就会理所当然地认为她足够坚强。高中时期同学们都说她不是个好女孩，加之她平时的打扮很有气质也很时尚，就会有更多的同学人云亦云地说她"整天就知道打扮""心思都没用在学习上""一看就知道不是好女孩"。对于旅行来说也是如此，一个地方的风光如何，当地人是否友善等等，这都需要自己的脚步去丈量，需要自己去发现、去分析、去思考。

找个城市休息，在夜色下散步，吃点当地的炒河粉，放松一下身心，调整好心情去继续旅行。

在去往张家界的路上，子芷说："一路上都是你在讲故事，那我也讲点故事给你听听吧，是关于'自然卷'和何海的故事，他俩是在路上认识的，大概也是这个路段吧。"

那个时候子芷和他们还没有认识，那一天何海一个人驾车走过这段路。

在一个服务区，何海遇到有人搭车，一个穿着很随意的女孩。没有过分的暴露与艳丽，也没有一身包裹得很严实、很专业。这样的穿着让他相信她不是骗子，也不是一个一路穷游的背包客。他需要的就是这样一个搭车客。

那女孩子就是"自然卷"。她走到何海的车前："先生你好，请问你去哪？"

"你去哪？"何海摇下车窗。

"只要往南就行。"

"上车吧。"他点了点头。

比一路上的疲倦更让人崩溃的是孤独。车上多了一个人，只要不是一个像死猪一样上车就睡的大活人，就会让旅途不再孤单，充满欢乐。

"美女，这样吧，我带着你，你得付我一点钱。"何海很平静地对身旁的美女开口，却没有转过脸。他相信她不可能透过他的墨镜读出他的眼神。

"你不会是黑车司机吧？"女孩下意识地抱紧了手中的包，右手放在门把手上。

"我不是，但我需要钱，二十就行。"

"那你能把我带到哪里？"

"你的目的地是哪里？"

"我要到云南。"

"那我就把你带到云南。"

"不用了，谢谢，我给你二十，等到了下一个服务区我就下车……"

何海没有回答，接过那二十块钱，继续开着他的车。接下来的路上，他们没有对白。

到了服务区，何海没说让"自然卷"下车，只是摇下车窗："93加二十块钱油。"

"二十？油枪点一下就到了。" 加油的小伙子看了看他。

"我只有二十，钱包在上一个服务区被人偷了。"

"不好意思，我还以为你是开黑车的，我不知道你钱包被偷了。""自然卷"转过头，掏出自己的钱，"师傅，加满。"

"有在高速上做黑车的吗？本钱都不够。"何海说。

接下来的路上"自然卷"就放松了警惕，何海对她说："其实在搭你之前，我在上一个服务区里待了很久，真想做一回黑车司机，因为就在那个服务区，我的钱包被偷了，但是我的车眼看就没有油了……"

其实何海的钱包并没有被偷，就连他的车其实都是租来的。

一路上天空很蓝，甚至看到了远方的地平线；一路上风景迷人，甚至闻到了花草的清香。

一路向南，何海对"自然卷"说他的目的地是彩云之南，一路走一路玩，一直玩到云南。

"其实我也是想去云南的，一路搭车，一路玩，走一路，玩一路。""自然卷"说。

"那岂不是正好，我们一路同行。"

天知道何海的哪一句话是真，哪一句话是假。路上遇到的人，有几个会说真话的。

"其实我是开公司的，但是厌倦了城市里的生活，就想出来散散心，能遇上你这样一个爱好相同的人，我真的很开心。"那会儿何海真是谎话连篇。

"厌倦了就离开呀，城市真没什么可留恋的。""自然卷"说。

"离开城市拿什么赚钱生活？你别告诉我你不需要钱。"

"钱固然重要，但钱真的有那么重要吗？""自然卷"回答。

"好吧，看来你是有钱人家的千金，所以觉得钱不重要。"其实何海一直在套她的话，"其实我也觉得钱就是那么一回事，但是我出生在山里，家里非常穷，爸爸在我小时候出车祸走了，是妈妈一个人把我拉扯大，所以后来我在城市落了脚就想着赚钱孝敬妈妈……"

"你做的是对的，其实我一直很抵触眼里只有钱的人，可能是我太过于敏感了，但是你是个例外，你和他们不一样。""自然卷"的眼睛一直看着窗外，一直没有回转。

"自然卷"的童年就好像是一只被散养的猫，缺少爸妈的爱，也缺少大人的管束。有时候温顺可怜，有时候凶悍无比，有时候还会自暴自弃。

特殊的家庭环境让"自然卷"变得早熟,她情窦初开那会儿就喜欢上了一个男孩,那个有礼貌、爱干净、很文静、学习好的男孩。小时候的审美标准就是这样,不是帅不帅和有没有钱的问题。但是那个男孩似乎只是把她当作玩伴,有时还会疏远她。后来她的家里发生了好多事情,妈妈爸爸相继离开了她,再后来在她身上发生了许多可以改变她一生的悲剧。所以后来她变得很坚强、很自立,但是她的坚强与自立并不代表她不需要爱的呵护,也并不代表她不会去继续爱那个男孩。同样她的坚强与自立并不能掩盖她的胆怯,所以,她对那个男孩的爱一直埋藏在心里,一直埋藏了很久很久。甚至有好多个机会她可以释放出这个埋藏已久的种子,但是害怕可能会发生的结果让她无法接受,让她不敢去释放那颗种子,她就这么一直胆怯了十几年。

高中的校园里,"自然卷"和那个男孩相遇过。但是相遇的感觉不像是童年的记忆,也不像是年少时该有的氛围,一切和她曾经无数次想象的场景不符合。那时候她的名声很差,差到垫底,无论走在哪,总会有学生对她指指点点。尽管她尝试着高傲地走在校园里,尽管她想通过自己的打扮让其他女生嫉妒,但是她始终无法面对那个一直存在于记忆中的男孩对她的质疑。

上大学的时候,"自然卷"放纵过,买名牌、坐豪车、逛夜店,反正花的都不是自己的钱。一时间她突然觉得自己有钱了,觉得自己终于和别人平起平坐了,觉得自己是时候去找那个一直存在于她记忆中的男生了。那一天,她时隔多年再一次看到了那个心仪的男生,那一天他们过得很快乐。只是晚上的时候,那个男生看着窗外一言不发,直至清晨。十几年来一直埋藏的种子死了,一直埋藏在她的心里,也终将死在她的心里。

回到学校后,"自然卷"卖掉名牌,开始进图书馆,脱下华丽的时装,把自己变得简单一点。一切似乎只是一个不切实际而又浮华的梦,这场梦是时候该醒了,她回归了她最初的生活。

"自然卷"大学毕业后进入了很不错的公司,职位与薪水都升得比较快。但是后来由于种种原因她还是辞职了,她说她想周游世界。

其实她一直都缺爱,但却不敢轻易地去爱。她所经历的使她同时也具有一颗怜悯的心,所以她相信何海的钱包真的是被偷了。

一路南下,穿过整个湖南。一路上的吃、住、行花的都是"自然卷"的钱。那几天的时间,"自然卷"也确实过得很开心。同行的这个男人,尽管才认识几天,对她却是无微不至地关怀。这个男人和以前那些接近她的男人不一样,这个男人的眼神不是色眯眯的,这个男人甚至开房都是开两间。

夕阳在山顶投射下长长的余晖,把山上的绿色都掩映成墨绿与黑色。空气湿润,弥漫着绿色的清香。群山之间,一个安逸的小城,"自然卷"与何海并肩而坐。

"等我哪天走累了,我就来这样的小城定居。""自然卷"说。

"等我哪天赚钱赚累了,我就卖掉公司,也来这样的小城定居。"何海说,"这几天一直花你的钱,真不好意思,我们公司的卡只能对公,不好让财务转钱给你,你放心,等我回去了补好卡第一时间连本带息把钱还给你。"

"不用了,你人这么好,就当是车费啦。"

"那怎么行,就是车费也要平摊的,放心,我一定把钱还你。"何海拍着胸脯保证。

他俩就这样一直看着夕阳,看着群山,然后各自拿出手机,各自进入各自的世界。

"我刚抢了个大红包,我给你也发一个。"何海打破沉默。

"什么红包?"

"微信红包呀,我刚刚抢到一个大红包,我给你发个88块的红包。"何海一边说一边操作手机,"抢红包挺有意思的,我才学会没多久。"

以后的几天里,何海白天花着"自然卷"的钱,晚上都会给她发几个红包。

"你放心,这个不算还钱,红包我是发给你玩的,抢来了我又不知道怎么花,欠你的钱等我回去一分都不会少你的。"

"真的不用还,要是没你的车我现在还不知道在哪个服务区里呢。""自然卷"想:没必要以小人之心度君子之腹。

有一天,吃完晚饭后,何海一直在车子边绕来绕去。"自然卷"也跟着过来:"怎么了?"

"今天一直感觉车子发动机有点异响,我明天想去修一下。"何海挠挠头,"还是算了,小问题应该没事。"

"车子有问题就要修,小问题会拖出安全隐患的。""自然卷"拿出两千块钱递给何海,"不够再跟我讲。"

"要不了那么多。"何海一边说一边把钱放进了口袋,"这样,明早我先去找个修理厂看看,这借你的钱我都记在账上呢。"

那晚他俩睡在一间标准间的两张床上。

"自然卷"看着何海在一个本子上写着什么,就问:"你写的什么,日记呀?"

"没什么,都是账,记的都是你每天花的钱。"

"你心这么细?给我瞧瞧,我看看你记的都是啥。""自然卷"

接过本子，翻看着，"天哪，你心真是太细了，这每一笔我都记不住，你都记下来了。"

"做生意的人账都做得很细，好借好还嘛，不然时间长了我就记不得欠你多少钱了，不过你放心我肯定会超额还你的。"何海看了"自然卷"一眼低下头继续说，"主要我也不会用什么支付宝之类的，微信抢红包还是刚学的，要不然我早就把钱还你了……哎，又抢了个大红包，我发给你，抢红包还挺有意思的。"

一辆车，两个人，一路走，一路停。风景就在路上，愉快装在心里。"自然卷"想：这不就是她想要的生活吗？这不就是她周游世界的方式吗？这几天她一直都很开心。

直到有一天，何海心情很压抑，一整天都不怎么说话，问什么也不说。"自然卷"问了好久他才说话："最近我可能要出去躲一阵子。"

"发生了什么事？"

"也没什么事？"

"你不会是逃犯吧？""自然卷"显得有点紧张。

"你想多了，怎么可能。"何海点燃一根烟，"公司最近资金出了点问题，有人上门讨债，其实我们公司效益一直都很好的，但是一家大客户以前和我们是一个月结一次账，现在突然改成一个季度结一次，这不一下子周转不开了嘛。"

"那你打算怎么办？""自然卷"靠近了何海，把手搭在他的肩上。

"准备先躲三个月吧，等那家大客户把账结了就什么问题都解决了。"

"你去哪躲？你就是去躲也要有钱生活呀？""自然卷"替他着急。

"你有钱吗？要不你借点给我，我先把讨债的打发了，等那家公司和我们结账了，我加百分之五十还你。"

"要多少？"

"我们公司就是一般的广告公司，生意不大，三十万吧。"

"三十万！太多了，我没有这么多。""自然卷"把手从何海的肩上移开。

"对不起，我不该向你开口，没事的，我躲一阵子就好了。"何海回转过头，扔掉了手中的烟，用深情的眼神看着"自然卷"。

"和我一起去云南吧，我不说没人知道你在哪，就当是躲债吧。"

"只能这样了，谢谢你！"何海伸出手，等待着一个礼貌性的握手。

"自然卷"也伸过手，只是握住了就没有放下来："没事的，别难过，你一定会渡过难关的。"

他们继续南下，继续用着"自然卷"的钱，只是何海不再抢红包了。后来他们到了阳朔，到了漓江边的兴坪镇。在那个镇上，他们住了好多天，"自然卷"说她不想走了，她说这非常像她小时候的家乡，她爱这个地方。

后来"自然卷"和何海在兴坪镇租了一间房子同居了。

那段日子也是"自然卷"最快乐的时光，他们喜欢在清晨走过兴坪老街，来到码头，逆光而行，让阳光洒下斑驳，洒在他们的脸上。他们喜欢爬老寨山，在山上看着日出，看夕阳，看漓江从脚下流过，看绿山、蓝水、金黄色的田野、白色的房子。他们喜欢沿着漓江徒步而行，一直走到"九马画山"再坐竹筏回来。

那段时光就是甜言蜜语,那段时光就是梦的点滴,那段时光就是此生的归宿。

在兴坪镇待了近一个月,一天何海急匆匆地说:"我老妈在老家住院了,是癌,急着要手术钱。可我现在,我现在是回也不能回,回了也没钱,千不该万不该,偏偏在这个时候!"
"你别急,你别急,手术费需要多少?""自然卷"比何海还焦急。
"医生说前期五万,后边要多少还不知道。"何海说着说着流下了眼泪。
后来"自然卷"取出自己的钱:"你的卡还没补办,转过去也取不了,我现在只有四万多,我都取出来给你,你明天就偷偷回老家看看情况。"
"谢谢你!你放心,我很快就会还给你的!"何海说。
"好的,路上小心。"
第二天天还没亮何海就走了,这么一走,两个月都没有回来,手机也停机了两个月。

这两个月里"自然卷"一直在兴坪镇等着,等着何海回来。这两个月里"自然卷"没有去看美丽的山水,只是一个人蜷缩在房间里,过着一日三餐的简单生活。这两个月里她的世界一片黑暗,却又充满期待。

后来"自然卷"也想过何海可能是个骗子,但是没有迹象能说服自己,更何况她都有点离不开他了。她一直小心翼翼地长大,一直埋藏着内心的那颗种子,如今那颗种子发芽了,她怎么能相信他是个骗子,她宁愿相信他一定是有难言之隐。

我和叶子芷在去往张家界的路上。如果可以航拍,那样的画面应该是一道黑带在绿色的山间绵延穿梭,黑带上白色的小盒子缓缓移动。风景让人陶醉入神,我也听得入神,一不小心错过了一个路口。

"这出口有点看不懂啊,"我说,"是不是错过了出口?"

"应该是错过了,导航就是个骗子。"

"错过就错过吧,多走点路罢了,"我说,"那何海到底是不是骗子?"

"当时是,但后来也许不是了。"

010

"居人共住武陵源,还从物外起田园。"洞庭西,湘之北,张家界,奇山怪石,如天外来客,鬼斧神工,让人惊叹自然之神奇。一个存在了上亿年的世界,却在近三十年才被世人发现,堪称真正的世外桃源。

我和叶子芷在常张高速的中途下车,直奔武陵源景区。去往景区的路上穿过一个狭长的隧道,出了隧道就是一个收费站,收费站里免费发放景区地图。

整个武陵源景区包括张家界国家森林公园、金鞭溪、黄石寨、袁家界风景区、杨家界风景区、天子山景区、十里画廊景区,门票三天都有效。

景区比较大,景点与景点之间的路程也比较远,所以景区内安排的免费公交,很人性化。从吴家峪门票站开始,我们为期三天的武陵源之旅开启了。登上景区公交，第一站是十里画廊。车子沿着盘山路蜿蜒而行，索溪湖在脚下呈墨绿色。湖上有座桥，一边是湖水，一边是悬崖。湖面平静，车上的游客却不平静，尖叫连连。到了十里画廊小站，我和子芷下车，公交载着其他游客去往其他景点。

十里画廊在山谷间向森林深处延伸。一边是观光小火车，一边是徒步栈道，我和子芷顺着栈道前行，举起相机根本停不下来。十里画廊第一个有名字的景点是食指峰。顾名思义，一座山峰高高耸立，没有起伏，还有连绵，像竖起的食指。作为一路走来第一个值得拍照的景点，食指峰下聚集了很多游客。游人拍峰，我们拍人，就像卞之琳的那首《断章》：你站在桥上看风景，看风景的人在楼上看你。

十里画廊的尽头是石阶，如果不回头可以沿石阶爬到天台，一直爬到天子山。茂密的森林，奇异的怪石，涓涓的流水。空气极度湿润，是一个很好的天然氧吧。在天台上还能看到山与山之间的河谷，浅绿色的湖水连绵着墨绿色的森林。

我和子芷曾经爬过很多陡峭的大山，这样的石阶根本不在话下。我们一路走一路聊。子芷说这儿很像她第一次去西藏支教时的勒布沟。勒布沟在西藏山南的错那县，与印象中高原的寒冷与荒凉不同，那儿是个森林茂密、雨水充沛的低海拔地区。尽管勒布沟气候条件不错，但是交通闭塞，又靠近边境，所以教育非常落后。她说她本以为在那个地方可以静下心来安心支教，可以重新审视她的未来，可以与世隔绝，但是她万万没想到那天一个未能见面的身影，却彻底地打乱了她那宁静的心。

那个身影是我，我长途跋涉，一路寻找，如此迫不及待，已经寻得了叶子芷的踪迹，却未能一见她的容颜。我本来只是想走进雅鲁藏布大峡谷的深处，看一眼马蹄形大拐弯的壮观，却不承想在一个留言墙上看到了子芷留下的一句话：勒布沟的孩子，老师来了。

我对子芷说："当我看到那句话的一瞬间，我内心波动，喜极而泣，几年来我失落至极郁郁寡欢，我以为是我迷失了我的世界，到头来全是因为你的存在。在那个需要徒步几十公里才能走到的大峡谷里，手机没有信号，没有人烟，只有一路的塌方和波涛汹涌的江水。我迫不及待地返回，四处打听，才知道山南的错那县有勒布沟这个地方。你知道的，西藏的每个县都很大，我根本不知道勒布沟具体在哪。我从大峡谷回到排龙乡，那个通麦天险经过的排龙乡，然后回到林芝，再转车到山南，搭车到错那，你知道的，这一路没有三五天根本到不了，车也很少。后来在错那县城好不容易雇了一辆车，还好司机大哥知道勒布沟这个地方。你以前问我，说我为什么不走进那个学校看看，为什么只在校门口问学生，你可能不知道，我一路上找过好多学校，都没找到，所以我也不确定我找到的那所就是你支教的那所，况且没有一所学校的招牌上是写着"勒布沟"三个字的，勒布沟是一个很大的地方，不是一座学校。而且你到底有没有来支教，或者是不是回内地了，这些都是未知数。所以我只在校门口问了学生，谁知道你好好的'叶老师'不叫，非起名叫'德吉老师'。我以为这又是我一个人的一厢情愿，所以我离开了。"

子芷说："我哪知道你会来这个地方找我，可是你离开得太快了，我看到你车子离开的身影，我在后边大声呼喊，可是你还是听不到。"

爬上天子山，登上天子阁，好多电影画面里那种像石柱一样的山耸立于脚下，就像是一整块大山的中间突然塌陷了，然后形成了一个巨大的坑，坑里耸立着一些坚强的荆棘。也是这个时候我才弄清楚天子山和天门山不是同一个景区。

继续乘坐山上公交去袁家界景区。

大自然的鬼斧神工真是让人称奇，也许是亿万年前的一块巨石的坍塌，形成了一个两三米宽的天然石桥，横跨在悬崖之上。悬崖纵高350米，踏上桥面，凉气袭人，御风而立，犹如仙境。我问子芷恐不恐高，她竟然做出要推我下桥的动作。

子芷说"自然卷"曾经给她看过一张照片，就是在这座"天下第一桥"上，桥上有"自然卷"和何海的合影。当时她并不知道这是哪儿，今天来到这里，站在这座"天下第一桥"上，才突然想起好像什么时候见过这张照片。

在阳朔的兴坪镇，"自然卷"一连等了好几个月，但是何海始终没有回来。后来"自然卷"又重新走上旅途，去了云南。在云南大理，在苍山下，在洱海边，"自然卷"总是给人一种忧伤感。有时她甚至会想，如果当初和何海不在阳朔停留，一直来到云南会怎样。

后来在丽江的一个小酒吧里，她真的遇到了何海。当时何海正在用他的老把戏搭讪其他女孩，当他看到"自然卷"在不远处看着他的那一刻，他先是装着不认识"自然卷"，然后借口上厕所，从厕所的窗户溜走了。

丽江真的不大，遇到一个人很容易，特别是遇到一个外地人。后来"自然卷"再一次遇到了何海，但是没等她追上来，何海就上了一辆车离开了。"自然卷"打车尾随，来到了一个叫老君山的森林公园。

公园里有一个缓缓的山坡，山坡上是绿绿的草地，还有牛羊在悠闲地吃草。几顶帐篷酒店与悠闲的牛羊被木栅栏分隔开来。在夕阳下天空很蓝，阳光照在金黄的帐篷顶上。在草地的绿色与蓝天交界之间,升起朵朵白云。在草地的绿色与山坡的交界之处,开满紫色的薰衣草。在薰衣草与帐篷的交界处,一棵棵水杉树像一把把雨伞,在为酒店遮阳。

何海正坐在草地上抽烟,背对着大门的方向。

"自然卷"没有激动,也没有过多的希望,都几个月过去了,她已经接受了这样的事情,她只是想多看一眼这个男人而已。

对于"自然卷"的到来,何海先是吓了一跳,但随即又表现出很惊喜的样子。他没有起身,也没有回头,他说:"我的公司倒闭了,欠了好多钱,也还不上你的钱,所以我不敢回去,也没脸见你。你看到没,我以前的那辆好车都没了,现在这车还是租的。"

"也许你以前那辆也是租的,不过没关系,只要你肯回头,一切都会好的。""自然卷"一直站在何海的背后,看着何海的后脑勺。

"回什么头,回什么头?到头来你以为我是骗子,一直骗你的呀?不错,我是差你钱,可是等我哪天发达了,我会还你的!"

"你不用那么激动,不用你还了,只要我们一起努力,我们会好起来的。"

"你什么意思?"何海这才回转过头,看着"自然卷","其实自我们第一次见面我就喜欢上了你,我本想一路走来慢慢地让你感觉到我对你的爱,然后向你表白,向你求婚,可是没想到后来发生了这么多事。"

"没事了,都会好的,发生了什么我也不想去了解。""自然卷"把何海的头埋在胸前,像是一位母亲来劝说犯了错误的孩子。

有时候宽广的爱可以包容一切,也可以改变一切。

后来"自然卷"和何海计划着他们的旅行,第一站是西藏,第二站是西沙。

子芷说:"真不知道他们怎么想的,第一次去西藏就选择骑行,而且不是走318国道,非要骑行新藏线。一开始在网上看到他们的结伴发帖还以为他们的经验很丰富。不过他们也是挺强的,至少比我强。如果不是'自然卷'后来把这些故事告诉我,我真以为何海是一个可以托付终身的人,至少在我认识何海的那段时间里,他的确是个好男人,人长得帅,有担当,还很体贴人。骑完新藏线之后我们在拉萨小聚了一段时间,后来我留在了西藏,去尼玛县那个牧区小学支教,他俩回到了阳朔。"

也许是那段西藏之行让"自然卷"重新认识了何海,在阳朔兴坪镇,"自然卷"拿出她的所有的积蓄开起了一家青年旅舍。当时何海惊讶地看着她:"你有这么多钱?""自然卷"微微一笑:"这真是老本了,这回就算你真的死了亲娘我也不会借给你了。"

在兴坪镇,他俩开心地经营着,他俩都觉得这才是他们所追求的生活。每天看着来自全世界的游人,听着他们的传奇故事,做着和旅行相关的事情,悠闲过生活。

说到这里,叶子芷看着远方,看着高高耸起的巨石,看着巨石顶端的那一簇绿色:"开青旅这样的生活我也向往过,可是与其整天守着那一片绿色,不如跳出来多看看这个新鲜的世界。"

何海喜欢杰克逊的舞蹈,特别是MJ去世的那两年,人人都在追忆他,都在模仿他,何海也一样。右手抓裆,左手抓头,然后原地转一圈,一只手迅速指向侧面,就是那种动作,可帅气了,"自然卷"喜欢看,何海也喜欢跳。

"这个我也会。"我说。

"真的假的,都没见你跳过。"子芷惊讶地看着我。

"你帮我把背包拿一下。"我把背包递给子芷,就在"天下第一桥"上表演起来,"我只会后滑,就是太空步。"

左脚脚尖着地,把整个人的重心放在左脚尖上,然后右脚在地上平滑,从前向后。右脚向后滑的同时,把掌心着地变成脚尖着地,再转移重心到右脚尖。一直这样连贯地交替,就是传说中的太空步。

子芷看得不停鼓掌,游人们却叫住了我:"小伙子,不要在桥上跳,太危险了。"

我和子芷继续游玩,向南行至50米左右,到达云雾缭绕的迷魂台。幽谷神秘、绝壁奇诡,每走一步,每换一个眼神,幽壑间的山峰都会现出不同的姿态。

子芷说,后来"自然卷"和何海在兴坪镇的青旅经营得还不错,有时间他们也会结伴去旅行,他们也来过张家界。也是在天下第一桥上,何海坦白了他的真实身份,他说他也曾努力过、奋斗过,但一直得不到回报,后来发现好多女大学生特别天真、爱慕虚荣,之后他就开始各种行骗,骗财骗色。直到那天在丽江老君山森林公园,何海一开始还想狡辩,还想继续编织新的谎言。可是"自然卷"明明识破了他的骗局却没有揭穿,这让他有点感动,也让他下定决心要洗心革面,重新做人。何海说完这些之后,"自然卷"并没有太惊讶,她笑着说:"过去的都不重要了,我们现在不是挺好的吗?"后来何海还在迷魂台发誓,说一定要对"自然卷"好,要是哪天辜负了她,就独自来到这儿跳下去。

在阳朔生活很安逸,但是安逸久了,人总想着要出去闯闯,要干点别的事情,特别是男人。有一天何海说他要去考察一个新项目,"自然卷"也觉得男人应该有份事业,就同意了。何海所说的新项目就是那个所谓的"1040工程"。在之后短短的一个月里,何海抽走了青旅的好多钱投了进去,这些还不够,他还把"自然卷"也叫了过去。而"自然卷"还算谨慎,只是抱着去看看的心态过去的。只是没想到,短短的一个月,何海的大脑就像被格式化之后重装了操作系统,根本听不进她的任何意见。

"自然卷"回到阳朔兴坪镇之后,生活变得单调而又艰辛,惨淡经营,但是她一直没有离开。有一天,有个陌生人来店里向她打听何海的下落,她当时就想何海是不是又在外边骗人了?人家找到这里肯定是来讨债的,说不定还是便衣警察,所以她说她不知道,她试图打发走那个人。但是那个人一连在她店里住了好多天,就好像在这儿等着何海出现一样。"自然卷"为了躲避这个人,就外出旅行了一段时间。回来的时候听店员说她外出的这段时间,店里又来了一个人,也是一连住了好多天,也是打听何海的。店员还说后来的这个人非常帅,话不多,看起来很有气质,不像是坏人。"自然卷"对店员说,坏人是看不出来的,如果第一眼就看出是坏人,那还怎么骗人。

"自然卷"不知道何海到底在哪,也不知道他在外边继续做着哪些骗人的事情,但她觉得总有一天何海会顿悟,会回来的,她就这样一直在阳朔等着,一直到现在还在阳朔。

武陵源景区公交分为山上和山下两种,互不相通。上下山的方式有石阶、缆车,还有电梯。百龙电梯从袁家界的山上垂直连接山下的水绕四门站,从三百多米的山上到山下两分钟都不到。百龙电梯的建成极大地方便了游人,但是和缆车一样,是要另外收费的。乘坐百龙电梯的游人很多,队伍也很长,我和子芷决定先去看看电影《阿凡达》的取景地:哈利路亚山。

哈利路亚山原名为南天一柱,电影《阿凡达》中那些悬浮在空中的哈利路亚山就是在此取景。垂直而立,造型奇特,如天斧劈开。顶部郁郁葱葱，如天外之物悬浮于此，有顶天立地之势。

我和子芷久久没有离去，一直看着那座奇山。在我的印象中只有"天空之城"是悬浮于天空之中的，但那毕竟是动漫作品。眼前的这座"哈利路亚山"是实实在在地就在眼前，是多么接近于童年的幻想。

"你说人死后真的会到另外一个世界吗？"子芷突然问我。

"什么意思？"对于这样的问题我猝不及防。

"你知道吗？"子芷双手扶着栏杆继续说，"我曾经有那么一瞬间想过自己是不是即将上天堂，就在骑行新藏线的途中，就在我丢弃自行车只身一人在大雪中徒步的那一刻。那一刻看不见路，唯一能看得见的是电线杆延伸到远方，那一刻我头痛得厉害，天也渐渐地黑下来，而且还是在无人区里。当时我已经出现了幻觉，我感觉我回到了小时候，回到了童年，妈妈在喊我吃饭，而我却睡在草地上，看着蜻蜓从我的头顶飞过。当时我真的想舒舒服服地睡一觉，那种感觉就像去了天堂一样。"

"还好你当时没有真的睡一觉，要不然你可能真的永远睡在那儿了。"我看着子芷说。

子芷没有回转过头，继续看着那块郁郁葱葱的巨石："死说起来可怕，可当你真正去面对的时候并不是那么可怕，我还是讲点'自然卷'的故事给你听吧，她曾经亲手捧着父亲的骨灰盒，把他埋葬了……"

"自然卷"的爸爸长年在外打工，只有在过年的时候才能回来几天。有一年暑假，她的爸爸打电话说他要回来了，并且还给她买了礼物，因为这个暑假她考上了大学。那天"自然卷"在家里精心地准备着午饭，虽然她小时候为家里做过无数次的饭菜，但这次绝对是她最认真、最用心、最开心的一次。可是这天中午她一直没有等到她爸爸的归来,她一次次地在门前眺望,眺望着村头。直到傍晚时分,"自然卷"等来了噩耗,她的爸爸出了车祸。

在医院里,"自然卷"哭得像个泪人,她一次次地哀求医生一定要救救她的爸爸,但是医生只能微微地摇摇头。她趴在病床前,紧紧地握着爸爸那只渐渐冰凉的手,爸爸另一只手中紧紧地抓着一部手机,一部还没拆封的新手机。

火化的那天早上,没有大哭的声音,和农村办丧事妇女们哭天抢地的场景很不相符。灵车驶进村子,"自然卷"听着大伯的安排,抱着一个火盆走在灵车前,一个人流着泪,戴着孝,腰间扎着麻绳。主事人一声长吼,大伯让"自然卷"摔碎手中的火盆,然后上车一起去殡仪馆。

火盆摔碎的那一刻,"自然卷"就好像是摔碎了她的一场梦,一场全家团圆的梦。那一声碎响在她的耳边一直重复着,就和她的泪水一样,一次又一次,从没停止过。

灵车驶进了殡仪馆,亲戚们在外候着,大伯带着"自然卷"递上各种证件,办手续、缴费,然后继续等待。半个小时之后,入殓师招呼他们进厅。大厅中间放着玻璃棺材,棺材四周簇拥着白色的菊花。棺材里躺着"自然卷"的爸爸,遗体身上的血迹已经被擦拭干净,原本黝黑的脸也被入殓师涂抹白了。亲戚们在向遗体做最后的告别,大家围着遗体三鞠躬,再环绕三圈,然后遗体就被拖走了。在火化室里"自然卷"手捧骨灰盒,站在一边,看着工作人员把爸爸的遗体抬上架子,然后缓缓推进电炉,关上阀门。看到爸爸的遗体被推进电炉的那一刻,"自然卷"泪流不止。

在村子里的一片荒地里,坟头林立,一间一米多高的新盖二层"小洋楼"屹立在坟头之间。"自然卷"捧着骨灰盒,亲手把它送进那间"小洋楼"里,然后站在一边,看着村里人用砖石把门封上,看着工匠在碑上刻字,看着大家烧着纸钱,看着远方,看着农田。那一刻她想,她是时候该与这个村子永别了,这个村子再也没有什么能让她留恋的了。

011

第二天,我和叶子芷起了个大早,听着嘈杂的声音,跟着一个个挥舞的小旗,再次走进景区的大门。今天我们坐景区公交一直到水绕四门站,徒步游览金鞭溪景区。金鞭溪因溪畔有一金鞭岩而得名,全长7.5公里左右,穿行在峰峦叠嶂的幽谷之间,溪水明净清澈,鱼儿游弋其中,猴群玩耍嬉闹,溪畔花草莺啼,人沿溪行,胜似画中游。

溪水从郁郁葱葱的幽谷中来,清澈冰凉。小卖部前,我们用木质水车打水,洗洗脸,洗洗水果,惬意无比。我和子芷坐在长椅上享受着凉风阵阵,听着水声潺潺。我对子芷说:"这儿真是太美了,很符合我童年的意境,也符合我梦里经常梦到的场景。"

子芷说:"我的童年应该算是快乐的,但是我的童年没山没水,这儿的景色很像我小时候的水彩画,我的画中总有山有水。"

我对子芷说:"我不止一次地梦到我的童年,梦到像这样场景的童年,我躺在草地上,听着鸟叫,闻着花香,追着蝴蝶跑,有白色的,也有黄色的,还有那种比较大的黑色蝴蝶。蜻蜓像战斗机一样,密集地在头顶盘旋。然后我的梦境又转换到了那个薄雾的早晨,我穿梭在杨树丛中,骑着大杠的自行车,踩着半圈,迎着朝阳,来到那片树林,透过树叶,让阳光洒在脸上。阳光透过晨雾,雾气笼罩着树林,微风吹在脸上,我闭着眼,听着树叶沙沙作响。一个美丽的姑娘,坐在我的后坐上,抱着我,迎着晨光,阳光洒下斑驳,微笑洒在我们的脸上。"

"你甚至还在梦中呼喊过一个人的名字,"子芷说,"夏洛依应该是你童年乃至整个青春期最好的玩伴。"

"不会吧,我不说梦话的,"我继续说,"不过这样的梦我经常重复做,有时连午休也不放过,像是电影的片段,一直在我的梦里循环播放。"

"所以我说你有心结嘛,你还不相信,没事的,我就是那个能让你解开心结的人。"子芷微笑着说。

路上遇到好多成群的猴子,它们站在树上,等待着时机。有一只母猴,一只前爪怀抱着幼儿,另外三只爪子仍然能敏捷地在树上攀爬、跳跃。子芷手里提着一袋荔枝,还没吃几个就有猴子跳下来,吓得她丢下袋子跑到我背后。然后有几只猴子靠近,它们精准地从塑料袋里取出荔枝,很熟练地剥开壳子塞进嘴里。看到这一景,游人们纷纷拍照。然而这群猴子抢着我们的东西后并没有就此满足,它们一直盯着另一位游人的手提袋。那个游人把手提袋拿到胸前,猴子就排成队一直跟在他身后,根本没有惧怕的意思。直到遇到景区管理人员,他们吹一声哨子,猴子便纷纷散去。

走完金鞭溪,坐缆车上黄石寨,南天门、天桥遗墩、猴帅点兵、定海神针……每一景都是大自然的鬼斧神工，都是上天的恩赐。我和子芷陶醉其中，顾不得劳累，更舍不得离去。

张家界还有一奇观非去不可：天门山。

天门中开，如一道惊雷，劈开万重山。孤立于世，傲然独行，四周绝壁，如一块巨大的石磨，有一千多米高。除了盘山公路与索道，没有第三种登山之路。天门之上，云雾之中，是悬浮的世界。

天门山距张家界市区仅8公里，从市区乘缆车可直接抵达山顶。我和子芷把车停在天门山缆车起点的停车场，带上背包，迫不及待地想去看一眼那神奇的天门。

天门山的索道有七八公里长，高度落差达一千多公里，坐在缆车上，居高临下，一会儿向下俯冲，一会儿向上拉伸。听着缆绳绷紧的声音，看着脚下空空荡荡的，此时的心也是空空荡荡的。山连绵起伏，和武陵源的山有点区别。山谷之间墨绿色的湖水平静，也许只是因为看的角度太高了才觉得湖水平静。还有那奇迹般的盘山公路，在山间蜿蜒，等待一个合适的地方旋转180度，再继续蜿蜒而上。《头文字D》里赛车手们决战秋名山，其实张家界的天门山才是赛车手们值得决战的地方。缆车继续向上，直到市区的高楼越来越远，消失在山的另一边。盘山公路继续蜿蜒，一直在脚下交会，再消失在某个悬崖边，然后再一次与缆车的路线交会。

下了缆车登上天门山，犹如腾云驾雾到了天庭。山路栈道沿悬崖修建，就好像在石磨的周边箍了一个铁圈，游人在狭窄的"铁圈"上行走，脚下就是千米之高的深渊。走着走着，就到了大名鼎鼎的玻璃栈道。栈道就像一块块锋利的玻璃，插在悬崖的石缝里，游人走在栈道上，脚下透明，就好像踩上了波斯飞毯，而且还是透明的飞毯。我和叶子芷又惊又喜，换上脚套，在玻璃栈道上来回走了好几次，没有丝毫的惧怕。据说张家界又一景区还在建世界上最大的玻璃桥，只是那时还没建好，要不然我和子芷肯定要去走走的。

走出玻璃栈道继续前进，一道巨大的索桥横跨在几百米宽的峡谷之间。在张家界，一切用"巨"字都不为过。我们走过都江堰的安澜索桥，听着脚下的滔滔江水，我们走过雅鲁藏布江上最简陋的索桥，脚下也是滔滔江水。但是这回走的是峡谷之间的索桥，脚下是万丈深渊。走在千米之上的索桥上，凉风拂面，比心惊更多的是惊叹，比言语更多的是哑口无言，比镜头更宽广的唯有眼睛，比眼睛更能捕获风景的唯有内心。

很惊叹修桥工人的智慧和辛苦。就像很多大山修石阶一样，由于特殊的环境，大多数建材还得靠人工背上去，都是为了生活，相当不易。他们值得被敬畏、尊敬。

子芷说："有的人为了生活能放下身架，放下态度，努力干活，其实通过自己的劳动所得，别人只会尊敬，不会瞧不起。但是在某些时候，我们自己所谓的自尊心总是在作祟，'自然卷'小时候就是这样。"

"自然卷"出生在一个不幸的家庭，和很多穷人家的孩子一样，小的时候也经常起大早去捡田螺、抓鱼，其他孩子都以为她是贪玩，其实她只是为了分担家里的经济压力。除此之外她还要早起做饭、做家务。但是做这些事的时候，她总是偷偷摸摸，提着那些田螺、鱼回家的时候，总是不走大路，在玉米地里穿行。就是去卖田螺和鱼，也会在大夏天的中午顶着太阳骑自行车去集市上。她觉得只有这样才不会被小伙伴们看到，才不会被小伙伴们瞧不起，尤其是不能被她喜欢的那个男孩子看到。她一直坚强得像个男孩子,像个家里的劳动能手,她这么做只是为了让自己忘了自己是没人疼爱的孩子,只是为了不让别人过多地了解她的家庭,只是为了她内心那仅存的一点自尊心。可是她这么小就如此懂事,这么小就知道承担起家庭的经济压力,这难道还不值得被称颂吗?

"自尊心是人一种本能的保护,特别在穷孩子和受过伤的孩子身上,这种自尊心尤为明显。"我说,"记得路遥在《平凡的世界》里描写过主人公孙少平的自尊心,在学校的食堂里,他总是吃最低等的饭菜,而且还是在大家都吃完之后,在没有人看到的时候。"

早晨还是烈日当头,现在的山上已是乌云滚滚。乌云压低了天空,就连山上的树叶都停止了摆动,空气潮湿闷热,知了吵吵地叫个不停,好多没见过的蝴蝶到处乱飞,黑头蜻蜓顶着大大的脑袋,也跟着盘旋。一场暴雨即将来临,是山上的暴雨。根本来不及寻找躲雨的地方,事实上仅有的几处躲雨的亭子也是人满为患。我和子芷两个人撑一把伞,汗水和雨水把衣服粘在身上,两个人的衣服又粘在了一起,那种感觉很不好。雨下得非常大,才一会儿膝盖以下已经全湿了,脚上的鞋子就像小时候穿的雨靴,还是灌满水的雨靴。

在这种环境下一个念头闪过,我对子芷说:"要是这个时候暴雨下一整天都不停,缆车损坏了,盘山公路又被山洪摧毁,那山上的游人该怎么办?是不是有点孤立无援的感觉?"

"你真会瞎想,"子芷说,"什么样的经历你我没经历过,要真是那样,你一定会想办法带着我下山的,哪怕是沿着盘山公路一直往前走,遇塌方爬过去,遇山谷跳过去。"

"我有那么神勇吗?我还是老老实实地等待救援吧。"

"你会吗?那次你开车去藏北的尼玛县找我,那么大的雪,就连油罐车都不去尼玛县送油了,可你还是连命都不要地发动你那辆可怜的小轿车。你知道我后来听你讲起那段故事的时候我是多么紧张和后怕吗?当时你怎么不等待救援?当时你为什么非要冒险?"

想起那件事,我的确是孤注一掷,甚至差点连累了我的大学舍友。经历给了我生活的阅历,人经历得多了,更要懂得去珍惜,更不能总是孤注一掷。毕竟好多事情是不会给我们二次选择的机会的,就像生命。

如果是坐缆车上天门山,那么下山就是乘汽车。反之如果上山是乘汽车,下山就是坐缆车。如此设计给游人一种不一样的体验。绕着这个巨大的"石磨"转了一圈,来到了下山处。坐上几百米长的扶手电梯,一直下到天门洞底。传说中的天门洞就在此。抬头仰望,激动与畏惧并存。这就是神奇的大自然,也是一次神奇的旅行。

天门洞向下是999级阶梯,阶梯下是一块很大的平台,平台的一边是停车场。这个时候我才明白,坐缆车上来绝对是明智的,如果是坐汽车上山,那接下来攀爬999级阶梯就是你做如此选择的直接后果。爬阶梯难,下阶梯也不轻松,特别是999级。看得眼花,走得腿软,扶手不能松,拍照要站稳。我和子芷艰难地下山,特别是穿着湿漉漉的鞋子下山。每走一段距离,我们就会回望头顶的天门洞,不管从多远的距离,不管从什么角度,它都是那样壮观。在如此壮观之景下,那些生活中的不快,那些琐碎之事,那些挫折,都渺小得不堪一击。

下了阶梯回望那999级阶梯,阶梯连着天门洞,仿佛是人间通向天界的纽带。抬头仰望,就好像抬头仰望天门里闪出的一道金光,金光里泛着红晕,带领芸芸众生去往天堂。走进天门,那里也许住着一个天堂村,那里的村民只是偶尔才会下界采购些生活用品,一切都让人充满了想象。

我和子芷在平台上仰望、拍照，用手指做出一个"OK"的造型，对准天门洞，拍摄错位照片，从手指的缝隙中，窥探天门洞，乐此不疲。

过了一会儿，在前方的平台上聚集了好多人，我们也过去凑凑热闹。

平台的边际是玻璃扶手，扶手的下方是悬崖，悬崖间白色的盘山公路交错蜿蜒。平台边有几个人正穿着特制的飞行服，准备着翼装飞行表演。

只见他们纵身一跃，展开臂膀和双腿，就像一只滑翔的燕子，在山谷间穿梭，掠过蜿蜒的盘山公路，向山的更远处飞翔。引得众人一阵阵掌声，一声声欢呼，直到那些飞翔的身影消失在天际，大家还是不愿离开，不愿将自己的视线移开。

这样震撼的场面扣动我的心弦，不是说我愿意去尝试这项极限运动，而是说我看到了自由飞翔的梦，就像我小时候坐在田野里，看着火车驶过，萌生出要去远方的梦一样。

我对子芷说，小时候我特别向往爬上火车，跟着火车去远方，可是我不敢，也不可能做得到，但是夏洛依敢，而且做到了。那是在外婆家的最后一个暑假，那个暑假，我和夏洛依经常坐在田野里，看着火车驶向远方，描绘着我们共同的梦想。我们都想着哪一天能够爬上火车，去看一眼远方的世界。傍晚时分有一辆运煤的火车会从田野驶过，冒着黑烟，很慢很慢，像蜗牛一样。那个傍晚夏洛依不见了。直到第三天的傍晚，我在村子里又看到了她，她送给我一块电子表，是会定时、报时的那种，她告诉我电子表是她用卖鱼、卖虾的钱买来的，并告诉我大城市是什么样的一个世界。我欣然接受了她的礼物，用敬佩和崇拜的眼神看着她，非常开心地和她坐在村头，畅想着有那么一天，我和她一起，坐上火车，周游全国，看看外边的世界。只可惜这是我们最后一次交流感想。

之后没几天,午后的暴雨无情地折磨着这个村庄,我看到了她在暴雨中行走的身影,裤子上带着血迹的身影。

结束了天门山之旅,回到索道起点的停车场,又是烈日当头。先前湿透的衣服也已干了,只是脚底被水泡得像一张带着气孔的塑料纸。我和子芷换掉鞋袜,开车离开。

一共四天的山路,没有停歇,一路走来,忘掉疲惫。这样的旅行一直存在于心里,存在于梦里,存在于我们的每一个角落里,每一片记忆里,每一段文字里。旅行之中,没有劳累,眼睛胜于一切,心灵存在于另一个世界。

总有一些想法从萌生到破灭,再到萌生,再次破灭,如此反复了无数次之后,总有一次是可以实现的。萌生在一瞬之间,破灭也在一瞬之间,这样的萌生与破灭并不可悲,可悲的是一直在萌生,一直未破灭,却一直没有实现。

走过张家界,走向下一站。走一次,轻松一阶段,走一世,快活一辈子。

从张家界到凤凰,雨一直下个不停。这里的雨和家乡的不同,不像家乡的雨,淅淅沥沥,缠绵到心里,这里的雨下得痛快、彻底。就像是为我们洗车,也像是在洗去我们一路以来所回忆起的不幸,洗去过去的那些无能为力。就好像是修复,而不是格式化。

湘西的路很美,山与路完美交错,特别是雨后的云雾缭绕。旅行的途中,欣赏这样的风光,可以消除疲劳,还能带来愉悦。过湘西矮寨大桥,有种凌空飞越的错觉。虽然我们见过无数超长跨度的斜拉桥或是悬索桥，但那都是架在江河之上。像这样横跨两山之间的桥梁，的确很少见到。就像天门山上的索桥一样，只是比天门山索桥更宽、更长、更有气势。侧身看一眼桥下，山谷之间一片葱绿，葱绿之间点缀着几小片黄色的田野。村庄像火柴盒交错排列着，甚至能看到房顶的炊烟升起。

子芷说："其实这看似是我们所向往的地方，但是当地人可不那么向往，设想一下如果让我们住在这桥底下，那我们怎么才能翻过这座大山？"

我说："其实也是有路和外界相通的，只不过是一条狭窄的盘山路，路况差，也错不了车。"

"所以还是很闭塞的。"子芷说，"也许村里的人经常抬头仰望，仰望头顶上的那座大桥，就好像仰望月亮一样，那么高，细细的像一条线，近在眼前，却远在天边。"

其实一直生活在闭塞环境中的人，是不会明白什么是闭塞的。就好像一个故事所说的，一个外人问放羊娃为什么放羊，放羊娃回答说是为了赚钱娶媳妇，外人又问那娶媳妇干吗？放羊娃说是为了生娃帮他放羊。

我们又聊到了"自然卷"，子芷说"自然卷"的一些遭遇使她原本就脆弱的心灵更加闭塞，甚至十几年了都不愿意对人敞开。她看似阳光、坦荡，她也想走出那条曲折蜿蜒而又狭窄的"心路"，只是闭塞久了，"心路"反而荒弃了。

在"自然卷"十五岁的那个夏天，她的家里发生了好多变故，她那么小就要承担起很多家庭的重任，包括帮家里赚钱。那个炎热的中午，她和往常一样，骑着自行车，载着她的水产品去镇上的集市卖。以前她都要花半天的时间才能勉强卖掉一半的水产品，剩余的一半都是半卖半送，或者带回家自己吃。但是那天，有一个中年男人说要买光她所有的水产品,爽快得连杀价都不需要。"自然卷"简直不敢相信自己所听到的,她开心极了,但是那个中年男人说他没带钱。"自然卷"说她相信他,让他明天把钱带过来就行,明天这个时候她还会在这。可是这个中年男人说他明天要外出,便要求"自然卷"跟他一起去他家里拿钱。"自然卷"犹豫了一下,但想到今天可以立马收摊,还是很开心地跟着那个男人去了。那个炎热的中午,空气中没有一丝的风,烈日和汗水一样让人讨厌。中年男人的家好像并不近,"自然卷"跟着他一直走到了街道的尽头。

"叔叔,你家在哪?""自然卷"一边擦汗一边问。
"快到了,就快到了。"
"自然卷"顾不上炎热,跟紧了步伐,生怕人家突然反悔不买她的东西。

街道被遗弃在身后,路面被晒得滚烫,回头看一眼柏油路面,远方就好像被洒水车洒过一样。空气中热气蒸腾,就好像蒸包子一样,穿过蒸气的视线都是被扭曲的,映着远方闷热而寂静的街道。"自然卷"跟着中年男人一直走到一片玉米地。玉米秆长得高大,比"自然卷"还高,那一根根玉米棒被严严实实地包裹着,只在头部冒出一点儿毛须,就好像在玉米秆上绑上了数不清的洋娃娃。

"叔叔,还有多远?""自然卷"问。
中年男人没有回答。
"叔叔,要不我在这儿等你?你回家拿钱好吗?"
中年男人还是没有回答。
"叔叔……"
第三个问题还没问完,一次次挣扎压倒了大片的玉米秆。那个中年男人终于暴露出了他的兽性,把"自然卷"推倒在玉米地里。

后来"自然卷"在家里哭了好多天，谁也不见。她的爸爸怒火中烧，把这个禽兽的家给烧了，但是自己也被拘留了数日。后来那个坏人终于被绳之以法，但是留给"自然卷"的创伤却是一辈子的。开学后"自然卷"读了一所寄宿制中学，她的爸爸也从此远离了家，常年在外打工。之后父女俩聚少离多，只有在过年的时候才能见面。

子芷说："'自然卷'和我讲这些经历的时候，语气是那样平淡，但是我听完之后心有种被揪起的疼，也许她也疼，只是她疼习惯了，就感觉不到疼了。"

012

一本书,一个人,一座城——凤凰古城。

在湘西群山之间,在缓缓流淌的沱江河畔,在渔人乌篷船头,在苗家吊脚楼上。

我打湘西走过,在烟雨中到来;我泛舟于沱江之上,自虹桥穿过。深藏于边城山间,内修外敛,像似知性的姑娘,如水般灵性,如烟雨般朦胧。你若不亲临,那便永远只是一个传说。

一个不大的县城,一个背包客的天堂,带着那份魂牵梦萦的呼唤,带着那份虚无缥缈的感悟,不为"翠翠"那般悲伤的爱情,只为那青春逝去的足迹。

走进古城门,端详那座铜质凤凰,浴火涅槃,把这座古城重新带进了世人的视野。挑个清晨行于石板街道,避开那纷纷扰扰的人流,寻找古城的清静，聆听江水潺潺。似江南非白墙黑瓦，似水乡无青衣杨柳。那烟雨淅沥无痕，不像江南蓑衣、油纸伞般缠绵于心；那河畔安详自得，不像水乡心思隐隐。

拿着一幅手绘地图，在古城里寻找一些闪过脑海的惊喜。走着走着，却发现地图就在心里，随心而走，无须目的。在一家卖非洲小鼓的店前，我和子芷相视而立，相视一笑，静静地听，静静地想。多么美好的节奏和旋律，多么欢快的动作和手法。美女老板一边拍鼓一边随着律动点头，多么美好的生活，人们似乎根本不在乎收入的多少，只在乎心情，就和"自然卷"一直坚守在阳朔是一样的。

触摸古老的石砖，仰视傲立的屋角，随着书香，洗去浮华，安抚过客，隐匿千年。走着走着，就来到了沈从文先生的故居，老旧的家具，泛黄的书稿，能找得到的物件已经不多，但是那个大文学家的印迹还在，一种流芳百世的符号。我仿佛看见了那个意气风发的身影，笔尖疾驰，描绘着凤凰的生活，讲述着凤凰的爱情，日复一日，年复一年。我清晰地记得那些学生时代的书生意气，课堂里，描绘着书中的意境，讲述着书中的爱情，期待明日，享受今天。直到今天，我才与书本有了交集，相聚在凤凰，相聚在沱江，相聚在《边城》。

脱鞋行走于沱江水畔，沱江水冷，如夏日冰水沁心。岸边水车运作，如勤劳的江上之舟，一年四季不知疲惫。我和子芷坐上木舟，用最亲近的距离感受沱江，船夫用桨，我们用手，一边划，一边嬉笑。

漫步岸边，沿跳石过江，在吊脚楼下歇脚；望夕阳拂却沱江一天的烟尘，金黄洒向江面；随流水跳动，听潺潺水声入夜；月光带走酒吧的嘈杂，点着红色灯笼，安静入睡。

清晨醒来，我们穿着睡衣来到吊脚楼的阳台，坐在圆形吊篓上，闻着清晨沱江上第一缕清水的气息，看着对面石板上洗衣服的妇人，迎着晨光，惬意自在。

　　一直想透过茂密的树叶捕捉清晨的第一缕阳光，只可惜每一个早晨都很匆忙，无福享受那晨曦中的微光。我能想到的，是那些年少的早晨，骑着单车，逆光而行。在一排排杨树搭成的林荫间穿梭，阳光一缕一缕地从脸上滑过，心情像阳光一样灿烂。今天，我捕捉到了清晨的第一缕阳光。

　　子芷说，阳光每天都有，捕捉不到是因为心情。

　　这段日子以来，似乎很难再找到年少的阳光。环境变了，人变了，心情变了，阳光也就变了。其实阳光一直都这样，从未改变，只是我们太过匆忙。

　　早晨，拉开窗帘的那一瞬间，阳光直射得人睁不开眼。但却在短短的几秒钟之后，我就喜欢上了这样的阳光，于是我躺在吊篓里，让阳光洒在每一寸肌肤上，从发间晃动入眼，欢快地跳跃着。眼神迷离，模模糊糊，忽近忽远。每一根头发，每一丝被絮，每一颗飘浮的灰尘。一根变成两根，一丝变两丝，一颗变两颗。看得到自己的鼻尖，也看得到自己的睫毛，把笑容留给对方。罗列了一天的事情，本想早点起床，却陶醉于阳光下的慵懒，忘掉时间，闭目养神，给自己一些思考的时间。听着窗前石板上的游人欢笑，闻着远处公园里鸟语花香。一边是匆忙，一边是静谧，一边是来自于耳朵里的感受，一边是来自于内心的平静。好想每天都有这样的早晨，也好想每天都有这样不用匆忙的早晨，好想逆着早晨的阳光奔跑，好想闻着阳光去寻找世界的味道。

　　太阳越来越高，阳光越来越强，照得我睁不开眼，就这样一直眯着。把自己蜷缩在一个很小的空间里，享受安静。在一个很小的空间里待久了,就会孤独,就会抑郁,就像我遇到子芷之前那样。我的世界远不止这片阳台所看到的那么狭窄,那远方的眼睛里,也有我的世界。我的眼睛就像这一片阳光,一直洒到远方。

一直习惯于在狭小的视野里思考外面的世界,不够真实。吊脚楼的阳台上有绿萝,有吊兰,有芦荟,有了生命与我为伴,与阳光为伴。

子芷说:"也许就是在这排某一间吊脚楼上,'自然卷'在她高中的时候来过。她不幸的经历给予她足够顽强的生命。她说她的妈妈读大学的时候来过这儿,家里仅有几张妈妈的照片,其中有一张的背景就是凤凰,就是她妈妈站在沱江的跳石上。可惜她的妈妈在她小时候就离开了她。"

初中毕业后"自然卷"为了减轻家里的经济压力,选择了一所职业高中,以便能够尽早工作。那时候读职高就是为了就业,没有考大学的压力,学生们都不太爱学习。在这样的环境中,"自然卷"不想虚度光阴,她只想利用这段时间去看一看外面的世界,可是在她的印象中外面的世界并不具体。那时候语文课本上有沈从文的《边城》,这是她第一次知道了凤凰,第一次明确了一个外面世界的地名。那时爸爸一个人在外打工供她读书,除了定期的生活费之外,她从没有主动开口要钱。可是凤凰这个地方,却在她的心里扎了根。高一的那年暑假,她一个人来到县城帮商家发传单,在快餐店里端盘子,用整个暑假的积蓄买了一张去往湖南的火车票。当她第一次站在连接沱江两岸的跳石上,看到两岸成排的吊脚楼的那一刻,她猛然回想起妈妈的一张照片,那是妈妈仅存的照片中最美丽的一张。那时候的妈妈还是青涩的大学生,皮肤就像沱江的水一样光滑。那一刻她多么想见妈妈,甚至想象着能在这沱江的跳石上与妈妈来个相遇,她甚至想象过相遇的场景，想象着妈妈还会不会认识她……只可惜都是想象。

打那次凤凰之行之后，在"自然卷"的心里就强烈地萌生了要出去走走的想法。小时候只知道要去外面的世界，现在这个外面的世界变成了一个个具体的地名。但是她的家庭现状给了她当头一棒，她没有那么多的钱。后来她想到了做兼职，可是哪有商家会雇佣一个中学生，一个中学生哪有时间去做兼职？那段时间，她对钱的渴望特别强烈。后来她晚自习经常旷课，去KTV做兼职服务生。在那些工作服的衬托下，在那些昏暗的灯光下，没有人会怀疑她的年龄。她和其他的服务生一样，娴熟地端果盘，娴熟地开酒，娴熟地拿着消费清单往返于包厢与前台。只是有一个晚上，她的世界有点乱，也有点惊险。

那天"自然卷"和往常一样，走进一间包厢："先生，酒都开吗？"

"开，全开！"

"自然卷"开完酒刚要离开时，一个人拽住了她的胳膊："小妹妹，来陪哥哥喝几杯？"

"不好意思，我不会喝酒。""自然卷"挣脱开。

"哟，怕哥哥没钱是不？"那个男人掏出一沓钱甩在桌子上，"看看，你陪哥哥喝一杯，哥哥就把钱给你。"

"自然卷"犹豫了一会儿，准确地说，她想要这笔钱："说话算话？"

"嘿，问我说话算不算话？大家说我说话算不算话？"那个男人挺着肥胖的肚子，甩着脸上的横肉，一手拿着酒杯，一手拽着"自然卷"不放。

"肯定算话！"众人附和道。

"就是，我们哥哥说话一向算话。"沙发上几个陪酒的公主也卖笑附和着。

"自然卷"接过酒杯，一口气咕咚咕咚地喝完了酒，然后低头去拿桌上的钱。

"别急呀，小妹妹，再来一杯。"那个男人拦住了"自然卷"的手。

"不是说好我喝一杯酒就把钱给我的吗？"

"我是说一杯，那我说是什么杯子了吗？"那个男人坏坏地换过一个超大号杯子。

"你说话不算数。""自然卷"这才意识到这钱不是那么好拿的，就想转身离开。

"你以为你值多少钱？你喝了我的酒我还没收你钱呢，你喝一杯我就把这么多钱给你？你以为你是谁呀？"那个男人转过身去，看着其他人说，"是不是？"

"别走呀。"又走近两个男人，一个人抓住"自然卷"的一个胳膊。

"放开我，再不放开我就叫人了！""自然卷"努力挣扎着。

"叫人？叫啊！"那个胖男人嚣张至极，"婊子还立什么牌坊，一个KTV公主还装什么清纯？"

"我不是公主，我是服务生！""自然卷"不依不饶。

"哟，服务生不就是服务我嘛。"胖男人放下手中的酒杯，从"自然卷"的身后抱住她，"胸不错，像个桃子，哈哈哈。"

"放开我！""自然卷"挣扎着摸起桌上了酒瓶，狠狠地砸向那个胖男人的脑袋，哭着冲出包厢。

"自然卷"来到经理室，满眼期待地希望经理可以帮她出头，但是经理让她去给那帮客人道歉，要不然就扣光她的工资。

先前包厢里的两个KTV公主也来到经理室，安慰着"自然卷"："干我们这行就这样，有钱就行了，下次就习惯了。"

"我和你们不一样！""自然卷"怒吼着。

"装什么装。"来安慰的人也离开了。

"你别以为我不知道你是学生,你今天不向客人道歉我让你在学校待不下去!"经理和他们真是一丘之貉,"我现在还得带客人去医院,这医药费也得你出!"

"自然卷"哭着离开了,工作也没了。回到学校宿舍,"自然卷"还没有从气愤中回过神来,就看到一群女生拥进了她的宿舍。领头的那个女生用手指着"自然卷"问她叫什么名字,"自然卷"没有回答,那个女生就抓住她的头发,把耳光使劲地甩在她的脸上,每甩一次就骂一次,说"自然卷"勾搭了她的男朋友。同宿舍的女生被吓得蜷缩在墙角,没人敢出声,任凭这一群女生殴打着"自然卷"。其实"自然卷"根本不认识这一群女生,也根本不知道她们一直说的那个男朋友是谁,她只记得有个男生经常写情书给她,但是她从来没接受过。此时她想辩解,但是那群人根本不给她辩解的机会,她散乱着头发坐在地上,用手抱着头,任凭那群女生拳打脚踢,任凭她们掌掴谩骂。后来围观的同学越来越多,那群打人的女孩不但没有收敛,却愈加嚣张,甚至去扒"自然卷"的衣服。殴打持续了十几分钟才有老师赶到。这十几分钟里,"自然卷"一声没哭,这十几分钟里,她连擦去嘴角血丝的机会都没有。那一晚,"自然卷"蜷缩在床上流了一夜的泪水。

后来一连好几天"自然卷"都没有去学校,后来学校里就有传言,说"自然卷"是个女混混,整天在校外和社会小青年鬼混,还因为抢过别人的男朋友被人扒了衣服,甚至还有传言说她做过小姐、打过胎。总之一夜之间,她的名声变得很差很差。后来她转学了,转入一所普通高中。

转学后,"自然卷"暂时放弃了那些天马行空的旅行幻想,开始认真学习。因为她立志要像她妈妈一样,努力考上大学,只有那样才能找到好工作,才能有钱说走就走。她只有认真学习,才不会被那些无关的事所牵扰,才不会再次经历转学前的那些遭遇。那些遭遇,她一生都忘不掉。

　　来到新的高中,"自然卷"不再在乎别人的眼光,也不理会身后的追求者,甚至也远离了自己最想见的那个男孩。因为她怕自己再次受到伤害,也怕她一直暗恋的那个男孩跟着受到无辜的伤害。她努力地想活出自我,努力地学习,努力地把梦想埋藏在心里。高考后的暑假,"自然卷"忐忑地度过着一天又一天,当她得知自己考上了很不错的大学之后,她在心里描绘着她美好的大学生活。她想把这个好消息告诉身边的每一个人,当然她最先把这个消息告诉了远在他乡打工的爸爸。

　　那个夏日的中午,"自然卷"的爸爸从外地赶回家,并且给"自然卷"买了礼物作为奖励。但是那个夏日的午后,爸爸意外被车撞了,那个夏天竟成了他们父女俩的诀别。

　　办完爸爸的丧事之后,家里一贫如洗。"自然卷"狠下心来,离开了家,开始了她的打工生活。那些富饶城市的工业园区,白天和黑夜交替着机器的轰鸣,一天三班倒。这是一个很大的工厂,发工资那天厂周边的纯净水都会涨价。这么大的工厂需要源源不断的流水线工人,只要年轻,学历什么都不重要,只要健康,有没有技能也不重要,他们只需要不会思考的"机器人",只需要能做重复动作的"机器人"。早晨进入车间首先要经过一道检测门,然后穿上工作服,戴好工牌,各自就位到各自的位置上。先听线上训话,然后上工。炎热的夏天，厂房里的鼓风机翻滚着一股股热浪。休息时间，那些年轻人拆开硬纸盒铺在地上休息，把稚嫩的脸庞贴在纸盒上，玩着手机，构筑着自己的梦想。流水线上，每天重复着十几个小时的相同动作，身后的水杯从热到凉始终没有时间去喝一口。工友与工友之间也没有什么交流，今天身边是张三，明天就可能变成王五。寂寞地做着重复的操作，寂寞得像台机器。在这里加班是家常便饭，也是提高收入的唯一手段，一个月最多一天休假，多休一天假就会扣钱。如果哪天供应商某个部件供不上而取消加班，那就是一种奢侈。半夜这些疲惫的年轻人提前五分钟就聚集到了厂门口，等待着打卡时间，然后像打了鸡血一样，突然恢复了所有的元气，骑着电动车，吹着口哨，听着音乐，在路边买点夜宵，在烧烤摊边吃点烤串，让笑声划破夜空。年轻可以不顾一切，可以只享受眼前，可以展望未来。但是"自然卷"不可以，她给自己设定了明确的计划，不去参加工友的聚餐，不去买任何多余的东西，就连夜宵都省了，自己回到出租屋里下碗面条。出租屋、厂房、流水线，新的三点一线；发工资，吃一顿好的，买一件夜市地摊上的衣服，新的三种喜悦。

　　如此机械地重复了一年，"自然卷"看不到未来。一年之后，她数着自己积攒的少之又少的工资，构筑着她摸不到边际的未来。也是在这个时候，她做出了一个伟大的决定：回家复读，重新高考。这一年积攒的钱也许还不够她的一次旅行，但是应该足够她一两年的学费。只要有梦想，这些劳累与贫穷又能算什么，只要有梦想，这些寂寞与孤独又能算什么？

　　又是漫长而孤独的一年，"自然卷"再一次考上了心仪的大学。进入大学之后，生活似乎并没有原先想象的那么美好。两极分化，物欲横流，对于贫穷的"自然卷"而言，她自卑过、动摇过、虚荣过。

渐渐地她开始接近有钱人，学会了进夜店。也因为她与生俱来的美丽，她的身边总不缺乏大献殷勤的一批人。后来她结识了一个有钱的男朋友，开始进出一些高档场合，她的身边也不缺少名牌包包、名牌衣服。尽管她过得纸醉金迷，但这也是她真正意义上第一次谈恋爱，不好说喜不喜欢这个男人，但肯定是喜欢这个男人的钱。当时同学间经常有传言说她是被包养的，就和高中时一样，她从来不缺传言。但是她一直不在乎别人的指指点点，依然我行我素，继续坐豪车，买名牌，逛夜店。

"自然卷"说她印象比较深的一次奢侈生活，是跟着那个大她好多岁的有钱男友一起参加了一次聚会。那次聚会是男友的大学同学组织的，他们开车行驶了很长时间，上了高速，再下高速，穿过一整片稻田，穿过那些破败的农村，跟着导航走，一直来到苏北的一座小县城。那个小县城有山有水，山清水秀，风光美丽，空气清新。聚会在一个私人农场，农场就是一整片山。听他男友说这个农场就是他一位大学同学的。农场的最高处是一个酒庄，酒庄前面有大片大片的草坪，酒庄的后院是一个大花园，花园里有喷泉。站在酒庄的阳台上，可以俯瞰整座城市，这酒庄是他同学的家产：一眼望不到边的葡萄园，各种水果园、养鸡场、垂钓湖。最让她惊奇的是酒庄底下的酒窖，酒窖里窖藏着他们这一群人一辈子也喝不完的酒。那次聚会"自然卷"相当陶醉，这个农场完全是一个世外桃源，美得就和电影里的画面一样。

有一次"自然卷"打听到她高中时暗恋的那位男同学在另一座城市读大学，后来她就去看他。相见总是美好的，但是短暂的美好之后，她意识到她的老同学一直用异样的眼神看着她，她甚至觉得他都不愿意靠近她。那一晚她想了好多，也许是他们都长大了，但更多的是她自己变了，她变得不再像个学生。只是一夜间，她开始讨厌身上的名牌衣服，讨厌她的名牌包包，讨厌她身边的一切一切，甚至讨厌她现在的自己。回到学校后，她和男朋友分手了，决定做回从前的自己。

后来毕业找工作，"自然卷"还是挺顺利的，她的美丽无法阻挡，所以她必定成为千里挑一的那一个。没有丰富的工作经历，也没有卓越的职业技能，但是她就是升职快，工资涨得也快。不仅如此，她还能很好地处理自己与老板和同事之间的关系，不尴尬，不失态，不殷勤，也不让人妒忌。再后来，当她的老板开始频频带她出入各种高档场所、各种酒会的时候，她觉得自己该辞职离开了。

辞职之后，"自然卷"开始了她的旅行梦，直到后来遇到了何海。

听到这儿我忍不住打断了子芷："'自然卷'那么漂亮，也一直不乏追求者，那她为什么会对那个骗子何海动情呢？"

"很难说吧，"子芷说，"也许是她厌恶那种搭讪和殷勤，她可能觉得那都是带有不怀好意的目的，但是何海不一样，他是一个不图她容貌的男人。"

第三章 我在阳朔等你

佛说，人生有八苦：生、老、病、死、爱别离、怨长久、求不得、放不下。

01

湘西桂北之路,高速还没有开通,在狭窄蜿蜒的国道上,我们车开得却很轻松。公路与江水、与山谷一次次地交汇,白云与蓝天、与绿树一次次地融合,一场雨后雾气腾起,山谷间鸟儿在云间自由穿行,车辆起伏盘旋……这就是湘西桂北之路。

阳朔,我们此行的目的地即将到达,"自然卷",那个让叶子芷一直讲述的人,马上就可以相见。旅行之初,我只是想陪着子芷看一看祖国的大好河山,可是一路上听子芷讲了很多关于"自然卷"的故事之后,我对这个人也充满了好奇。

"知道我为什么要来阳朔看'自然卷'吗?"子芷说,"本来这一路应该是很愉快的旅行,起初我也没急着要来阳朔,但是"自然卷"说她生病了,她怕这辈子再也见不到我这个她唯一的朋友,才叫我来阳朔见她一面。所以这一路走来我一直都在想该怎么去面对她，看到她的第一眼会是一种什么样的心情，所以这一路上我一直在跟你讲关于她的故事，不然不仅我会遗憾终身，你也会遗憾终身的。"

"看得出你是她心目中最重要的人，要不然她也不会在这个时候首先想到的是你。"我说，"她得的是什么病？"

"我也不是太清楚。"子芷低下了头，说得很低沉，很小心，"她说她没有什么亲人，除了我她最后还想见一个人，这个人是她童年里最好的玩伴，是她青梅竹马的弟弟，是她二十二岁之前真正爱过的人，也是她一直不想去伤害和一直想保护的人，可是她从来都没有表达过她对他的这份感情。"

我问子芷，这个人现在在哪，他为什么不去看她。

子芷看着我，一直看着我的眼睛，她说："这个人正要去看她，这个人就是你，'自然卷'就是夏洛依。"

一瞬间我心神不宁，一瞬间我想说一万个不可能，一瞬间我有好多的疑问，可是我什么也没问，一直等着子芷的解释。

但是子芷没有说话。

"当你向我讲述关于'自然卷'的故事的时候，我就觉得好多故事与夏洛依的经历很相似，只是我一直认为这是巧合罢了。"我低声问，"你是什么时候知道'自然卷'就是夏洛依的？"

"西藏归来之后我就知道她的原名叫夏洛依，"子芷说，"但是我也是一个月前才知道她和你的这些故事，不过我并没有告诉她你在哪，也没有告诉她我和你的关系，更没有告诉她我就在你的身边。你要知道，当我知道这些事的时候，我当时的心情比你现在还要复杂。"

"我很难接受一个好朋友十几年来心里一直装着我的男朋友，所以你也别怪我现在才告诉你真相,更何况我要是早告诉你真相,你就不会和我讲许多关于你和夏洛依的故事了。"子芷继续说,"我觉得你的心里一直装着一个不存在的人,所以我想了解你的过去,想让你放下,同时也想让我自己放下,让夏洛依放下。"

"那夏洛依知道我也来阳朔了吗?"我问。

"她还不知道,"子芷说,"一路上我一直在犹豫,我一直找不到一种比较合适的方式让她知道你的到来。"

"谢谢你,子芷。"我眨了眨眼,眼睛里泛起晶莹,"这些事如果不是这次讲出来,我可能这辈子都不敢对别人说起,一直憋在心里。现在一块巨大的石头终于可以放下来了……只是夏洛依太可怜了。"

"你怎么不安慰安慰我,其实让你去见一个和你青梅竹马的漂亮姑娘,我心里总是有点难过的,"子芷叹了一口气,"而且这一切还是我一手安排的。"

"正如你所说,我有心结,我们这次来就是想把好多心结解开、放下,况且夏洛依还病着,我们更应该来。"我看了一眼子芷,她没有吭声,我碰了碰她的手臂,"世界真的好小,我真没想到你和夏洛依会遇上,而且还是好朋友。"

"小吗?我觉得这个世界不是那么小,可能有着相同梦想的人不多,而这些不多的人又寻着梦想遇到了一起。"

不知不觉到了阳朔,我们的车子驶进县城,在一块空旷的地方停了下来。太阳还很高,但我却没有心情继续前进。

"我们今天先在阳朔休息,明天再去兴坪镇吧。"我说。

"好的。"子芷把头靠在我的肩上,"找家宾馆休息一会儿吧,该要面对的总要面对。"

究竟什么是爱？很长一段时间我一直在考虑这样的问题。小时候，爱是父母的一个亲吻，一个拥抱；年少时，爱是一个回眸，是青春的荷尔蒙；成年后，爱是家人的一声问候，是贴近你的温度；现在，爱是生活的点点滴滴，是柴米油盐，是旅行的意义，是坚持的理由，是梦的点滴，是清晨的第一缕阳光，是天空中最亮的星。而将来，爱只是平凡，是平凡的生活。

宾馆里，我和子芷躺在阳台的沙发上，看着眼前的漓江在山间流淌。山不再连绵，就像顽皮的孩子堆起的泥巴，凌乱地立在那里，任凭身上长满了绿色，任凭河水湿润着双脚。

我们就这样一直躺着，一直躺到了傍晚。

"走，"子芷起身，"出去转转吧。"

"好，"我回答，"是去西街吗？"

"随便走走吧。"子芷挽起我的胳膊下了楼。

我们顺着马路往漓江的方向走，漓江就在眼前却越走越远。走着走着路过一片菜市场，子芷要求进去看看，她说菜市场最能反映一个地方的生活习性。菜市场里的蔬菜品种并不多，但是水果倒是挺丰富新鲜的。子芷和我各抱两个大青芒回了宾馆，就连大名鼎鼎的西街都没有去。晚饭我们简单吃了点饭，其实根本没什么吃饭的心情，那种心情说不上忧郁，也谈不上悲伤，有点莫名其妙，也有点不知所措。

天已黑，夜已深。我在床上辗转反侧难以入睡，子芷坐在阳台上，看着黑黑的漓江。听不见水的声音，只见月光在江面跳动荡漾。过了一会儿，黑云飘来，像细细的薄纱，一点点地遮盖住月亮，直到月亮消失在黑暗中。

早晨我们收拾好行李，驶向三十公里外的兴坪古镇。离开的时候天空下起了小雨，路过十里画廊的时候，很多游客根本无视这小雨，继续骑行在画廊之上。路边的蝴蝶泉在各种人流和大巴的簇拥下与我们擦肩；遇龙河水流湍急，竟然还有人停下来洗车。我一声不吭地开车，子芷手里拿着地图，到了大榕树那里她轻描淡写地对我说："我们好像走反了，兴坪镇在北边。"

在路口掉头，雨越下越大，重新跨过遇龙河的时候河水已经上涨了很多。再路过蝴蝶泉的时候，大巴还在，游人像是突然消失了。再路过十里画廊的时候，骑行的人们也早已消失在画卷里。充满雨线的乡村画，被雨水摧残的画卷，车子匆匆驶过，不留痕迹，让水彩自然地渲染。

在驶向兴坪镇的路上，大雨变成了暴雨，雨刮器刮得飞快，但还是像雨幕一样遮住汽车的前挡风玻璃。这场暴雨像是一个借口，一个我和子芷都在心里默念的共同借口：雨这么大我们回阳朔吧。但是我们都没有勇气先说出，一直沉默着，听着雨声，看着模糊的窗外，缓缓前行。

水已经漫过马路，大巴飞驰，溅起的水花猛烈地拍打着我们的车窗。我们涉水行驶，看着雨水像喷泉一样在身子两旁排开。我们一直前进，谁都没有说停止。

走了大约一半的路程雨渐渐小了，再往前路面只是湿了一点，继续往前，这儿根本就没有下雨。不知道是我们甩掉了雨，还是雨根本就不想过来。路边的风景很美，公路在田园之间穿行，田园在山谷之间平铺开来，一点起伏都没有。就好像先是有一片平原，然后某天突然从天外来了几座山，硬生生地落在了平原上。路边有很多农家饭店，一排连着好几家，饭店门前撑着那种大伞，伞下放着小方桌。每个店家都会指定一个人站在路边，向每一辆过往的车辆招手，像是在为我们指挥交通，也像是在欢迎我们的到来。如果可以删掉昨天，那现在我和子芷肯定正坐在某个农家饭店里大吃呢。

公路在村庄与田野间穿行,弯弯曲曲,就像公园里铺的石阶路,从来没有直线,像是为了让游人多多欣赏留恋而故意为之。路边我停下了车:"我去后备厢里拿瓶水。"

"帮我也拿一瓶。"子芷说。这应该是我们今天早晨以来的第二次对话。

我打开后备厢,翻了好一会儿也没找到水。这段旅程以来,我习惯性地会在后备厢里备好多水,喝完了就补充,但是今天却是空的。也许是昨天就喝完了,也许昨天想着要买水的,也许我们还有很多本来记得要做的事情都被挤走了。

一家小卖部前,我和子芷坐在大伞下,手里拿着水,并没有喝上几口。我看了子芷几眼,她一直看着远方。

"应该快到了吧。"我说。

"差不多吧,"子芷回答,"见到了夏洛依不要提她生病的事,就装不知道,她是病人,不能激动。"

"放心吧。"我喝了一口水,低下头来把玩着瓶子,撕掉瓶子上的一圈纸。瓶子变得光秃秃的,就像一个没有隐私的人,透明地站在你面前。

"她到底得的是什么病?"我低声问。

"说不清楚,可能是胃癌。"子芷没有喝水,一直盯着瓶子上的说明文字,胡乱地看,看了好一会儿,子芷低声喃喃地说,"一个多月前夏洛依微信给我留言,要我有空去阳朔玩玩,正好我也没去过阳朔,所以我答应了,但是没想这么快就动身。后来她对我说早点来吧,要不然她这辈子可能再也见不到我了。我急着问她怎么了,发生了什么事,但是她没有回答,电话也关机中。

"直到第二天的早晨,夏洛依才回了我一个很长的微信,话很多,但是我几乎可以一字不落地背下来,因为每一句话都是那么触动人心,她说:不好意思,没能及时回复你,因为我不知道该怎么对你说。芷,我病了,可能是癌,但是我根本不敢去复查,因为我怕会查出最坏的结果,然后就被急匆匆地被推上手术台,最后再也醒不过来,与其那样,我不如在最坏的结果出来之前见一见我在这个世上还能联系到的一些人。这么多年来我一直都是一个人生活,我以为我已经习惯了一个人的孤独,一个人吃饭,一个人睡觉,一个人逛街,一个人旅行,一个人过生日,甚至是一个人搬家,这些我都能忍受,但是前一段时间我去了医院之后,我发现我还有无法一个人去面对的孤独,那就是看病、做手术。如果把孤独分等级的话,那一个人过生日可能是六级,一个人搬家可能是七级,一个人去做手术应该是十级。

"我告诉她我会很快去阳朔的,我会陪着她一起去医院。可是过了好一会儿夏洛依才回了我的微信,就好像她的每一条微信都是经过认真编辑、修改、再三斟酌之后才发给我的。

"她说:要不明天我再给你讲吧,我今天喝了好多酒,我看不清字,我快要吐了。

"我回复她:你为什么一大早就喝酒?

"她回复我:一大早?现在是晚上呀,哦,不好意思,忘了告诉你了,我在美国,我在找我妈妈。

"之后她又不回复我的微信了,我想她已经醉得睡着了。

"又过了一天,我问她:你的胃都这样了,你还喝酒?

"她回复:都快死了,还不让喝,都喝一辈子了。

"我问:你找到你妈妈了吗?

"她回复说她没有找到,她说她过几天就回阳朔。她对我说:

芷,我本不想打扰你的,可是我能想到的人不多,何海联系不到,我爸爸的坟头草都一米多高了,这个世上可能只有妈妈还在,她可能在国外的某个地方等着我,这些年我一直在寻找有关妈妈的线索,我想在我可能即将要离开这世界之前再见到她,但是我找不到,是我小时候把她弄丢了,妈妈走的那天我应该在家的,没准儿她离开的那一刻会偷偷地告诉我她将要去哪,但是那天早上我出去玩耍了。芷,所以这个时候我想到了你,想到了我唯一的朋友,我只想再见你一面。"

"其实夏洛依的妈妈离开的那天早上,是我带她出去玩的,我们在镇上逛了好久,一直到傍晚,如果不是我,她可能就不会出去,也或者会早点回家,这样她也许还能见她妈妈最后一面,也许她现在已经在她妈妈身边了,也许她这么多年就不会酗酒,也不会生病。"我一直在自责,我隐隐地感觉到命运跟我们开了这么大一个玩笑,我的罪恶甚至无处可装载。这些年来,我数次去虔诚朝拜又有何用?真是自己给了自己一个响亮的巴掌。

"那个早上如果你没有去找夏洛依,她妈妈还是会找其他借口支开她的。"子芷说,"那个早上她妈妈为什么会给你钱让你去带夏洛依买随身听?她就是想让你们在外面玩得久一点。"

我们都没有说话,我看着我的鞋子发呆,子芷看着手中的瓶子发愣,好久之后她拉起我的手:"走吧,也许没我们想得那么严重,我来开车。"

02

　　漓江在兴坪镇拐了一个弯,上游是桂林,下游是阳朔。兴坪镇因漓江而闻名于世,但兴坪镇不大,主要的街道也就一条。夏洛依的青旅很好找,就在街的尽头。我们在马路对面停下,透过车窗看着对面。三层小楼,装修得像个小竹楼,木质斗拱上镶嵌着劈开的毛竹,廊檐下挂着几盏红灯笼。小楼在二层的向阳面有个平台,平台上有几把大伞,伞下有几张桌子和几把吊椅,平台边的栏杆上垂满了吊兰、绿萝。再回转过来,青旅的招牌并不显眼,"自然卷青年旅舍"几个字被红灯笼挡住了一半。

　　我们掉转车头,来到了青旅门前,院落里停放着几辆自行车,有一辆自行车上的挂包还没卸下来,也有可能是刚挂上去的。院落的另一边,几个人坐在那儿喝着茶,玩着手机,根本没人抬头,似乎对人来人往早已习以为常。院落通向二楼平台的楼梯边,一个瘦弱的身影正在浇花。顺着花的角度看过去,这个身影披着长发,上身穿着红色的斗篷大衣,黑色的褶皱裙与垂落下的吊兰缠绕,细细的腿上没有一点多余的肉。她歪着头,踮起脚,浇得那么认真,一盆接着一盆。浇完身边的几盆花之后,她又放下喷壶,拿起剪刀剪掉那些黄叶子。她的鬈发散披在红色的衣服上,与绿色的吊兰相配,分外好看。

"嗨。"叶子芷打了声招呼,却没有回应。

院子里玩手机的一位客人抬起头,看了一眼我和子芷,又看了看夏洛依的背影:"老板,来客人了。"

"欢迎,请到前台登记,"夏洛依不急不忙地放下手中的喷壶,缓缓地回转过身子,"天哪,真是太意外了,你来了也没和我提前说一声……"

"好久不见,"子芷走了上去,"我说过我会来的。"

"真是又意外又惊喜,"夏洛依抓住子芷的手,好一会儿才注意到还有一个我,"这位是?天哪!"她捂住了自己的嘴巴。

"好久不见!"我也走上前去。

"太意外了,太意外了,不,是太惊喜了。"夏洛依又抓住了子芷另外一只手,眼睛一直看着我,"你们,你们,天哪,完全没想到,这世界怎么这么小,你们应该早点告诉我,我好有准备,也好准备礼物送你们。"

"太客气了,"我放下拉杆箱,"能见到你就是我们收到的最好的礼物。"

"快,快,里边坐。"夏洛依的笑容就和那些花一样的灿烂。

我们坐在前厅靠窗口的桌子边,夏洛依给我们倒了杯茶:"我这也没什么好茶,喝酒不?要不给你们倒杯酒,我这酒不错,葡萄酒都是自酿的。"

"不不，茶就好。"子芷替我回答。

我们坐在那儿聊了好久，更多的是子芷和夏洛依在聊，她俩时而捂嘴欢笑，时而手握杯子。而我就这样在旁边静静地看着她俩，偶尔附和几句。

说话之余，夏洛依还是会咬她的指甲，光秃秃的，就像锯齿，毫无美感，但是指甲上还是涂上了透明的指甲油。我一直盯着夏洛依的指甲看，子芷也注意到了我的眼神，她对夏洛依说："你的指甲不能再咬了，再咬就该咬手指头了。"

"哦，"夏洛依这才把手指从嘴边拿开，就好像小孩子偷吃了零食被发现一样，"咬一辈子了，总是改不掉。"

她们聊了很多，也聊了很久，但始终没有人提生病的事。她俩好像是久别数年的亲姐妹，有说不完的话。而我，却突然变得像是一个陌生人。

我的目光在前厅里搜寻着，像是有着敏锐洞察力的间谍。我喜欢那面留言墙，我也带来了记号笔，想写点什么。如果是我一个人私下里写，我可能会写上"欠你的幸福"，然后不留签名；要是子芷和我一起写，我可能会写得俗气点，比如"漓江我来了"，或是"漓江山水甲天下"，然后签上我的大名。但是现在我突然不着急写了，我想还是等离开的时候再写点什么吧，也许明天，或许后天，我会有一个很美的句子。还有那贴满照片的墙，一眼望过去全是自拍：情侣自拍、和朋友的自拍。如果是我，我会在那面墙上挂点什么？是挂上漓江的照片？还是算了，这个地方无论哪个景点早被人拍烂了。我翻开手机打开相册，一张张地翻开，一张张地寻找，也许我可以挂上一张我外婆家那个村子里的照片：运河、船只、桥、行人，和这儿还真有点像呢，只可惜运河里的水有点浑浊。一年前陪妈妈去过一次外婆家，陌生得都让我找不到了。以前过运河要等渡船，运气不好等上一个小时都是有的，但是现在河上架了很长的一座桥，汽车可以直接开过去。那个村子靠近运河的一半被拆了，因为当地在打造运河风光带，以前的河堤被铺上了沥青路面，杂草地被围成了花园，种上不同的花，以达到四季有花开的效果。河堤边也砌上了大理石的护栏，铺上了方形的砖。砖与沥青路面之间还种上了好多树，有银杏，有香樟，但好像垂柳比较多。

其实当时我走在运河大堤上的时候，就觉得种垂柳很欠考虑，南方的夏季垂柳上"洋辣子"特别多，有时候刮起风，还很有可能把"洋辣子"毛吹到散步的人身上。那天我在河堤上站了好久，想起了好多童年的事。我想到了第一次认识夏洛依就是源于"洋辣子"，在运河边我学游泳差点被淹死也是和夏洛依有关。我突然有种预感，感觉她可能还在村子里。于是我按着年少的记忆去寻找她的家。她的家还没被拆，但早已荒芜了，就连屋顶都长上了草。现在夏洛依就在眼前，我要不要和她说说她家乡的变化呢？要不要告诉她她家的房子还在？也许她比我还先知道家里的一切变化，也许她根本就不想了解关于她家乡的一切，至少那个荒芜村落给她带来过伤害。

墙边的货架上放置了许多形态各异的瓶子，瓶子里用五颜六色的沙子做成各种图案。如果我也会做这种工艺品，我想我应该会做一幅水乡古镇的画卷，就像小时候外婆家的村子一样。或者我还可以做一个太阳升起的图案，晨光照进村子里，照在我童年时候的脸上。我可以把这些瓶子带着，把那些回忆全部装进瓶子里。

都快到饭点了，夏洛依和子芷还在聊着，完全没有要吃饭的意思。其实我的肚子早已咕噜咕噜响了，而且声音还不小，但是似乎根本没有提醒到她们。从昨晚到今早我和子芷几乎就没有吃饭，因为我们有点担心今天的见面,甚至想过会不会泪流不止。但是现在看来,昨晚和今早的饭应该是要吃的。我起身四处走动,走到吧台边的大鱼缸前。鱼缸里铺上厚厚的一层水草泥,泥土之上有假山,还有小桥,就好像是模拟着夏洛依的家乡。增氧泵把气泡吹到水里,吹着水底的水车旋转。种类繁多的热带鱼时而在水车边嬉闹,时而在水草间自由穿行,成群结队。

小桥底下,静静地躺着两只黑黑的鱼,黑得连眼睛都看不清。它们一动不动,就像死了一样。我本想告诉夏洛依,说这两条鱼死了,但是它俩好像预感到主人会把它们捞出来丢弃似的,竟然摆摆尾巴动了几下。我记得小时候不管是运河边还是水库边,在夏天的时候都会漂起好多死鱼,而且死鱼都是翻着肚皮。但这两条小黑鱼没有翻肚皮,也许它们只是累了,就好像我们会躲在天桥下乘凉一样。假山边堆了好多彩色的石子,石子的缝隙里沉淀了好多鱼屎,鱼屎的样子和鱼食差不多,还真不太好分辨。但是为什么会有黑色的鱼屎呢?我也真是无聊极了,连鱼屎都要细细端详。噢,那不是黑鱼屎,那是小蝌蚪,还不少呢,一个两个,天哪,十来个,它们都躲在石缝里干吗?可是,鱼缸里又没有青蛙哪来的小蝌蚪,夏洛依再无聊也不至于养青蛙呀?再细看也不像小蝌蚪,噢,明白了,那是小鱼,是小桥那边两个小黑鱼生的小鱼,难怪它们那么疲惫地躺在桥底下一动不动。看到这些小生命,我有点难以抑制我激动的心情,我忍不住打断了夏洛依和子芷的聊天:"鱼缸的石头缝里有好多小鱼,像小蝌蚪一样……"

"生啦?"夏洛依比我还激动,她立刻起身来到鱼缸前,"我观察两天了,我就知道它们要生了,还真生了,有多少条,我来数数,一条、两条、三条……"

"鱼不是卵生的吗?"我很好奇,"下卵也不至于这么快就孵化出来吧。"

"不是的,这两条黑鱼叫黑玛丽,是胎生的。"夏洛依津津乐道地和我们讲起养鱼的心得。

是呀,多么美好的小生命,这是一件多么让我们欣喜的事情。我看着子芷,子芷看着我,然后我们一起看着夏洛依,夏洛依脸上的笑容一直挂了很久。

午餐后夏洛依招呼我们去楼上的客房休息。我们路过多人间的时候,我特意往里看了几眼。一个人坐在床边卷起裤子,然后用药膏在上面涂抹,身旁是已打包好的背包。我没有看清这个人的伤口,也不可能去问他是哪受伤了。但是在往客房去的短暂时间里,我一直在想着那个场景。伤口在裤子里,没人看到,背上背包继续前行,这就是背包客;伤痛在心里,没人看到,继续笑对生活,这就是人生。

我和子芷躺在床上午休,但根本没有睡着。她先前还和夏洛依有说有笑,但是现在又变得沉默了。房间里异常安静,安静得都有些让人不适应,这与上午热闹的情景相比,总觉得有些不相符。午后的时间里,一直有水滴打着雨棚,声音很有节奏,也很响,每一声都撞击着我的心。

"下雨了吗?"我问子芷。

"没有。"

"那是哪来的雨滴声,好吵。"我喃喃地说。

"你开窗看看,是不是楼上在晒衣服没拧干。"子芷转过身,把头埋在枕头里。

我打开窗户:"为什么非要装这玩意儿,还是铁皮的。"

"可能是怕客人会在下雨天忘记关窗户吧。"子芷翻过身来,"休息一会儿吧,昨晚也没怎么睡。"

"都秋天了，搞不懂还有人开空调，是楼上空调的排水管在滴水，真是受不了。"我猛烈地关上窗户。

"你有点烦躁，你的心里就装不下一点声响？"

我没有回答，静静地躺在被子上，把头枕在自己的手臂上，睁大了眼睛扫视着这个房间。房间不大，但很整洁干净，电视机边是一张书桌，书桌上放着一盏台灯，台灯底下有笔和纸，看来旅行的人都喜欢写点什么。台灯边上放着一盆吊兰，好像这个青旅到处都有吊兰。夏洛依是有多爱吊兰哦，也许仅仅是因为吊兰好养吧，但我曾经还是养死过好多吊兰，都是淹死的。眼前的这一盆吊兰长得很茂盛，有金边的，也有纯绿的，还有中间是黄两边是绿的，每一盆都应该是三种吊兰栽在一起的。如果每一个房间都是这样，那夏洛依该有多用心。吊兰垂落下长长的枝，像是绿色的瀑布，真想剪几个枝头插在水里。枝头开了几朵白色的小花，有些已经凋落，但其他枝头上还是争相开放。吊兰叶子有点干卷了，瘦瘦的，没有血肉，像老人的腿，没有院子里的那几盆漂亮。早晨夏洛依浇的那几盆就不错，翠绿的枝叶从很高处垂下，丰润、饱满、细长，就像夏洛依的腿。此时要不是怕打扰子芷睡觉，我必定给眼前的这盆吊兰浇点水。

窗帘也不错，应该是夏洛依亲自选的，之前随手拉上都没有看一眼，我以为和其他宾馆一样，都是那种"中年家长风"呢。之前为什么没注意到这窗帘呢，是不是就好像结婚多年的夫妻，回到房间倒头就睡，很少会注意到床头挂着的那张结婚照。米白色的窗帘，最上面像是交错的黑线，像是乡村院落的栅栏。窗帘的下方分布着浅浅的黑线，让整块米白色显得不再单调。窗帘上还分布着两排黑线圈，就像织毛衣的线球，也像是小朋友拿着铅笔在白纸上随便画了几个圈。不老气、不复杂、不花哨、不富贵，简单、大气、端庄、素净。

房间的墙壁被涂成了浅绿色，浅浅的，就像北极光一样。但是却没有任何一个客人在墙上乱涂乱画。也许每一个入住此房的人都会觉得那是纯洁的北极光，只要安静地去看就好。还有那吸顶灯，就像是倒扣的深碗，一连扣上三盏，一字排开，逐渐放长吊线，就像是一个等差数列。这三盏灯会是什么颜色的光，红黄蓝？红绿蓝？都太土气，估计都是暖色白光，这样才能与这么美丽的窗帘相配。我想夏洛依在设计这些房间的时候，可能也纠结过和我同样的问题。

衣架上挂的那是什么？还用细绳扎起来，我定睛细看，天哪，是风铃，在这个时代竟然还有风铃。印象中风铃好像是我们小时候少男少女们表达爱情的信物，我以为这玩意儿在这个时代已经绝种了，没想到在这个房间里竟然还能看到。可是它还是那么的不合时宜，显然是太吵了，要不然为什么会用绳子扎起来呢？但是如果怕吵为什么还要挂上？我想可能是"自然卷"害怕夜晚的孤独，她也以为每个人都害怕夜晚的孤独，所以她想让每个房间都有声响陪伴。但是作为客人，他们显然是惧怕在寂静的时候有这种声响。打扰睡眠那是次要的，主要是那种风铃的声响会把一个成年人带回年少，带回过去，他们惧怕回到过去。

这个房间里好像每一处都有着夏洛依的印迹，也许每一个房间里都有着她的印迹。她走进又完成了别人的梦，自己得有多孤独。

还是睡不着，子芷也许已经睡着了。我打开手机来打发时间，该死的无线网，刷个网页都刷不出来，斗地主总是掉线。无线网、电、灯泡、马桶、窗帘、床单……夏洛依孤独的同时又得操多少心。

楼上的水继续滴打在雨棚上，嗒、嗒，一直在强暴我的耳朵。嗒、嗒，就像一台老式的摆钟。我走进了梦里，来到了一台老式的摆钟前。摆钟越来越大,就像怪兽一般,一下子长大了许多,长成了一幢钟楼。钟楼上写着"新华书店"四个字,就是年少的那个暑假,我和夏洛依一起去买随身听的那家书店。钟楼"当、当"响了五声,我拉着夏洛依往书店跑,"五点了,书店就要下班了,快点。"

我们来到书店里,径直走向那个非常熟悉的货架,拿了一盒小虎队的磁带。在买这盒磁带之前,我和夏洛依已经来过好多次,每次都会拿起那盒磁带左看右看,但就是没钱买。这回我们毫不犹豫地来到那个货架前,准确无误地拿起那盒磁带。磁带上写着"蝴蝶飞呀"。

然后我们肩并着肩走着,一直走到村子的那片小树林里。我和夏洛依一人塞一只耳机,在树林里眯起眼睛,逆光而行,让阳光洒下斑驳,洒在我们的脸上。"蝴蝶飞呀飞向未来的城堡,打开梦想的天窗让那成长更快更美好……"多么美好的旋律,还没听完整首歌曲,旋律戛然而止,突然变成了《上海滩》的旋律。还没等我和夏洛依明白过来是怎么一回事,树林的尽头就出现了一个穿着风衣,戴着围巾的人。

"哇,是黄晓明!"夏洛依惊讶地跑过去。

"依,我带你去上海滩找妈妈。"黄晓明说。

"夏洛依,你妈妈在外国,不在上海!"我对着他们大声地喊。

"你知道?你是不是早就知道了?那你为什么不说?"黄晓明微笑着看着我,但是笑容中充满了杀气。

我没有回答,也许我是被这种上海滩的杀气给吓住了。夏洛依也没有说话,跟着黄晓明走了。她一边走一边回头,眼神里是一种憎恨。

我突然意识到这是一场梦,我想尽快地从这场梦里醒过来。那个电子表的闹铃一直在响,就是小时候夏洛依爬火车买给我的那个会报时的电子表。我想把闹铃关掉,可一直关不掉,我隐约地感觉到夏洛依就站在床前，一直看着我，一直问我："你是不是早知道我妈妈要走？"

我努力地摇着头，努力地试着睁开眼，但是眼皮就像粘了502胶水，怎么也睁不开。我一直喊着夏洛依的名字，轻声地喊，不想让身旁的子芷听到，但是我的嘴就是张不开。可是夏洛依根本没有听我说话，也没有注意到我，她只是诡异一笑，拉着子芷离开了房间。

等我真正醒来的时候已是傍晚时分了，我揉揉眼，转过身去，却真的不见了子芷的身影。我惊吓得坐了起来，推开房门，看见子芷坐在院子的吊椅上安静地看着书。这是怎样一个诡异的梦，我甚至都怀疑我有没有喊出声来，子芷会不会听到了我在喊夏洛依的名字。

等我走到院子里的时候，夏洛依已经喊我们吃晚饭了。

"兴坪这个地方不大，没什么饭店，我只好亲自动手了。"夏洛依领我们来到一间小餐厅，"这个地方一般不对住宿的人开放，是我的私人空间。"

"谢谢依依，想不到你还会做饭。"子芷坐了下来看着我，"还没睡醒？"

"睡得很好，"我说，"可能是一直开车太累了，午觉睡得特别沉。"

"喝点什么？要不喝点葡萄酒吧，"夏洛依说，"我自己酿的，真的挺好的，来点尝尝？"

"都病了你还喝？"子芷接过了酒瓶，放在了一边。

"没什么大不了的，万一我要是真死了，你们把我的骨灰带回我家乡，撒在水库里或是运河里都行，不要坟墓，现在墓地太贵了。"夏洛依拿过酒瓶，倒了三杯，"不过说实话啊，每次胃疼得难受的时候喝点酒就不疼了，然后觉也好睡多了。"

"麻痹了吧，"子芷说，"酒精会让人麻痹的。"

"会上瘾。"夏洛依端起酒杯，"来，我们三个先碰一下，庆祝我们的相遇，也算是为你们接风。"

我们一边喝酒一边聊天，但夏洛依始终没有提她的病情，我们也不好多问。酒过三巡之后她问起我和子芷的爱情故事，从怎么认识的，到怎么分手的，再到怎么再次相遇的，问得很详细。

"你们俩竟然还有这么美的爱情故事！"夏洛依说，"你说这个世界小不小，其实我们三个都是校友，都在同一所高中读书，我和他认识，你和他也认识，但就是我和你不认识，但是后来我们还是认识了。"

"我是因为爸妈在你们那里工作，所以我才从外省到你们那儿读书的，所以说这就是缘分。"子芷也端起酒杯，也喝了不少。

"我可能见过你，"夏洛依看着子芷，一直端着酒杯不放手，"你记不记得那是高几？可能是高二，那时候你们都是文艺少年，连文艺青年都沾不上边，搞什么文学社，你们俩一人拿一本校刊，坐在学校的小公园里眉来眼去的，根本无视我的存在。"

"哪有？"我辩解道，"再说，你一个人跑到小公园里干吗？"

"我去干吗？我值日呀，小公园是我们班的清洁区，我要去捡垃圾呀。"夏洛依摇晃着手中的酒杯，"你们再想想，我没有任何杜撰，你们好像还在讨论什么诗。"

"是我吗？"子芷看着我，又看着夏洛依，"确认没看错，不是别的什么女生？"

"就是你啦！我们学校没几个外地人，就是你说着一口普通话，"夏洛依继续说，"当时看你就觉得你挺漂亮的，我以为你是他的女朋友，就没过去打招呼。"

"让我想想，"子芷一手托着下巴，一手拿着酒杯，"那后来我们骑行新藏线你怎么没认出我？"

"女大十八变，而且高中时连你名字都不知道，我哪知道世界这么小。"夏洛依说。

"我还是想不起来有这么一段故事，我有那么文艺？还交流诗？"子芷继续托着她的下巴。

"就那首，"我提醒子芷说，"就那个谁写的《服妻》，什么'我不懂你为何如此温柔，给我拖地，我驯服得像只哈巴狗'。当时这首破诗挺火的，从高一火到高二，一年了，还有人说写得好！"

"好像想起来了，你当时不服气，说要写个更火的。"子芷把头倒在桌上看着我。

"什么哈巴狗，那么火我怎么没听过？"夏洛依把头低下去，抿了一口酒，"说点煽情的给你们听听，就是那会儿看到你们俩在一起交流诗，说实话，我一直以为那个'她'会是我，可是从小到大我都觉得我和他之间是有差距的，你是城里人，学习好，家庭条件好，可是我什么都没有。后来我考上了大学，我想我终于可以拉近与你的距离了，可是那个夏天爸爸却出了意外。后来吧我就死心了，觉得自己生来就比别人低一等，生来就是受罪的，加上当时家里一贫如洗，我就外出打工。打工那一年我拼命地加班，不让自己有一点点的空余时间，因为只要有空余时间我就会瞎想。打工一年，也存了一些钱，我本想拿着这些钱去旅行，可是这些钱，又能撑多久呢？后来我也不知怎么想的，竟然再次坐回课堂，再次高考。上了大学之后，我过得很堕落、拜金、虚荣，可是有一天我突然想到了弘毅，想到你之后我觉得我应该去找你，可是当我见到你之后，我觉得我们都变了，而且你还嫌弃我……"

"我没有。"我说。

"怎么可能没有,就在一个房间里,碰都不碰我一下,不是嫌弃是什么。"夏洛依继续喝上一口酒,"芷,你别多心呀。"

"没事,那时候我和他已经分手了,继续说,我喜欢听故事。"

"还好那时候我有自知之明,没有死缠烂打,要不然我就成'小三'了。后来我觉得吧,可能一直以来都是我一个人一厢情愿,再后来我想想,其实你没变,是我变了,是我变得堕落了,我一直想缩短你我之间的差距,到头来却弄巧成拙,所以后来我就决定把你放在记忆里……芷,你放心,可能以前我心里还想过你身边这个男人,可是这几年我几乎都要忘掉他了,我心里一直装着另外一个男人呢。可是最近这段日子我过得有些恐慌,我怕我随时会死去,怕我死得悄无声息,所以我又想到了你们俩,其实我就是想知道你和他过得好不好,现在看到你们俩在一起我就放心了。"

"我还是不太敢去医院复查,医生说我的胃可能有息肉,让我去做胃镜,但是我没敢去做。我后来上网查过,网上说胃息肉分为增生性息肉和腺瘤性息肉两种,而腺瘤性息肉就是胃肿瘤,肿瘤不就是癌吗?"夏洛依继续喝酒,"以前我从来没惧怕过孤独,自高中开始就是一个人生活的,对于孤独我真的一点也不怕。居无定所,到处漂泊,什么都是一个人,包括一个人搬家,我都不觉得孤单。可是我想到要一个人去做手术什么的我就怕,这种孤独才是真正的孤独,可能连死了都没有人知道的孤独。"夏洛依继续喝着酒,"何海,这个在我生命里一闪而过的死骗子,我搞不懂我为什么要去记住他,要把他留在心里,而不去接受更好的人,可能我和他一样,属于一类,都是被社会遗弃的人,所以我们才有可能走到一起。我一直以为我已经改变了他,他可以静下心来和我一起生活了,我不需要他做多大事业,发什么财,一起平平淡淡地过日子多好,可是他简直没脑子,一辈子就知道骗,骗完别人骗自己,进了传销不出来,现在也不知道在哪儿。如果他真的能清醒过来,那他一定会来兴坪找我的,可是我等了他三年了,三年了他都没有出现过。他要么被抓进牢里了,要么仍然靠骗生活着,可是他为什么不回过头来继续骗我呢?我等着他来骗我,现在我都要死了,他还不出现……"

"依依,不要去想了,酒咱们不喝了,过两天我们就带你去医院。"子芷坐到了夏洛依的跟前,"放心,我和弘毅会在兴坪待很长一段时间的,我们会一直陪着你的,不会有事的,真的。"

"我真的没想连累你们。"夏洛依放下酒杯,看着我和子芷,"万一我真的死了,请你们一定要把我的骨灰带回去,撒在水库里或者运河里。"

"夏洛依,你觉不觉得兴坪很像你小时候的家乡?"我想转移那个沉重的话题。

"你也这么觉得?"夏洛依像听到了什么开心事一样,"我一直都这么觉得。明天你们可以去漓江看看,顺着漓江往上游走,真的很像,树林、田野、河流,真是像极了,所以我一来到这儿我就不想走了。住在这儿让我想到了我小时候的那个村子,这儿比小时候的村子好,小时候村子里总有小伙伴欺负我,在背后议论我,还有那些大人,总是在背后对我指指点点,所以我真的一点也不想回到老家。"

"你有多久没有回过老家了?"我问。

"很久很久了,高中毕业之后就没回去过。"

"那个村子被拆得差不多了,老街也拆了。"

"拆了好……"

"运河边现在修成了观光带,还有……"我本想说她家的房子还没有被拆,但是我没有说下去。夏洛依好像已经趴在桌上睡着了。

晚上大多游客都返回到阳朔县城,兴坪镇一下子安静了下来。我和子芷披上外套走上大街,与白天相比,夜晚的大街空旷、宽广,昏黄的路灯下，只有我们两个人的身影被拖得很长。兴坪街不大，没走多远就到了榕潭佳境处，一段围墙上被贴满了各种形状的石板。在昏暗的灯光下，我和子芷触摸着那些石板，辨识着石板上刻下的文字，没有读出声音，夜太静。再往前走十几米就可以看到漓江了，安静的漓江静静地流淌，乌黑的江面闪动着月光。江的对岸有几户人家还亮着灯光，是红色的灯笼。在夜晚，红色的灯笼指引着游人，那是家的感觉。我和子芷在石阶上坐下，石阶有点凉，但我们还是坐了好久，肩并着肩，看着乌黑的江水，闻着江水带来的味道，任凭江风吹动着我们的衣服，吹动着子芷的长发。我把子芷拥入怀中，一起聆听江水的声音。

第二天早晨，我和子芷起得很早，但是夏洛依起得比我们更早。她邀我们和她一起去菜市场买菜。我们沿着街道往前走，没走多远就到了兴坪古镇。早晨的雾气还没有散开，古镇的石板路被磨得光亮，两个女人的高跟鞋在石板路上敲出声响。两边的商铺都还没开门，安静的早晨，没有嘈杂的声响，空气清新，湿润着我们的脸颊。

我们穿过古镇来到菜场，菜场里的菜农早已忙活了起来。好多老人也没有固定的摊位，挑着担子随便找块空地就卖起菜来。夏洛依说："你们看，那些摊位上的菜有好多小水珠，那可不是露水，都是他们刚洒上去的，就是为了看上去新鲜。这些老人不搞这一套，他们的菜一般都很新鲜，都是自家小菜地里长的，他们也没打算赚多少钱，一天赚个十块八块的就知足了。"

商贩抓起一条鱼，狠狠地按在地上，然后用刀背使劲地敲打鱼的脑袋，鱼儿甩一甩尾巴，安静了许多。左手按着鱼，右手刮鱼鳞，刮完鱼鳞再用乌黑的刀从侧面切开鱼的肚皮，掏出五脏六腑，再把鱼子塞回去，最后还不忘挖掉鱼鳃。商贩的动作娴熟麻利，我就在想，医生给人做手术是不是也这样娴熟麻利？

我就这样一脸严肃地跟着她们后边拎菜，而她俩就像亲姐妹一样，连买菜都买得那么开心。

以前我一个人住的时候几乎就没去过菜场，我买菜都会去超市，明码标价，看准了就拿，也不用去考虑价钱或是分量，也不用去看那些活着的家禽，更不用亲眼看着商贩们杀鸡杀鱼。也许等我以后开始过真正的二人世界的时候，等我的生活归于平淡的时候，我也会经常去菜场，去关心最平淡的柴米油盐。

我们在吃早餐的时候，前台递过来几张明信片："夏姐，刚刚送来的。"

有夏洛依的，也有我和子芷的，是我们从武汉寄过来的。

"我本想让这几张明信片先行告诉你我们将要过来，没想到它比我们慢。"子芷说。

"能收到明信片真好，至少说明在远方还有一个人牵挂你。"夏洛依接过明信片，仔细地看了好久，"我房间的墙上也挂满了明信片，都是在我这住过的游客寄过来的，但是你们是我的亲人，你们寄过来的是我最想要的。"

"依依，"子芷看着她，轻声地说，"明天我们一起去医院吧，还有酒也别再喝了。"

"噢，"夏洛依低着头，"那我酿的那么多酒怎么办？"

我们就好像揭开了一个不愿被人知道的秘密一样，揭开之后，大家都很明了，就是没有再提起。我们浇花、做午饭，我们看书、聊天，但我们三人都没有再提去医院或是生病之类的任何事。可是去医院这件事明明已经在我们三个人的心里被商量好了。

　　晚上下起了雨,雨水滴打着铁皮雨棚,听着那种声音就像被敲击了心灵一样,一次又一次,密集而从不间断。什么漓江漂流,什么漓江山水,来之前我是那样迫切地想看到,但是都两天了,我根本没有那种欣赏大自然的心情。子芷也和我一样,我们都宁愿在"自然卷青年旅舍"里,守着这三层小楼,守着那些花花草草,守着夏洛侬的生活,寸步不离。就像在观看一次烟火,稍不留神,就可能永远也看不到了。

　　雨声滴答
　　滴落在心上
　　一次次
　　如同滴水穿石

　　声如莺啼
　　缠绵于耳畔
　　一阵阵
　　如同蚊子吸血

　　打开尘封多年的老酒
　　酒香浓烈
　　味道苦涩
　　不知该如何下咽

　　翻开那泛黄的记忆

绿色的味道
在阳光里

03

  门诊楼的前边有一棵大榕树,想必是比这个医院的年纪还大,所以才没有被砍掉。榕树的树杆上垂下好多枝条,一直垂到地面,再发芽、扎根、生长成新的树干,就像是儿童的旋转木马。枝条一根根垂下,围绕在树干周围,像是在守卫它们的灵魂。榕树铺开的面积很大,像一把大伞,伞下大理石砌的花坛上坐满了人。我们走过榕树,看着那一张张痛苦的脸,那些痛苦的脸看着手中的各种化验单、胶片,神情专注,目光无神。

  门诊大厅里人很多,每个窗口的队伍都很长,子芷和夏洛依坐在一边的椅子上,我来排队。窗口里收费员机械性地问话,头也不抬,两只手熟练地敲打着键盘,发票在针式打印机里"吱吱"地走动,就像流水线的传输带一样,从不间断。

  "请问挂哪个科?"收费员问。

窗口的一位老人没有回答,一直和身旁的家人说话。

"问你挂哪个科?"收费员第二次问。

老人还是没有回答,继续和身旁的家人说话。

"问你挂哪个科?"收费员提高了嗓门,用近于喊的声音第三次问。

"你这什么态度!"老人一下子回转过头,用手使劲地拍打着窗口吧台,"小姑娘你什么态度!"

收费员没有出声,停止了那机械的敲字动作。

"我当年连小日本鬼子都没怕过,还怕你?"老人精神抖擞,说起话来脸上的肌肉跳动,额头的两根青筋暴涨,"你信不信我投诉你!我买药!"

"买药请你到方便门诊去开药。"收费员自始至终都没有抬起过头,也许她早已习惯了不去理会别人的眼色、表情甚至是恐吓。

一位保安上前把那位老人劝走了,窗口恢复了平静,针式打印机继续唱着"吱吱"的歌声,平淡、枯燥的歌声。

诊室的门口的人很多,分诊屏上滚动着等待就诊者的名字。咳嗽的、吐痰的、捂鼻子的,交替上演。走出来的人有的脸色惨白,有的露出了微笑,就像是去赌博了一次,有的输得惨淡,有的比预想的要好。赌命,谁都不想。

"请夏洛依到三号诊室消化内科就诊。"分诊叫号连叫了三遍。

医生经过询问,在病历本上写着外人看不懂的字符,然后说:"你这种情况需要做胃镜进一步察看,建议你们住院治疗。"

"必须要住院吗?"夏洛依问。

"住院可以报销啊。"医生回答道。

"那就住院吧。"我替夏洛依做了主。

在去往住院部的路上,夏洛依心神不定,有些恐慌,她一直在问我:"是不是很严重,不然为什么让我住院?"

"医生不是说了吗,住院可以报销,没那么严重。"我说。

消化内科病房在住院楼第18层,但电梯口却写着17B,就像国外很避讳13这个数字一样。护士一边铺床,一边给我们讲一些注意事项,我们一声声"嗯,嗯",但护士到底讲了什么我们都没记住。同病房的老人侧着身躺着,一边念叨着,一边叹着气,床头柜上的那碗稀饭早已凉了,表面结了一层薄薄的膜。看见我们走进病房,老人转过头来,喃喃地自言自语:"这小姑娘年纪不大怎么也住院了?我的儿子怎么还没来,肯定是儿媳妇不让他来……"

"我又没病到非要躺着不可,为什么住院了非要躺床上?"夏洛依坐在床边看着我和子芷。

"在家没事做的时候不是也喜欢躺在床上或沙发上嘛。"子芷说,"你要是不想躺我就陪你随便走走。"

没多久来了一位护士,护士说:"你躺下,我好给你量血压。"

夏洛依与我们相视一笑,还是躺到了床上。接着就是各种抽血,一管又一管,夏洛依转过头,尽量不去看自己的血,拳头却握得有些僵硬。

"拳头松开,拳头松开,放松一点。"护士重复了两次夏洛依才松开拳头。

护士走后过了好久,夏洛依仍然按住抽血的那个针眼:"这是我第一次住院,还真有点怕,我的心跳得好快。"

"你是不是担心没人继承你的QQ号啊?"子芷笑着对她说,"你要是还不放心的话把银行卡密码也告诉我们吧。"

"我银行卡密码是我生日。"

"你傻呀。"子芷笑着用手捏捏夏洛依的嘴巴,然后又转身对我说,"我在这儿陪着,你回兴坪把我们的衣服和洗漱用品带来吧。"

"还有,把我卡拿去取点钱,住院应该要花好多钱吧?"夏洛依说着把银行卡和她房间的钥匙一起递给我,"随便帮我带几件衣服就好。"

我把银行卡还给夏洛依,但是她还是坚持要塞给我。后来我下楼的时候收到子芷的短信:不要取卡里的钱,等出院了再把卡还给她,还有路上注意安全。

我和子芷的想法是相同的,我突然间觉得自己欠夏洛依好多好多,我想子芷也可能有这样的想法。其实夏洛依坚强的背后还是挺脆弱的,就和其他的女孩子一样。她怕孤独,怕一个人去看病,这些都是正常人的反应。回兴坪镇的路上,我开车有些心不在焉,有几次都是在黄灯的最后一秒冲出停止线,然后急刹停下。也有几次绿灯亮了好几秒还没有开车,被人家按着喇叭催。绿色的山,一座又一座,像春天的竹笋,白白的云一朵又一朵,像田地里的棉花。有时候我们是多么想回归自然,奈何放不下种种情感,到头来生命的终结还是回归于自然。

在路旁我停下了车,买了一瓶冰过的纯净水,使劲地往脸上倾倒,让自己不去瞎想,往好的地方想,让自己不去悲伤,多把喜悦带给别人,特别是带给生病的人。

回到"自然卷青年旅舍",我就像回到了家,走进青旅的大门,我就像是这个青旅的主人。我打开夏洛依的房间,那个挂在衣架上的风铃没有被绳捆住,正"叮当叮当"地敲打着。我看着那面挂满明信片的墙,明信片上有全世界各地的风景。我注意到了那个白色的书架,书架上放满了书。书架上还有一块电子表,和她曾经爬火车去买给我的那块是一样的；一个已经掉色的发夹，是她小时候不要冰棍换来的；那盒小虎队的磁带，是我送给她并且被猪咬坏的那盒；还有那个随身听，她妈妈送给她的最后一个礼物。

我除了拿衣服，没有碰任何一样东西，就连指纹都没有留下。我觉得我和子芷都有责任让夏洛依过得更好。

晚上我们三人选择在医院里散步，夜晚的医院里很静，只有偶尔的救护车声划破夜空。医院在晚上静得可怕，一阵风刮过，树叶落下，在地上沙沙作响，就和刀具在切割东西的声音一样。踩在树叶上，那种感觉就好像手指划过泡沫盒那般透心的冰凉。医院里每天都上演着生、老、病、死，在医院上班的人也许已经看得麻木了，只是这四件事发生在任何一个人身上，都是一件大事。

秋天的夜晚有些冷，但大家都没有要回去的意思，也许是不习惯病房里的那种气氛，也许时间还太早。秋夜的风抚过她们俩的小腿，灯光把她们的腿照得很白、很亮，就像被牛奶泡过了一样，不管是红色的还是黑色的高跟鞋，在这淡黄的灯光下都是黑色的。她俩肩并着肩，不约而同地裹紧衣服。我本该脱下外套体现我的绅士风度，但是现在身边有两个人，我思考了几秒钟，只能把外套的纽扣给扣上。

审判的前夜，没有人说那些与病情有关的话题。夏洛依问我什么时候结婚，我看着子芷，等待她的回答，子芷说："还没有计划。"

"应该快了吧。"我补充说。

"抓紧时间结了吧，你们也都老大不小了。"夏洛依说，"我大学的时候曾经想过等毕业了就找个人结婚，因为我很向往家的感觉，可是现在却还是孤家寡人。"

"同学之中没结婚的好像没几个了。"我看着子芷，"你的同学应该都结婚了吧？"

"但也有不少是离了婚的。"子芷说,"婚前没有选择正确,婚后过不下去就离婚了,所以结婚之事绝对不能草率。"

第二天,同病房的老人病情恶化被转到ICU了。

看到这一幕,夏洛依脸色苍白,坐立不安,她握着水杯的手心一直冒汗,把水杯放下,再拿起,一直重复了好几次。

内窥镜中心门前,大家都很安静地坐下,安静得能听到护士敲击电脑键盘的声音。不管是进去的,还是出来的,脸色都不是太好。

"做胃镜是不是很难受?"夏洛依问。

"应该不好受。"我说。

"不是说有无痛胃镜吗?"夏洛依又问。

"我帮你问问吧。"我走到吧台前,问护士。

"有无痛胃镜呀,就是要贵几百块钱。"护士说。

"贵不要紧,只要不疼就好。"夏洛依走上前说。

"做无痛胃镜要全身麻醉。"护士说,"不过我先给你们说明清楚啊,做无痛胃镜要全程有人陪同,在意识没完全清醒的时候有些人会一直说话,说什么的都有,有的老大爷把藏私房钱的事都说出来了,有的人还说出了好多不为人知的秘密。"护士一边说一边指向一旁的苏醒室,"你看那人,一直神神叨叨的。"

顺着护士指的方向看过去,苏醒室里躺着一位中年男子,一直眨着微闭的眼睛,嘴里喃喃自语。身旁坐着一位中年女子,这位女子脸色阴沉,一言不发。

"还是算了,我怕我会瞎说话。"夏洛依重新回到椅子上,低头不语。

"夏洛依!"护士叫着她的名字,"下一个到你了。"

"哦。"夏洛依抬起头,从手腕上取下一根皮筋,把头发扎了起来,"我待会儿的样子一定很难看。"

"夏洛依,到你了。"护士读着手中的申请单。

夏洛依起身向门口走去,刚走几步她突然转过头,看着子芷,又看着我:"弘毅,抱抱我,就这一次。"

我看着子芷,子芷推我起身:"去吧,不然她会害怕。"

我走向前去,轻轻地抱着夏洛依,她的手却紧紧地抱着我,不让我们的身体有丝毫的空隙。我拍拍她的后背说:"没事的。"

"谢谢你!"她的泪水滴落在我的肩上。

"护士你好,我们可以一起进去陪她吗?"子芷也走过来问。

"可以的。"

胃镜室的中间放着一张单人床,床上铺着一张浅蓝色的一次性床单。床的顶头是一个铁架子,架子上放满了仪器,最上方是一台显示器。仪器的边上是一张电脑桌,桌子上的电脑开着看不懂的程序。胃镜室里的护士穿着深绿色的护士服,戴着深绿色的手术帽,嘴上戴着口罩,手上也套着一次性手套,全副武装,就和手术室里的一样。护士把清洗干净的内镜探头接在仪器上,探头垂下来,来回摆动,显示器黑黑的屏幕一下子有了色彩,是地面的色彩,来回晃动。接着护士让夏洛依侧身躺在床上,递给她一个白色的口圈让她含在嘴里。

夏洛依蜷缩在那张小小的床上,拿下发箍,原本被发箍压得整整齐齐的鬓发就和雨后的春笋一样,胡乱地冒出来。她回避了我们的眼神,就和睡着了一样。护士又拿过来一个小盘子放在夏洛依的嘴边,对她说:"有口水什么的想吐就吐,不要往肚子里咽。"

夏洛依点了点头,继续蜷缩着一动不动。

一切准备就绪之后,医生走了过来,他一边看着屏幕,一边把那长长的探头放进夏洛依的嘴里。探头通过喉咙、食道,直达胃部,屏幕上显示出红红的内壁。

夏洛依感到一阵恶心,身体发抖,蜷缩得更紧了。

"放松,放松,不要咽口水,不要咽口水!"医生一直在强调。

嘴被口圈固定着,不能闭合,也无法说话,口水和呕吐物就像刷牙水一样缓缓流出,没有任何阻挡。有的淌到了盘子里,有的淌到了下巴上、衣服上、床上。我想此时的夏洛依一定后悔让我们跟着进来,她一定觉得她现在的形象糟糕透了。可我并没有回避这些呕吐物,更不会有那种嫌弃的表情,因为我要让她知道,不管现在的她是什么样的状态、形象,我都不会嫌弃。

探头在胃里来回走动、转向,我从屏幕上看到了红红的一片,有些地方发白、破损,就和得了口腔溃疡的舌头一样。医生神情很专注,一边操作手中的器械,一边用脚踩着地上的踏板,每踩一次,电脑上就会有一张截图。探头继续走动,胃壁上一块凸起的肉引起了医生的注意。医生向护士说了些什么,护士就拿过来一个像长铁丝一样的东西,然后助理把这个长长的器械从医生手中的那一端缓缓插入探头的管道里,一直插入到胃里。屏幕上可以清楚地看到被插进去的器械,就像一个小镊子。

医生一个眼神,助理的手微微一动,夏洛依的腿突然跟着一抖,鞋子掉落在地。子芷把鞋子拿到一边。我在屏幕上可以清楚地看到"小镊子"抖动了一下。

"好了,结束了。"医生话一停下,所有的人都放松了许多。

取出探头,拿下口圈,子芷扶着夏洛依到一旁的水池边漱口洗脸,我看着医生在电脑上敲击报告,选取截图。

"你们先出去,在外边等报告。"医生说。

"会不会是癌?所以医生不方便说呀?"夏洛依低声自言自语。

"别多想,医生写报告也要时间的。"我说。

夏洛依虚弱地坐在门外的椅子上,一言不发,子芷也一言不发,她们就好像什么都知道了一样。片刻后护士把胃镜报告递了出来,和报告一起的还有一个密封塑料带,袋子里装的就和生物课上的细胞切片一样。

"报告拿给床位医生,这个切片送到病理科,现在就送过去。"护士说完就转身走进胃镜室。

报告上的图像我看不懂,诊断简洁地写着:胃窦糜烂、贲门息肉样增生,送病理。

我们走出内镜中心,其他病人走进去,一个接一个,日复一日,年复一年。

回到病房,夏洛依躺在床上一言不发,什么东西也不吃,就好像她已提前得知了上帝对她判了死刑一样。我拿着胃镜报告走进医生办公室,医生说要等待病灶的病理报告,如果病理报告显示是良性那就没什么问题,明天再做一次摘除手术。

我把医生的话原话转述给夏洛依,但是她还是一言不发,好一会儿她猛然坐起来:"还要再做一次?"

一天的忐忑不安,她还这么年轻怎能做到坦然地面对?病房里又住进来新的病人,来看望病人的家属还带着小孩。小孩在病房里追逐打闹,一会儿跑到走廊里,一会儿钻进卫生间,家人一直在训斥也没什么效果。在孩子的眼里只有快乐,哪怕是亲人已经生病。我们无法做到像孩子一样,可以在任何情况下快乐地生活,但是我们总是企图让孩子和我们一样,学会在适当的场合悲伤。当孩子实在学不会悲伤的时候，我们就会降低标准，哪怕能让孩子安静一会儿也好，这样才不会影响大人的悲伤。

病房里原本播放的新闻变成了动画片，直到看望病人的家属带着孩子离开了，电视里依然播放着动画片，没有人去调台。

"要不出去走走吧，闷在这儿不好。"我说。

"好的。"夏洛依勉强回答，"等我一下，我先去卫生间洗个脸。"

出来的时候，夏洛依重新梳理好头发，还是和以前一样，没有刘海，浅蓝色的发箍把卷卷的头发压在头皮上，长长的鬈发披在身后。

我们走出医院，来到西街。西街上游人络绎不绝，一眼望去，古色古香的建筑，就像江南的水乡一样。与水乡最大的不同是这有很多的山，奇形怪状，与西街连接在一起。我们走得很慢，一边走，一边看着街上的商店，把玩着那些旅游工艺品，就像穿越到了古代。西街不长，一会儿就走完了，街的尽头是漓江，漓江的对岸是山。我们坐在漓江边的石阶上，看着江的对岸，那些鹅卵石的浅滩和奇形怪状的山。江水流动得很快，山的倒影在江水中跳跃，偶尔还能看到鱼跃水面的自由自在。

我说："如果我的童年是在这儿，我一定会去那片鹅卵石的河滩上玩耍，说不定还能抓条鱼烤烤。"

"你会抓鱼吗？"夏洛依露出了久违的笑容，"小时候在水里是谁被鱼撞翻了，还是大人用网把他拉上来的？"

"我知道，"子芷说，"是猪！"

"信不信我把你们这两头猪都推下去。"我站在她们的背后，一手按住一个肩膀。

眼前的山傲然耸立，我在想有没有办法爬上去。登高望远，应该是每一个人童年的梦想,就像会飞一样。要想看看远方的世界,要么登高,要么走远,小时候外婆家的村庄没有山,所以只有走远。爬上火车,远远地走一次,这样的想法却没有在我的童年实现过,但是眼前的夏洛依却做到了。我想如果我提出爬山登高,她也一定会去试试的。

"病人请不要随便出去,有事要请假。"回到病房后护士急匆匆地说,"下午医生都找不到你们,病理结果无异常,明天上午准备手术摘除。"

不知道是喜还是悲,我和子芷都觉得是一个好结果,但是夏洛依却再一次愁眉不展,"你们不知道做胃镜有多痛苦。"

"是不是就和喝醉了吐酒是一个样子的?"子芷问。

"不一样,完全没法相提并论。"夏洛依摇摇头,"希望这是最后一次。"

内窥镜中心,还是那个地方,门口还是有很多人排队。夏洛依再一次进去,这次是做了静脉麻醉躺在床上被推了进去。医生说用的是高频电圈套摘除术,周边黏膜予热活检电灼,创面无渗血。我和子芷听不懂这些专业术语,只要夏洛依不痛苦就好。

手术摘除后,夏洛依被推进了苏醒室,我们站在她的身边看着她。她安静地睡着,眼皮一直动呀动的。这是我第一次这么仔细地看她的脸,她的皮肤那么白,那么光滑,好想用手去摸一摸;她的脸形是那样美丽,身材是那样匀称。

十几分钟后,夏洛依睁开了眼,但是意识还不是太清醒。后来她说她当时能听到我们说的话,只是听不懂我们在说什么,说我们前言不搭后语的。我问她为什么不回答我们,她说她当时回答了。我和子芷相视一笑,表示什么也没听见。

几天后夏洛依出院了,出院的时候她问医生说胃息肉是不是喝酒引起的？

　　医生回答说关于胃息肉这块目前临床发病原因还不明白。

　　"你们看，我就知道和喝酒没关系。"夏洛依开心地看着我和子芷。

　　"酒你是不能再喝了，你看你都胃糜烂了，还要喝酒。"医生摇摇头，耸耸肩，做出无奈的动作。

04

一个持续两个月的心病终于放下,夏洛依脸上的笑容越来越多。我本以为她现在最迫不及待的事就是要回兴坪镇,没想到她却和子芷一起逛街买衣服去了。

回兴坪的路上,车里放着音乐,还有她们附和的歌声,欢笑属于每一个人,就连车子都欢快地奔跑着。旅行本该有欢乐,这才是属于我们的旅行。

晚安之前,夏洛依对我们说:"你们来阳朔都这么多天了,我都没带你们去逛逛,明天我先带你们徒步漓江,保存好体力,再带上二十元的纸币。"

"晚安!"

甜美的晚安,面带笑容的晚安,一句晚安,整夜安眠。

美好的早晨,我背上背包,带上了干粮和水,还有她俩的遮阳伞和防晒霜。

兴坪码头整齐排列着竹筏、游船,游人还没有到来。太阳才刚刚从地平线上升起,远方山顶已经被照亮,更远方的水面也被照亮,然后光亮一点点地靠近,渐渐点亮了兴坪码头。水泥路沿着漓江的右岸修建。走过一座绿竹环绕的桥,清澈的江水与绿竹的倒影在桥头相映成趣,很像江南的古典园林。我们悠闲地往前走,每一处景色都很美,用两只手的大拇指和食指组成一个长方形,无论怎么取景,都是一幅绝美的画卷。夏洛依让我们把二十元的纸币拿出来,认真比对纸币背面的图案,总觉得哪都相似。路边有很多民居,两三层小楼,刷上白色的墙漆,有的人家已经把房子打造成了家庭宾馆。真不知道住在这里的人,天天看着眼前的美景会不会厌倦。漓江蜿蜒,道路跟着漓江蜿蜒,有些路段可以亲临水面,有的路段会被竹林隔开。漓江两岸的竹子特别多,墨绿一片,一簇一簇的,枝头向各个方向展开,就像狗尾巴草被捆在了一起。有些竹子长在水泥路的两边,形成了天然的遮阳棚,走在竹子底下,凉风吹拂,风吹过后,竹叶发出沙沙的声响,就像是在欣赏一曲箫、笛合奏的曲子。

每一处都像是二十元纸币背面的图案,可每一处都略有差异。一个平台前,已经聚集了一些拍照的人,拿出纸币比较,真是一点也不差。我们三人在此拍了好多照片,也与纸币合照了许多张照片,然后一张张比较,找出最接近的一张。如果是傍晚,太阳从西边照过来,那照片一定会和纸币背面的图案丝毫不差。

漓江上已经有些许竹筏开动,江面开阔,江水平静,晨光照耀,如渔歌唱晚之意境;路上时不时地有电动观光车驶过,悄无声响,穿过竹林,如武侠动作般轻盈;也时不时地有自行车贴身而过,一圈一圈,轻踩慢行,如童年的影子慢慢消失。漓江两岸都是山,奇形怪状的山，有的有美妙的名字，有的一直默默无闻地耸立着。山上一片葱绿，山下也是一片葱绿，在山与山之间，村庄也是一片葱绿。我们用眼睛去捕捉，用心情去体会，一路欢笑，一路歌声。路边的好多柚子已经成熟，金黄黄的，挂满枝头，我们向村子的老人家买一个柚子，老人家说什么都不要钱。金黄的收获季节，我们在漓江收获美景，收获好心情。

走了大约五公里的样子，水泥路走到了尽头，观光车、自行车也走到了尽头，尽头是漓江。一个小小的渡口，往返于漓江两岸。等我们走到渡口，先前骑车的几个人已经被摆渡到了对岸。码头对岸是一片鹅卵石的浅滩，浅滩上有好多的游人，都是坐船过来的。那些游人在浅滩上烧烤、野炊、拍照、做游戏，享受了一天，再坐船离去，也别有一番风味。

我们也摆渡到对岸，夏洛依让我们先不要回头。等我们下了船，她喊了"1、2、3"之后，我们齐转过身，惊讶地发现先前的码头上方是一个巨型图案，占据了整座山，那便是传说中的"九马画山"。像是被齐刷刷地劈开，然后在巨大的岩石墙上用白色的涂料画上去的一样，细细数来，九匹白色的骏马面向下游奔驰而去，很有气势。我们在此拍照，照片里由近到远，分别是白色的水泥路，浅黄色的鹅卵石，浅绿色的江水，白色的骏马，墨绿的植被，葱绿的山顶，浅蓝色的天空，白色的云朵。

我们的脚步已经踏上了冷水村的地界，这个村子千万年来，一直被九匹骏马俯看着。村民们也一直在骏马眼前生活着，开着船，与漓江相依，与骏马相伴，无论多晚，看到这九匹骏马，就是到家了。

我们一边走路一边聊天，夏洛依问我有没有觉得这一路很像她小时候的家乡。我说很像，一条河，河上有座桥，桥的对岸有一片小树林，只可惜现在的家乡大变样了。

夏洛依说就是因为这很像她小时候的家乡，所以她第一次来到这儿之后就不想走了，这也是她在兴坪一直住下去的原因。

她说，她来到兴坪之后就想定居下来，那会儿何海也不知是为了迎合她，还是他的真心话，他也说这像他的家乡。何海的家乡有条大河，河的一边是平原，另一边是连绵的山，山上有阁楼也有寺庙，山腰上住满了人家，房子从山腰上一直盖到山脚下。小时候他的梦想就是游过这条大河，翻过这座山，看一看山之外的世界。何海的家乡虽然有山有水，但是他其实是生活在水里，一条往返于淮河上下游的船上。何海没有妈妈，他爸爸对他说他妈妈因为生他难产死了，他在读书之前就一直跟着爸爸的船在淮河里漂来漂去。每当船靠岸补给的时候，他都会站在船舱的窗户边，看着岸上的那些孩子，看着他们骑自行车、踢足球、捉蝴蝶。那时他最大的梦想就是能上岸看看，和岸上的孩子一样可以骑自行车、踢足球，甚至可以爬过这座山。

后来何海到了上学的年纪，但是由于没有户口，他不能去读岸上的小学。那时候在淮河上像何海这样的孩子还有很多，所以他们只能读水上小学。水上小学在几条漂泊的大船上。船民们把废弃的船固定在一起，常年抛锚在淮河上，作为他们孩子的校舍。学校的老师只有一位，是船民们请来的一位乡村老师。就这样，何海在这所水上学校读着他的小学，也寄宿在这所水上学校。而爸爸依然开着船往返于淮河的上下游，只是每次路过这所水上小学的时候，会给何海带点玩具和零食。那时何海是这所小学的旗手，在每个周一，他都自豪地站在船头上，升着国旗，行少先队员队礼。那时候，他是这所小学成绩最好的学生，其他同学都把他当榜样。有一次作文课上，老师让写"我的梦想"，这一次何海沉默了，他拿出爸爸买给他的玩具汽车，想了好久，写下了他的梦想，一个想去岸上爬山、开车的梦想。就和电影

《海上钢琴师》里的情节一样,何海特别向往陆地上的生活,后来他读初中时终于来到了陆地上,那是他特别向往的陆地呀,可是当他走到陆地的那一刻,他退缩了,因为在陆地上,他没有一个朋友,因为同学们喊他去踢球他完全不会,因为他不会骑自行车,因为他从没有坐过汽车。每个周末,何海要么去爬山,要么去跑步,这才是他向往的生活。打来到陆地上读书之后,何海再也没有回到船上。他报复性地享受陆地上的生活,他去过很多地方,开着车,驰骋在祖国的大地上。

听到这里,我和子芷都特别惊讶,我说何海的内心只是太过孤独和苦闷,他应该不是一个坏人。

"我也不觉得他是一个坏人,可是他就是喜欢骗人,那有什么办法呢。"夏洛依说,"他开车周游全国,车要么是租来的,要么是骗来的,人家没有让他去坐牢已经是万幸了。"

"他只是想过他想要的生活,我们可能都还不太了解他。"我说。

"他想要什么生活我可以和他一起过,为什么一定要骗我?"夏洛依越说越激动,"想想都好笑,何海当初还为我们买了爱情保险,一百多块钱吧好像,就是三年后结婚的话保险公司送一万朵玫瑰。他现在要是出现了,我立马和他结婚,为了那一万朵玫瑰也要结婚,然后再分你们五千朵。"

"还有这种保险?一万朵太多了,"子芷笑着说,"分给我五千朵我得找多大的车才能拖走?"

前边的路不再那么宽阔和平坦,走着走着,看到一块石头,上面写着"老村头",老村头距杨堤乡还有七公里。大道不再有,小径继续与漓江相伴蜿蜒,踩着鹅卵石路面,穿过村庄,穿过树林,穿过大片的果园。

路过村庄,几户人家炊烟升起,我说:"要不我们找户人家做饭吃吧，尝尝正宗的农家菜。"

"据说这里女多男少，要不把你留下来给人家做上门女婿？"子芷指着一户人家看着我，"这家就不错，弘毅，你就留在这家吧。"

"弘毅，要不你就留下来吧，在这儿多好，就像小时候那样，一边打鱼，一边帮我照看青旅。"夏洛依也拿我开玩笑，"这儿多美，芷，你舍得把他交给我不？"

"舍得，他要是敢逃跑就把他送到深山里做男宠。"

"还没听说哪个地方缺男人的呢，小心我把你们俩都卖了，卖到大山里生一堆娃。"我反驳道。

一边聊天一边走路，就不觉得路有多漫长，很快我们再次到达一个渡口。摆渡过漓江，再次来到漓江的右岸，风光越来越艳，山也越来越奇，水也越来越湍急。也是在这个时候才发现有好多徒步的游客，他们大多迎面走来，与我们走的是相反的方向。那些游客着装专业，拿着相机，戴着鸭嘴帽，背上沉重的背包，一看就是经验丰富的"老驴"。而我们三人，着装随便，一路走一路笑，特别是两位姑娘还打着伞，总让人误以为我们是在外打工归乡的本地人。有时候过于专业的装备会把轻松的旅程搞得很严肃，会让自己与一路的风景不协调，更难以融入当地的风俗人情。我们喜欢别人把我们当成本地人，我们喜欢这种亲近与随和。

中午我们才到达杨堤乡，随便找家饭店饱餐了一顿。稍作休息后我们决定乘竹筏回兴坪镇，换个视角游漓江。如今的漓江上几乎看不到渔船了，除了游船还是游船。那些观光的竹筏其实都是PVC管材做成的，竹筏上放着四张椅子，一台柴油机马达，简单、轻松又省力。

从水上游览漓江别有一番风味，从水上的视角看漓江两岸的山峰，也与先前的有所不同。唯一美中不足的是马达的轰鸣声太大，眼睛上天堂，耳朵下地狱。江水清澈，映着山峰的倒影，天空与绿山把江水分成浅绿和墨绿两种颜色。顺流而下,绿竹紧贴在江边,像是绿色的护卫,守护着漓江两岸,守护着青山绿水。我们一边游览,一边听船夫给我们介绍,船夫的普通话不标准,但我们猜得出他在向我们描述每一座山峰的名字和每一个名字背后的故事,也猜得出他一定是在赞美他的家乡。

水自脚下过,人在画中游,漓江的五大美景杨堤飞瀑、浪石烟雨、九马画山、黄布倒影、兴坪佳境,在我们的眼前一个接一个地出现,一个接一个地印入我们的脑海,和我们美好的心情一起,在我们的心里描绘着最美的画卷。

05

夏洛依的生活渐渐平静，渐渐恢复了正常。她早晨早早地起床，给院子里的每一盆花浇浇水，然后坐在二楼的平台上喝着咖啡。有时她会站在栏杆边，凭栏远望；有时会坐下来，安静地看着书；有时坐在吊椅上戴上耳机，闭上眼睛听一首安静的歌曲；有时会与客人聊上一段，或是听听客人的奇闻逸事；有时会被男士们误以为她也是一名游客，而被搭讪……这样的生活在这几年里一直周而复始，循环播放，如今稍稍被打乱之后，又恢复了正常。

在这么美丽的地方，心情容易放松，在放松了心情之后，我和子芷也放缓了我们的生活。我们也和夏洛依一样，浇浇花，站在平台上看看远方的美景，听听游人的故事。只是我们还不习惯看书，我们喜欢用手机来打发时间。

"自然卷青年旅舍"的无线网真是相当糟糕，三天两头掉线，这么美好的早晨，朋友圈都刷不出来。没等我问夏洛依，楼下院子里的客人已经叫了起来："老板，又掉线了！"

"经常掉线吗？"我问夏洛依。

"是的，我也烦死了，让人家来修过好几次，每次都说重启就好了。"夏洛依放下手中的书，"能怎么办，我再去重启呗。"

"弘毅，要不你去看看？"子芷对我说。

"好吧。"

我和子芷跟着"自然卷"来到她的房间，这是我第二次进入她的房间，子芷是第一次。

"我的房间太乱，都不好意思让你们参观。"夏洛依一边领着我们进去，一边收拾床上杂乱的书籍。

"机柜在哪？"我问。

"什么机柜？那个铁柜子啊，在阳台上。"夏洛依指着阳台。

我来到阳台上，仔细观察，整理着那些交换机上的网线，而子芷一直盯着房间里的那个书架子看。

夏洛依向子芷介绍着那一面挂满明信片的墙，但子芷显然对书架上的一些物品更感兴趣，比如那个已经显示不出数字的电子表，那个褪了色还放在盒子里的发夹，那个掉了漆的随身听，那个被咬坏的小虎队的磁带，还有那个一直作响的风铃。

"我记得小时候我们女孩子最喜欢男生送我们风铃了，微风吹过，金属管的敲打声真的很好听。"子芷看着那个风铃，用手轻轻地摇晃，"依依，你这个风铃也是哪个男生送你的吧？"

"哪有，我自己买的，我小时候也想有人送我风铃，可就是没有，那些男生就知道送花，花又不能留一辈子。"夏洛依也轻轻摇晃着风铃，"你们房间也有的，每个客房我都挂上了，但是客人可能嫌吵就把风铃拿下来,所以后来我就把客房里的风铃扎了起来。"

"客人都是来寻找城市之外的宁静,哪有心思听风铃的敲打声。"子芷又走到书架前,翻看起书架上的书。

"每当风吹起风铃的时候,就好像一个人坐在小树林里,听着树叶的沙沙声一样,可美妙了。"夏洛依也走到了书架前,目光随着子芷的手指移动。

"你看的书真多,好多书我连听都没听过。"子芷的手指在书架上移动,最后停在了一本《泰戈尔诗集》上,她们就此展开了好长一段对话,关于爱情,关于梦想,关于人生。

我在阳台上移开机柜上的花盆,整理着那个落满灰尘的光纤收发器,把烫得离谱的路由器断电重启,再把机柜上的风扇接上电,好像也没做什么,网又好了。

回到院子里,有客人开玩笑说:"老板娘,你这里招老板不,包吃住就行,专修无线网。"

"不用,我这儿有男人。"夏洛依微笑着指着我,然后似乎又从客人诡异的眼神中领会到了什么,辩解道,"不是,他是我的男性朋友。"

"哎,我说老板娘怎么不给我们机会。"客人跟着起哄,"男性朋友不就是男朋友嘛。"

下午时分,夏洛依继续忙活着她的生意,我和子芷坐在前厅里安静地吃着青芒。一会儿夏洛依也坐了过来,她手里拿着瓶子,又端来一盘彩色的沙子。子芷问她是在做什么,她指了指墙上货架上的那些瓶子,"看见了没有,就那些,都是我做的,是沙画瓶。"

"依依,我太佩服你了。"子芷起身拉着我一起来到货架前,仔细地端详着那些沙画瓶。那些瓶子形态各异，有高脚杯，有平底瓶，有长筒状，那些图案也是千姿百态，有风景，有卡通人物，有动物……

夏洛依说她做这些沙画瓶主要是为了打发时间，有些客人可能喜欢就会买，没有人买就一直放在货架上作为装饰。我们一边看夏洛依亲手做沙画瓶，一边听她讲解。

与沙画不同，沙画更多的是动态的视觉享受，一次表演结束，一段动人的演绎也就结束了。而沙画瓶展示的则是静态的美，是可以留得住、带得走、能送人，可以珍藏一辈子的美。"栈桥回眸""大漠风情""海边少女"，这些美轮美奂的场景都被装进了瓶子里，个个惟妙惟肖。沙画瓶的作者们用天马行空的想象，塑造出许许多多色彩斑斓的世界。沙画瓶，起源于约旦，后来逐渐流传到世界的各个角落。看似简单的制作工具，却能变幻出极为丰富多彩的图案。看似复杂的工艺，实际只是考验制作者的专注与耐心。通过独特的技法，用简单的工具将五颜六色的沙子灌进形态各异的瓶子中，利用沙子的可塑性，不使用任何黏合剂，堆砌出各种画面。把喜欢的故事和风景装进瓶子里，把祝福传递出去。有人物，有风景，有故事，有线条的勾勒，有时光的变迁。一把沙子，一个瓶子，就是一段故事，一个新的世界。

夏洛依做得很认真，我问她做的图案是什么，她说是一处风景。我盯着她手中的瓶子看了好久，看着这个还没有完全做出来的图案，好像是一座山，山下有水，有桥。我想这会不会就是她日思夜想的家乡，她是不是打算把她的童年装进瓶子里，把回忆也装进瓶子里。快要完工时，我忍不住问她："你这个沙画瓶做的风景是你想象出来的吗?"

"不是呀,是老寨山。"夏洛依放下手中的瓶子,一边收拾桌子,一边说,"漓江两岸的山很多,看似都很险,但有一座是可以爬的,那就是老寨山。明天早起,我带你们去老寨山看日出。"

夏洛依也许早已习惯了这种靠打发时间来过活的生活,但我和子芷还没有适应,我们在青旅待久了,就想着出去转转。傍晚时分我和子芷又出去散步了。

其实兴坪镇就这么大,我们的活动范围都围绕着漓江,在江边坐着,吹着江风,沿着漓江走走,去呼吸一下新鲜空气。走的次数多了,连钱包和手机都不需要带,有时穿着拖鞋就能走好远。漓江畔,风光宜人,怎么走都不够,二十元钱观景台,每次路过都会停下来,细细比对。还有那些竹林,一簇一簇的,美得惊艳,美得可爱。如果真的可以在这个地方住下来,也许有一天会厌倦,但这个厌倦的期限至少是一千年。活不了那么久,那就不要想着哪天会厌倦,就像夏洛依那样,一直留下来。

可如果这就是生我养我的地方,这是我童年、少年,甚至长大后都一直生活的地方,也许我不会厌倦我的家乡,但我也许会有离开的想法,去看一眼山之外的世界。就像何海一样,离开了那片生他养他的水域,去外面的世界。我们都曾向往外面的世界,我、子芷、夏洛依、何海,我们四人都是这样。可是当我们真正翻过了村头的那座山,来到了外面的世界,才发现外面的世界实在是太大了,一直翻山,一直找不到边界。于是我们累了、厌倦了,之后,我回到了家乡,子芷跟随着我找到了她的世界,夏洛依也在中途发现了她的世界。何海的世界在哪,我们不知道,也许他还在翻山,还在寻找。

我们回到青旅的时候，太阳已经下山了，夏洛依坐在吊椅上安静地听着音乐。看到我们回来，夏洛依摘下耳机："收拾一下，来到阳朔这么多天都没带你们去尝尝美食。"

来到阳朔这么多天，也在漓江边住了这么多天，我们却不知道阳朔的美食是什么。子芷说是青芒，我说是柚子，夏洛依连连摆手："那都是水果，再说你们吃的青芒虽然便宜，但都是南宁产的，你们也不要猜了，跟我走就对了。"

离开了以景区为特色的活动范围，我们来到了市井的生活区域，在这里饭店不多，但家家都挂着"啤酒鱼"的招牌，就好像来到江苏盱眙，每家饭店都挂着"盱眙龙虾"的招牌一样。

阳朔的啤酒鱼选用漓江里鲜活的大鲤鱼，倒上漓江水，先水煮，再把鱼捞出来加入桂北山区出产的生茶油烹炸，直到鱼鳞变软微微卷起，鱼身变得焦黄，再淋入酱油，加入西红柿与红辣椒，最后再放入桂林产的上等啤酒红焖而成。与其他地方的啤酒鱼相比，选料特别，味道才不一般。鱼脆脆的，没有一丝的腥味，香酥鲜嫩，让人回味。

"阳朔有这么好吃的美味，为什么现在才告诉我们，是不是不想请客？"我笑着说。

"哪有，前段时间我胃不好，我总不能看着你们吃，我在一边喝稀饭吧，所以我就一直等啊等。"夏洛依说着扑哧笑了起来，"其实我是忘了，我平时也不怎么吃啤酒鱼。"

"这啤酒鱼你会做吗？"子芷问。

"我还真没做过，你们是知道的，我们家乡没这种做法。"夏洛依一边说一边托着脑袋，"让我想想阳朔还有什么好吃的……"

吃饭之余，夏洛依接了一个电话，电话挂掉之后对我们说："兴坪什么都好,就是物资太匮乏。我有个货到阳朔了,弘毅,你待会儿方便开车和我一起去取下不?"

"没问题。"我说。

"需要我帮忙吗?"子芷问。

"大美女你在家等着就行了,很快的。"夏洛依说完又回了个电话,"我们马上就过去拿。"

夜晚的乡村道路安静,零星的灯火指引着路的方向。车里放着陈奕迅的《好久不见》,夏洛依跟着旋律哼唱着:"我来到你的城市,走过你来时的路,想象着没有我的日子,你是怎样的孤独……"

歌曲结束后夏洛依对我说:"真是好久不见。"

"是呀,有好几年了吧。"我说。

"五年。"夏洛依说,"时间过得太快了,一下子都老了。"

车里下一首歌是《十年》,夏洛依跟着旋律又哼唱起来:"十年之后,我们是朋友,还可以问候,只是那种温柔,再也找不到拥抱的理由,情人最后难免沦为朋友……"

到了阳朔,夏洛依去一家服装店取了一件衣服,然后我们又匆匆返回兴坪。路上她问我一般会送什么礼物给子芷,我说送花。她说太俗气。我说其实我和她这次相聚一共才短短的两三个月,还没送过什么,也不知道该送些什么。

夏洛依说:"你应该送衣服、送化妆品,千万不要以为给女人钱让她自己买就行了,那和没送是一个样。一定要陪她逛街,然后她购物,你埋单,这才叫送。"

"这么复杂,那我刚才是不是应该帮你埋单?"我疑惑地看着她。

"你还真会现学现用,我不是那个意思,我是真心在教你。笨死了,情商不够。"

也许夏洛依是说者无心,但是我绝对是听者有意,我和子芷再次相聚不容易,但我好像真的没有送过什么礼物给她,对于这一点,我确实做得不够。我原本以为送女人礼物就是送花、送手机、送平板电脑,看来我的情商还真不够。

回到了青旅,子芷一直坐在院子里的吊椅上等着我们。

"我先去个厕所,马上就回来,你们等我。"夏洛依刚下车就快速冲进屋里。

待夏洛依离开之后,子芷叫住了我:"过来!"

"什么事?"我问。

"什么事?你大晚上和她去阳朔就是为了买衣服?还是女人的衣服?"子芷很不开心地看着我,"这什么意思?"

"我哪知道什么意思。"我一脸无辜地坐在她的身旁。

"一边去,别坐我旁边。"子芷生气地看着我,"还不让我一起去,原来是陪人家买衣服呀。"

"没有,到了拿了就走,逛都没逛。"我说。

子芷还要说些什么,夏洛依走了出来,子芷把话咽了回去。

"芷,你还记得上次我们在阳朔逛街你看中的那件衣服吗?"夏洛依说。

"怎么了?"子芷问。

夏洛依拿过衣服:"当时店家说没有小一码的,你说不要了,但是我还是帮你订了。今天店家打电话说那件衣服到了,我就让弘毅陪我去拿了,没提前告诉你就是想给你一个惊喜。"

"谢谢。"子芷接过衣服,"依依,谢谢你!"子芷说完之后一直看着我,"你去帮谁拿衣服都不知道,你为什么不早告诉我,害得我小人之心了！"

"我哪知道是你的衣服，女人的衣服都一个样。"我辩解。

"我喜欢什么风格你不知道吗？"子芷瞪着我。

"衣服还有风格？"我很疑惑。

"猪！"子芷起身走到夏洛依跟前，"依依，对不起。"

"该说对不起的是我，我应该提前告诉你的。"夏洛依微笑着看着子芷，"好了，早点休息，明早还要看日出呢，晚安！"

• 相信来到兴坪的人都见过老寨山，只要站在兴坪码头抬头仰望，都会注意到那座孤立于漓江岸边的山。只是这样的山在漓江两岸太多了，老寨山在漓江两岸的众山之中形态也不是那么特别，名气也小得可怜，所以很多人都忽略了它的存在，但是老寨山却是漓江两岸少有的可以攀爬的山。兴坪的旅游配套设施不是很完善，很多游客早来晚归，匆匆看一眼漓江就离开了。只有静下心来，在兴坪住上一段时间，放任时间的流淌，才会发现老寨山的存在。

老寨山的入口并不起眼，很容易被人擦肩而过。上山的路长满了草，也落满了树叶，想必很少有人来攀爬。路边一块石板上画着去老寨山的导向图，并用英文标注着一些地理位置。这样的导向图并非出自官方，更像是周边的旅舍自己做的。不仅如此，每走一段路，都会有人在墙壁上或是石头上彩绘上图文并茂的导向图，很贴心、很文艺。

天才开始亮，我们呼吸着早晨的空气，踩过湿漉漉的石板，向山上爬去。没走多远，就看到一面墙上被刷上了一个很大的"GO"，箭头直指一个小亭子。我们顺着这个箭头方向前进。亭子依山而建，就像是在江面上搭起的一个高高的平台。凭栏远望，恐高的人就可以离开了。江面雾气升腾，江对岸的人家还没有炊烟升起，游船整齐地停靠在码头上，远方的山若隐若现。我们三人站在栏杆边，吹着早晨的风。早晨的江风清凉，吹拂着我们的脸，吹拂着她俩的长发，长发飘飘，带来江水的气息。那种气息是湿润的，带着泥土和庄稼的味道。

"要不要大喊一声？"我问她们俩。

"还是别喊了，会打扰了对岸人家的美梦。"子芷说。

"我以前爬山只要登顶了，都会大喊一声，"夏洛依笑着说，"现在想想好土气。"

我本想喊几声，被她俩这么一说也就不好意思喊了。一个平原上的人来到了山上，肯定会激动，一个内地的人来到了海边也会激动，激动的表达方式也很多，大喊就是其中之一。

继续爬山，路边有一张石桌，石桌四周放上几条石凳子。可是这些石桌石凳早已长满青苔，落满枯叶。

老寨山的上山阶梯还是挺陡的，为了减缓坡度，上山阶梯是环形的螺旋状上升，就好像在一颗玉米棒的周围环绕了一圈螺旋状的毛线。我走在最前边带路，遇到不好走的路段就拉着她俩一个一个地过来。尽管如此，有些路段还是陡得无法连续，只能架一个铁梯。铁梯很陡，也不是太牢靠，我走在上面，脚会不自然地发抖，然后手心的汗和铁锈和在一起，冰凉冰凉的。子芷很坚强，只是借了我的力便爬了上来，但是夏洛依明显力不从心。我拉着她的手，一步一个脚印，每走一步都会花上几秒的时间。我让她不要看脚下，但是她还是低着头："不行，我穿的是裙子，会走光的。"

"这一路走来就我们三个人，我们都在你前边，你走光给谁看啊，抬起头来。"我对她说。

铁梯本来就不稳，夏洛依走在铁梯上脚抖得非常厉害，我清楚地听到铁梯敲打石头的声音。一只手拉着她根本不够，我又伸出第二只手。看到此情，子芷赶紧抓住我的腰："小心点，我扶着你。"

夏洛依的腿还在抖，抖了一会儿站在原地不动了："不行，我腿要软了，我不上去了。"

"子芷，你拉着她的手，我把她托上去。"

我把夏洛依的手交到子芷的手中，然后从梯子的边缘下去，尽量不去碰她那重心不稳的身体。夏洛依一手扶着铁梯，一手抓着子芷，我走在她的身后，不知道该从何处下手，想了几秒钟之后扶着她的腰，缓缓地把她向上推。

终于走过了这段铁梯，我问夏洛依以前有没有爬过老寨山。她说她爬过，她说以前这段是有路的，不知道什么时候变成铁梯了。

本来有些清冷的早晨，现在我们都开始流汗了。天越来越亮，我们想赶在日出之前到达山顶，但夏洛依显得有些力不从心了。路很窄，也容不下两个人并排，我只有继续拉着她的手，一直往前走。为了山上的日出，为了美景，一切都值得。

终于到了山顶，但山顶与我想象的不太一样。山顶一共也就几十平方米的样子，处处是尖石，连落脚的地方都没有，唯一一个平台上还被建起了信号塔。

山上已经有人在我们之前到达，他们的三脚架早已架好，一直对着东方，根本无视我们的到达。我们在尖石之上勉强找一处落脚点，环顾四周，雾气笼罩，都看不清山脚下的漓江。

我问夏洛依恐不恐高，她说不恐高。

"真的不恐高？"我半信半疑。

"真的。"她回答。

"那你过来，"我指着我脚下这块地，"你到这边来。"

"干吗啊？"她问。

"你过来就知道了。"我说。

夏洛依在尖石之上艰难地移动她的脚步，缓慢地来到我的跟前。我指了指身后的悬崖对她说："你再往前走几步。"

"干吗啊？你不会想推我下去吧。"夏洛依站在原地不动，探头张望，脚下就是百米悬崖，没有护栏，甚至连平整的落脚地都没有，在尖石之上。我没有说话，我和子芷都看着她的腿，她的腿又开始抖了，连说话的声音都开始颤抖了。

"还说不恐高，那你腿抖什么？"我说。

"这不算恐高，恐高的人连电梯都不敢坐。"夏洛依试着迈开一只脚，但总觉得提不起腿，"不行，你扶我一把，我要到那边去，我不能靠边。"

"哎，快要出来了，快要出来了。"其中一个拿照相机的人说。

"快，找个好地方坐下看。"子芷对我们说。

我们三人并排坐在石头上，石头并不平整，但不影响我们的兴致。天际一丝红，在天际线的下方是一片灰蓝，天上方是一片灰白。天空开始变幻色彩，一丝红变成了红与黄的渐变，然后在红黄的下边，出现了一个月牙形的红边，红边越来越大，变成了半圆，越来越大，一轮红色的太阳出现了，太阳越来越亮，颜色开始发黄，就像煮熟的鸡蛋黄一样。一瞬间，光芒照耀大地，云雾开始消散。我紧跟着阳光的最前沿，看着阳光扫除云雾，扫到兴坪古镇。古镇出现在眼前，像火柴盒一样的房子；街道出现在眼前，像白色的宽面条；兴坪码头出现在眼前，游船已经三三两两地在江面上拖出白色的尾巴。金黄色的光芒从山峰往下扫，分界线不断地下移，移动到江面上，再慢慢地向山脚下靠近。我们又转过身来，望着漓江的方向，眼前是青山、绿水、白房子、蓝天、黑瓦、黄稻田。漓江在兴坪拐了一个180度的弯,从高处往下看,就像一条绿色的绸带,弯曲蜿蜒;绸带如飘浮的云,在群山之间环绕。此时此刻,此情此景,我们无比激动。

下山的路还算顺利,我们有说有笑,对兴坪的美景赞不绝口。夏洛依对我们说要不就留在兴坪。我和子芷互相看了看,子芷说:"不行呀,老板你是不懂得我们员工的苦,我们要工作养家呀。"

"到这儿来找工作不就行了,要不我们合伙扩大青旅,一起做老板?"夏洛依说。

"这就是我们第二个家,我们以后会经常来的。"我说,"我们还会来白吃白住的。"

"没有问题,随时欢迎。"

走着走着,路边游过一条小蛇,夏洛依吓得赶紧抱紧我。子芷也被惊吓得尖叫出声,她本能地想跑到我身边扑向我,但是我的怀里已有一个人,她只好尴尬地走到一边。

接下来的路程,子芷很少说话,对我们的聊天只是敷衍地回答。我问她怎么了,她说可能是太累了。

下午,夏洛依仍旧在安静地看书,安静地做着沙画瓶。而子芷一直躺在床上一言不发、表情呆滞,不管我怎么问、怎么哄,她的表情始终如一。两个人的房间里,互相不说话,气氛尴尬。我泡了一杯咖啡,坐在阳台上,看着远方的山,无聊地翻看着手机,一直到天黑。

晚饭时分,只有在三个人的场合,子芷才会面带笑容,说说话,一旦夏洛依离开,她就对我保持着下午以来一如既往的表情。晚饭后我们也没有像往常一样出去散步,因为子芷说她有点累。早早地回到房间,又和下午一样,房间里就两个人,我说话她不回答,气氛尴尬。

夜深人静,谁都没有入睡,她背对着我,我辗转反侧。

"你今天有心事,从早晨下山我就看出来了,"我说,"是不是因为我?"

"不是。"子芷没有回转过身,"对于夏洛依我们带她去看好了病,能帮的只有这些。"

"我只是觉得她太可怜了,我们得多帮帮她,她一直过得不好,我们得补偿她。"我说。

"补偿?怎么补偿?是你要补偿吧!"子芷的语气很激动,"你不觉得你说得很可笑?补偿就是用爱来补偿吗?"

"够了!"我起身依靠在床头,"你怎么会有这样的想法,我从来没做过对不起你的事。"

"那又怎样?还要肉体上的吗?你虽然没有做过什么所谓对不起我的事,但是你的精神已经出轨了。"

"老婆,你真的是多想了……"

"别叫我老婆,我们还没结婚呢。"

"我们这么多年能走到一起不容易,我们都冷静冷静。"我深吸一口气,又躺了下来,从背后抱住她。

这次子芷没有推开我的手,她说:"我也觉得她很不幸,所以也一直在帮她,但我们的方式要改变,我们要做的是帮她走出阴影,而不是给她容易误解的爱,不然就和溺爱孩子是一样的。"

子芷在我的怀抱里睡着了,我侧身抱了好久,感觉胳膊被压得有点酸就放开了手。迷迷糊糊中我也睡着了。

半夜子芷突然惊醒,然后紧紧地抱着我,我被她突如其来的举动吓醒了:"做噩梦了?"

"我刚才做了一个不好的梦,在梦里我感觉要失去你了。"子芷的眼角湿润了。

"怎么会。"我擦去她眼角的泪水,看着她。

"过几天我们回家吧,出来太久了。"子芷说。

"好。"我轻轻地吻了她。

肌肤在交融,我们都贪婪地相互索取着。

06

  无聊的时候,我们都喜欢沿着漓江散步,面对朝阳,迎着夕阳,让阳光洒在我们的脸上。空气湿润,就像站在瀑布前,就像是刚刚洗过了脸。我们迎着风,微风吹拂,就像刚刚补过了水。这样的美景享用一天少一天,这样的聊天,多聊一天多一页记忆。

  散步,坐在青旅的院子里玩手机,在二楼的平台上喝咖啡。惬意、舒适、养心,一直到天黑。晚上我喜欢坐在床上玩手机、看新闻,子芷则喜欢拿着平板看综艺节目。我看着她,她看着平板,一声一声傻笑。突然一个电话打了过来,是夏洛依的。

  "怎么了?"我问。
  "你方便来我房间一下吗?"夏洛依说。
  我看着子芷,她的注意力高度集中在平板上。

"有什么事吗？"我问。

"掉线啦，我正在看一个很重要的节目。"

"我们房间没掉线。"我说。

"你快点来一下吧，我都重启好几次了。"

"我去夏洛依那边看一下，她那边掉线了。"我对子芷说。

"好。"子芷随口应了一声，一直在对着平板傻笑。

走进夏洛依的房间，她穿着性感的睡衣，不过我没敢多看。我来到阳台上，再一次搬下机柜上的花盆，整理着那些乱七八糟的网线。那些网线没有标签，毫无头绪。我问她掉线多久了，她说一开始只是网卡，之后她就重启了一下，然后就上不去了。

但是我们的房间没有掉线，我左思右想，认真分析，问她进户线是哪根，她不知道，问她还有没有交换机，她也不知道。我在阳台上整理着网线，夏洛依打着手电筒站在我身后："好了没，节目都快要结束了。"

"什么节目这么重要？"我问。

"你不感兴趣的，吴亦凡的综艺节目。"

"明天看不行吗？"我问。

"你们男人看球赛怎么都知道熬夜看直播？"

说的好像也有道理，我没有问下去，蹲在地上一根根地整理网线。光纤进户通过光纤收发器接上一个路由器，路由器分出两根网线，一根网线接到交换机上，另一根网线顺着墙通向我们的那个房间。原因已渐渐趋于明朗，问题就在这个交换机上，一根网线插成了回路。我问夏洛依为什么把这网线两头都插到交换机上。她说她之前来断电重启，看见一个线头在地上，以为是被自己碰掉的，就插了上去。

问题解决，我起身离开，猛然起身，大脑一阵晕眩。

"怎么了？想赖我房间不走啊？"夏洛依扶起我。

"蹲久了，缺氧。"

原地站了十几秒才清醒过来，我看着她，她的睡衣很性感，更准确地说是她的身材很性感。我不敢多看，赶紧离开，回到房间子芷已经睡着了。

早晨，我打开窗帘，阳光洒进房间。

"先把窗帘拉上，我有话问你。"子芷坐在床上看着我。

"干吗？还要拉上窗帘说话？"

"你昨晚去哪了？"子芷问。

"去夏洛依房间啦！"我回答，"你不是知道吗？"

"你对我说过吗？"

"说了呀？是你看节目太投入了吧。"我转身又拉开窗帘。

"那我再问你，你去她房间干吗了？"

"弄无线网呀，还不是那该死的无线网，三天两头有问题。"

"弄无线网白天不能弄，非要晚上弄？"子芷像审问犯人一样审问我。

"我也对她讲明天弄，她非要看什么吴亦凡。"我摆出一副很无奈的表情。

"你别拿吴亦凡转移话题，你和他比差远了。"子芷步步紧逼。

"我怎么了？拿我和明星比有意思啊？你昨晚不也用无线网看吴亦凡的节目吗？你能看人家就不能看啦？"

"我不和你吵了。"子芷走进卫生间，"你今天还是把无线网的问题给解决了，经常掉线烦死了，临走之前做件好事，明天我们去阳朔买点礼物送给夏洛依，后天就回家。"

"好好，我的老婆大人。"我走近子芷，从背后抱住她。她转过头来，迎上了我的吻。

整个上午，子芷都和夏洛依在院子里聊天，一起浇花，一起看书，这样的生活过一分钟就少一分钟。而我楼上楼下测试网络，寻找故障的原因，然后换了一个新的路由器，终于把问题给解决了。

下午我对子芷说："要不下午我们就去阳朔买东西吧？"

"这么急？"子芷疑惑地看着我。我也疑惑地看着她。

"那好吧。"子芷沉思片刻说。

我们只是和夏洛依说要去阳朔买点东西，却并没有告诉她我们将要回家。不知道该怎么开口，有点怕她失望，也有点怕我们都会情不自禁。

去阳朔的路上，子芷像是有话想对我说，但是试了又试，还是没有开口。我看出了她的心思，就问她："是不是觉得我和夏洛依的关系有点太近了？"

"不是。"子芷看着我，"我想帮你分析一下你的内心，我们把话说开了，要不然会有很多不愉快。"

"分析吧，我听着。"我说。

"其实我觉得你心里一直装着一个不存在的人，这个人有夏洛依的影子，也有我的影子，只有放下这个不存在的人，你才能更好地走下去，要不然都这么多年了，你还来找我又有什么意义？"

我没有说话，继续听子芷分析着，她表情严肃，继续往下说："这么多年来，你一直在心中假想那个不存在的人，你甚至试图去寻找这样的混合体。但是这样的人不存在，所以你就会在内心去接近符合这些假想特征的人，哪怕这个人的特征只符合你假想的十分之一。我要对你说的是这样的人不存在，这样的人一直是你假想出来的，如果我身上的特征在你内心接近的人选中排不到第一，那么你还是放弃我比较好，我希望你心中只有一个人，不管这个人是不是我。"

    子芷还说了哪些话我根本没听下去，起初我不知道她在说什么，有点莫名其妙的感觉，我想她肯定是在意我和夏洛依之间的关系，甚至产生了一些误会。可是这多么年来，为什么只有这两个女人一直存在于我的心里，一直烙在我的记忆当中。那些与她们之间发生的琐碎之事，也许她们都忘记了，但是我却一直记得很清楚。夏洛依在我十五岁之前陪伴了我，教会了我什么是两个人在一起的快乐，什么是喜欢；叶子芷在我十五岁之后与我相遇，让我明白了什么是撕心裂肺的思念，什么是爱。也许我真的会把这两个人混合在一起，其实她们是不一样的两个人，也不可能有这样的混合体。所以在子芷沉默了之后，我说："你说的是对的。"

    "我也不知道你有没有明白我的话，这次来阳朔之前我就听夏洛依说过一些关于你们的故事，当然在你见到她之前，她完全不知道我和你的关系，她一直把我当成一个可以倾诉的对象，然后我知道你在她的心目中有着一定的分量，所以我想让你陪我一起来阳朔。一路上我一直在听你说你童年的故事，好多故事可以说是我诱导你说出来的，其实我对你过去那些事根本不在意，都是小孩子过家家一样的陈年旧事，本应该是我们无聊时候的谈资，可是我想让你说出来，我想知道夏洛依在你心里到底有着什么样的分量。"

    我点了点头，长吸一口气，我想我真的该和子芷回家了，回家平静地过日子。

    我们在旅途中不断地回忆过去，梳理过往，释放出内心的压力与痛楚，走出羁绊，擦去内心的阴影，解开多年的心结，淡然回归平静的人生。我和子芷决定终止我们的旅程，离开阳朔，安心回家。

在阳朔子芷忙着给夏洛依挑礼物,时不时地还询问我的意见。挑完礼物之后,我拉着子芷走进一家珠宝店,挑了一个大大的钻戒送给子芷:"我们回家结婚吧。"

子芷微笑着接过钻戒,一直看着我,轻声地说:"要不是店里人多,我一定会感动地抱着你,然后献上深情一吻。"

"一会儿找个没人的地方补上。"我拿出钻戒试着戴在她的无名指上,"喜欢吗?"

"喜欢,你应该像电视上那样,私下买好,然后给我一个惊喜。"

"我怕我私下买的款式你不喜欢。"

"笨蛋,不喜欢也是可以来调换的,你得补我一个惊喜。"子芷挽起我的胳膊开心地走出珠宝店。

我们回到兴坪镇,送上我们为夏洛依挑选的礼物,但是她只是微微一笑接过礼物,并没有表现出过多的惊喜。她一直坐在院子里的吊椅上,一言不发,也不看书,也不听音乐,就连晚饭都没吃。

子芷问我说是不是夏洛依已经知道了我们要走不太开心,我说应该不是,让她去问问。

夏洛依说她前几天接到一个电话,是老家一个好多年没有联系的亲戚打来的,亲戚说村子里拆迁,拆到了她家的房子,在房子里的一个木箱里发现了一个密闭的塑料袋,就给她寄了过来。她说今天她收到了,塑料袋里装着一份好多年前的保单,那份保单是她妈妈离开她的前一个月买的;是一份理财保险,受益人是夏洛依,保险到期日是她18岁生日那天。

夏洛依泣不成声,一直喃喃自语:"现在有这些钱还有什么用?"

因为这份迟来的保单,夏洛依整夜失眠,因此子芷陪了她一个晚上。将近黎明时分,子芷发了条信息给我:过几天再回家吧,我们再陪她几天。

自从收到这份保单以后,夏洛依的心情大变,变得沉默寡言,我和子芷都不知该如何安慰。我们三人还是会和往常一样,在早晨和傍晚去漓江边走走,只是以往的欢声笑语不见了。

她说,她想妈妈。

又过了一天,夏洛依像是生了一场大病,心事重重,足不出户,就连每天必做的去漓江边散步也取消了。我和子芷敲了敲她的房门,没有应答,我们轻轻地推开,看见她一个人孤独地坐在阳台上,看着远方,手中摊着一本破旧的笔记本,翻在第一页。没等我们询问,她的眼泪就啪嗒啪嗒地落在了地板上。

昨天她又收到一个快递,是一个陌生人寄来的日记本。

日记本的主人是何海,写满了,密密麻麻,每一页都像是一封没有寄出去的信件,都是写给夏洛依的。

夏洛依翻开日记本,一直停留在第一页,因为只需一页字,就足以让她泪流满面:

2013年11月11日,光棍节

今天竟然是光棍节,今天是我出海的第一天,依依,我好想你。依依,我以前真的是个骗子,一个浑蛋骗子,但是我这辈子最不后悔的事就是骗了你,要不然我的生命里不可能有你。依依,我离开了那个骗人的1040工程,我早该听你的话离开了,后来我坐了半年的牢,我醒悟得太迟了，我没有脸见你。

依依，你会在兴坪等我吗？我现在有了新的工作，出海捕鱼，他们说金枪鱼很值钱的。好像我又开始好高骛远，不切实际了，我只是想用我的努力去赚钱，去偿还你，去给你幸福。

依依，一个月前我去过兴坪，我想去找你，可是当我徘徊在青旅门外的时候，我犹豫了，我变得不敢去面对你。特别是看到你那忙碌的身影之后，我觉得我对不起你，也配不上你，可我就是忘不掉你。

依依，今天是我出海的第一天，我小时候最大的梦想就是离开船，来到陆地上，但是今天我想重新做人，我必须重新回到船上，我想用我的努力去证明给你看，我不再是一个骗子，我也不再是一个靠你接济生活的人，也不再是一个没有能力养你的人。

依依，还记得我曾经对你说过一起去西沙吗？那是中国的马尔代夫，一片还没被开垦的处女地，用不了几天我们的渔船就会到达西沙，这次我先去探探路，下次我带你去。

依依，我这次出海可能要几个月，等我这次捕鱼回来，我就去阳朔找你。今天是光棍节，明年的情人节之前，我一定会回来，我会去阳朔找你。然后我们住上一段日子，等过了休渔期，我再去出海赚钱，相信我，一定会还上青旅欠下的债，相信我，我们一定可以过上好日子。

依依，我写的这些日记你可能看不到，但是我真的好想你，我有很多很多的话想对你说，只是不知道你还愿不愿意听，只是我也不知道你的身边是不是已经有了另一半，只是我不知道我还有没有忏悔的机会。

依依，你要好好的。

……

"你们觉得他还活着吗？"夏洛依流着泪看着我们。

"你有什么打算？"子芷走近她，拉住她的手，"不管你做什么样的打算，我们都会支持你。"

一夜过后，好似万物凋零；一夜过后，好似万籁俱寂；一夜过后，夏洛依好似老去了好几岁。

"我想去西沙，不管他是不是还活着，我都想去寻找他的脚步。"夏洛依一夜未眠。

我看着子芷，子芷看着夏洛依。

"我们陪你一起去。"子芷说。

第四章 去西沙

彼岸花,开一千年,落一千年,花叶永不相见。

情不为因果,缘注定生死。

01

深秋，大雁南归，南国的绿色依旧。梦中的人，不知在何方留下了印迹，如同南国的绿色，永远陪衬着那一朵鲜花。鲜花不曾枯萎，一路寻找，寻找你曾路过的痕迹，一路向南，不顾一切。

公路与铁路并行，在树丛与杂草之间并行，遥相呼应，一直伸向远方，这都是我们曾经的梦想，梦想在铁轨与公路上奔跑，去寻找远方。我们停车休息，三人坐成一排，倚靠着汽车，看着铁轨，等待着火车。我们一直在等待，一直在数，火车一节一节，很长很长，一直到夕阳映红了远方。远方的田野一整片，在夕阳下一片金黄，一直延伸到铁轨的尽头，像是满载着收获的希望。只是我们三人的希望飘忽不定，捉摸不透。

一列列火车，满载我们年幼的期待与梦想，火车轰鸣，像是提醒我们不要忘了梦想。只是这样的梦想与现实有点差距。

夏洛依说她第一次坐火车是初三的那个暑假，偷偷爬上一列运煤的车皮，来到最近的城市，买了两块电子表，一块自己留下，一块送给了我。

我说我第一次坐火车是上了大学之后，仅仅是为了体现一次，从南京坐到镇江，短短三十分钟，没有什么感觉。

子芷说她小时候也有关于坐火车的梦想，那就是坐上南下的火车，去父母工作的地方。她说："我初中毕业的那年暑假，第一次离开家乡，却没有什么舍不得，反倒是对新的地方充满了向往，也许是因为可以和父母在一起了，也许是因为可以认识新的朋友。后来就在父母工作的地方读了高中，那所你们都在的高中。在这所中学里，我看到了与家乡不一样的地方，看到了可以让我用一生去托付的男孩。这一转眼都过去十三年了，十三年前的我十五岁，现在都快成阿姨了。十三年前我对爱情充满了向往，对那个很有才气的男孩充满了幻想，可是那时那个男孩的眼里并没有我，就这样过了四年，四年后我们在大学校园里相遇，相遇的那一刻，我泪水潸然，我一直以为我这辈子再也见不到那个男孩了，却不承想，上苍这样厚待我。相爱三年，最美好的青春年华，最美好的大学生活，然而因为我们的年轻倔强，我们分手了。然后我们六年没见，六年没有联系，六年没有彼此的音信，可是这六年里，我们一直心系着对方，也一直在茫茫人海中寻找着对方，直到几个月前，我们终于再次相见。可是，我不知道命运还会不会跟我们开玩笑，也不知道我们之间还会不会再有离别，我累了，我真的累了，如果再有，我肯定坚持不住了……"

"不是我们都坚持不住了，是我们都怕了，我们一直怕失去，被失去给弄怕了。"夏洛依拉着子芷的手，把子芷的手交到我的手里，"弘毅，你要好好珍惜芷，你们要好好的……"

"依依,你有多久没有唱歌了?"子芷问她,"你唱首歌给我听听吧,我想听。"

"好久了吧,我记得你唱歌比我好听多了,以前一起骑行的时候,不都是你在唱歌我们在听吗?"夏洛依看着子芷又看着我,"今天我们三人还能再一起唱首歌吗?"

忍不住化身一条固执的鱼,逆着洋流独自游到底,年少时候虔诚发过的誓,沉默地沉没在深海里。重温几次,结局还是,失去你。

我被爱判处终身孤寂,不还手,不放手,笔下画不完的圆,心间填不满的缘,是你。

为何爱判处众生孤寂,挣不脱,逃不过,眉头解不开的结,命中解不开的劫,是你。

红日消失在希望的田野上,天际的一丝红晕泛着余晖,把我们的身影淡化、消失。我们在夜幕中行车,行驶在与铁轨并行的乡村公路上,行驶在可以闻到田野气息的乡村公路上。弯月挂在天空,很低很低,就在前方,就在公路与天空交界的地方。我开着车,车里放着舒缓的乡村音乐,子芷和夏洛依在后座上睡着了,我带着她们驶向月亮的方向,去寻找月亮下安静的世界。

黎明时分,我们出现在湛江市徐闻县,大陆最南端的一个县城。我用湿纸巾擦去脸上的油腻,坐在一家露天早餐店的餐桌边,喝着那不冷不热的稀饭,看着眼前这两个都让我心疼的姑娘。她们每人手里拿着一只保温杯,一句话也不说。没有去细细品尝粤式早茶,却坐在路边摊,喝着被煮得很烂的米粥,就好像出国走了一圈,只怀念稀饭与榨菜的那种感觉。

我们三人来到海边,海边的码头上,海风吹动着子芷和夏洛依的裙子，还有她们的长发，海的气息拂过她们的脸庞。我站在一边，看着海的对岸，若隐若现，对岸写字楼上的玻璃闪着耀眼的光，一直闪过我的脸庞。我和她们一样，再也没有旅行的愉快与轻松，我们的脸上都大大地写上悲伤。

与我们相距十几米的地方，也站着一个人，戴着墨镜，面朝大海，一脸深邃。我把目光投了过去，那个人也注意到了我。我转过身，回避了那个人的眼神，继续望着大海。那是一个很熟悉的身影，似曾相识，我犹豫了片刻，再次转过身去，那个身影向我走来。

"是你？"我惊讶地走上去，"好久不见，没想到会在这儿遇到！"

"是呀，我也挺意外会在这遇到你。"

子芷和夏洛依也走了过来，她们的眼神和我一样惊讶。

"这是我当初在苏州工作时的老板何翰墨。"我像是在一场聚会上给大家做介绍，"这是我的未婚妻叶子芷，这位是我们的朋友夏洛依。"

"两位美女，很高兴认识你们。"何翰墨很绅士地取下墨镜，想伸手去握手问好，却又主动缩了回去。

"我离职之后听说你去了西藏？"我问何翰墨。

"是的，待了几年又回来了。"

"那不是你最向往的地方吗？"

"西藏是个好地方，可是待久了会想家的，所以就回来了。"何翰墨耸了耸肩又问我，"你们这是要去哪儿？"

"去海南。"我说。

当初我刚刚毕业工作的时候非常艰苦，但是何翰墨是个不错的老板。而且因为我们都热爱旅行，都向往西藏，所以他对我格外照顾。

后来我辞职去了西藏,对他的刺激很大,临别之时我对他说想去就去吧,他点了点头。没多久何翰墨就转让了公司,只身来到西藏生活了好多年。

经过一番寒暄我们了解到何翰墨也要去海南,四个人两辆车,要一起渡过琼州海峡。

其实我们的目的地是西沙,但是如果我对何翰墨说我们要去西沙,那他一定会很吃惊,一定会问许多我们都不愿意去回答的问题。意外的相遇,不如简单地相别。

我坐上何翰墨的车,和他一起走东问西,打听着轮渡过海的方式。子芷和夏洛依留在我的车里,享受着阳光下的慵懒,吹着咸咸的海风,就连防晒帽和防晒霜都懒得装备了。

"怎么会遇到他?"子芷摇着头,"怎么会和弘毅也认识,这是什么一个鬼世界?"

"看样子这一下两下还甩不开,至少要跟着我们一路到海南吧。"夏洛依一声苦笑,"我都替你捏把汗,你现在的处境真是糟糕透了。"

"我要不要告诉弘毅何翰墨是谁?"子芷问。

"是谁?"夏洛依回转过头,"是新藏线上救你的恩人,还是你的旧情人?都不是,他现在只能是邵弘毅的前任老板,就这么简单。没事,到了海南就散了,能不提就不要提,免得弘毅误会。"

"那我是不是对弘毅不够坦白?"子芷低着头,唉声叹气。

"还要怎么坦白?以前你不是和他说过你在西藏的故事吗?"

"可是他不知道那个修路小哥就是何翰墨呀,我哪知道天底下竟会有这么巧的事,他竟然还是弘毅的前任老板。"子芷推开车门,

"热死了，依依，我们到阴凉处坐坐……真够狗血的剧情，跟拍电影一样。"

"你看他们俩现在不也挺好的，称兄道弟的，你要是说出了真相，他们指不定会打起来，男人遇到情敌动手是很正常的事。"

"那还是不要说了，反正到了海南就散了。"子芷一脸沮丧。

我和何翰墨去了好几个码头，都是长长的车队，只有回头，决定明天一大早排队上渡船。晚上我们在一起吃晚饭，何翰墨说渡船比较麻烦，费用也不低，便问我们的行程，想让我们坐他的车一同去海南。

"不了，谢谢何先生，可能我们的行程不太方便，所以我们还是自己带车比较好。"子芷抢先说。

"你们是计划自驾环岛游吗？"何翰墨问。

"不是的，我们只到三亚，然后会停留一段时间，所以行程上可能不太方便，所以谢谢你的好意。"夏洛依紧随其后回答道。

"你去海南的行程是怎么安排的？"我问何翰墨。

"我的行程？"何翰墨好像还没考虑好这样的问题，"我没有行程，随便走走。"

"这样好，旅行嘛就是走心，想走就走，想停就停。"我端起酒杯，提议大家碰一个。

网上说徐闻县有三个轮渡码头，一个是走火车的，还有两个是走汽车的。网友都推荐去渡火车的那个码头，因为渡火车嘛，一来准点，二来船体较大，平稳。天刚刚微亮我们就向铁路港驶去，远远地就看到了长长的车队，可能是大家都觉得这里的渡船比较平稳，才导致了排队的现象。何翰墨打电话问我怎么办，我说要不是为了少排队昨天就走了，还是去另一个港口吧。果断掉头，又来到海安新港，这里的车子果然少。我们按照工作人员的指引缓慢向前开,经过安检来到等待区。去买票得知这里发船没有固定时间,船装满就走。还好停车场上的车辆足够装满一船。我们来得正是时候,已经有车辆开始上船,一辆接一辆。渡船停靠在码头边,张开大嘴,把停车场上的车辆一口一口地吃进去。司机随车把车开进船,车上的其他人统统下车,在另一个入口和旅客一起等待上船。终于轮到我们上船,缓慢地将车驶过水泥路面,驶到铁板上,驶进船舱。车辆进了船舱之后非常考验技术,处处都是直角弯,处处都是坡道起步,特别是要求每辆车的前后距离不超过十厘米。有些司机停车技术不太好,或是停得太慢了,都会被工作人员催促。车辆停好之后,工作人员会用一个地栓卡在车轮下,然后叫司机离开。我和何翰墨在小车与大车的夹缝中穿行,闻着浓郁的汽油味,来到楼上。大概用了两个小时的时间,所有的车辆才都装上船,之后乘客才开始上船。我们占了个好位置等待子芷和夏洛依。

夏洛依并没有坐在我们给她占好的座位上,她一个人来到甲板上,看着大海,看着远方,仿佛这样会让自己离某个人更近一些。船舱里拥挤、嘈杂,壁挂电视放着无声的节目,我们随后也走上甲板。甲板上工人正在操作机器转动缆绳,渡船即将起锚航行。一阵晃动,船体与陆地分离,我们的西沙之行驶出了真正意义上的第一步。海面风平浪静,太阳灼烫着甲板,海风如热锅里的蒸汽涌向一切阻挡的肉体,白色的浪花在船尾拖出一条线,如同鱼儿的尾巴。我们都没有打扰夏洛依的思绪,任凭她一个人目光游离,任凭她一个人颠沛流离。我不知道她一直在思考着什么,但一定是充满想象的过程。她的眼前一定有一幅动态的影像,就和3D电影一样,她很投入地想象,设身处地地存在于那个想象的世界里。也许她看到了一艘渔船驶过,轰鸣的马达与风浪声交织在一起,渔船的船舱里坐着几个人,悠闲地打牌,船尾坐着一位戴着牛仔帽的青年男子,安静地钓鱼,安静地思考。海风把那位青年男子的气息一直吹过来,跨越时间,一直吹到我们这艘渡船的甲板上。夏洛依闭上眼睛,享受着这样的气息,她从这股气息中,闻到了那个青年男子的气息,有股流浪的气息,伴着孤独与思念的气息。

到了海口,我们在嘈杂的码头上与何翰墨分别,连分别的饭都没有吃,我们向东,他向西。我们谁都没有对何翰墨讲述我们的西沙之行,就好像在集体保守一个秘密。

离开海口,我们来到海南最东部的城市文昌。据说文昌有去西沙的考察船,一个月发一次船,我们错过了三天。我们三人像无头苍蝇一样在文昌待了一个晚上,无心看风景,无心过问美食。查询了一夜后得知三亚也有去西沙的船,只是发船日期无从得知。

热带风情的植物很美,椰子挂满枝头,像是在欢迎我们的到来,只是我们并不领情。有的路段公路与海岸线并行,海水的颜色从海岸线开始,越来越蓝,越来越深,就好像捉摸不透的旅程。

"要不我们停下来休息一会儿吧,"夏洛依说,"不能因为我而影响了你们的心情,你们应该当作来度假才对。"

"你也要想开一点。"子芷回答说。

到了万宁市,我们根据指示牌来到了一处叫大花角的地方。大花角就在海边,相较于海南其他的亲海区域,这儿还没有被开发,宁静、原始,没有沙滩。多数人对于海的理解就是一望无际的软软的沙滩，其实有很多地方的海是没有沙滩的，或是一片滩涂，或是小山、岩石，大花角就是后者。海边的石头经过千万年的冲刷，形成了巨大的鹅卵石，光滑、潮湿，像布满海湾的恐龙蛋。卵石的边上是一座小小的石头山，有些石块已经崩塌，落入海水中，也许要不了多久，那些崩塌的石块就会形成新的卵石。潮水在临近陆地的地方变成白色，形成白色的浪花，一次又一次地拍打着岸边的巨形卵石，把水花溅在我们的衣服上。面朝大海，不是春暖花开，却是惊涛拍岸；坐在石头上，不是搬石摸蟹，却是波澜壮阔。海水湿漉漉的，浸润着我们的肉躯，我用舌头舔了舔嘴唇，对她们说："有点咸。"

"你这不是废话嘛。"子芷说。

夏洛依坐在石头上，看着远方，喃喃自语，海水的声响很大，我听不清她在说什么。可是突然她又站了起来，把手做成喇叭形状，对着大海呐喊："啊……你到底在哪，你到底在哪？"

一个浪拍打过来，我们的鞋子全湿了，一阵浪花被大风吹来，夏洛依张开的嘴巴里被灌进了少许海水。

"呸，好咸啊。"她吐掉嘴里的口水。

大花角的另一侧没有岩石，海湾被小山包围着，形成了一个小的避风港，海水温顺了许多。我们脱掉鞋子，走在沙滩上，用皮肤感受着大海的亲吻。一阵浪花打来，原先的脚印都被抚平了，没有留下任何痕迹。大海这么大，哪会有痕迹，要是能留下痕迹，马航M370早就该找到了。如果有痕迹，那一定是在心里，在自己的小世界里，就像何海早已在夏洛依的心里刻下了痕迹。

夕阳西下，远方的渔船进港，在夕阳之下，除了那渔船上的国旗，其他都是黑白的。黑白的世界，被海水反射着不太刺眼的光芒。

就像老旧的黑白照片,那些色彩暗淡,却再真实不过了。在暗淡的色彩之下,有我、子芷、夏洛依三个人的身影,我们面朝大海,享受着最后一刻的光芒。除了大海的声响,夜静得出奇,渔船上的灯光亮起,我们提起鞋子上车,生活好像并没有那么糟,那一刻我是这么想的,我希望夏洛依也是这么想的。

美丽的三亚,多少人的度假胜地,却只是我们的中转站。亚龙湾又怎样,天涯海角又怎样,此时此刻,都不及我们眼中的远方,都替代不了夏洛依的悲伤。

我们站在海边遥望着南方,遥望着那片神奇的海域,遥望着那些看不清的人,想象着他们的故事,寻找着他们的足迹。

在这个地方我们又碰到了何翰墨,他穿着一身正装,就连纽扣都没有解开一个,如果不是热带,他肯定还会套上一件西装。还是和两天前一样,表情严肃,没有过于惊讶,就好像我们本该相逢一样。

"你们好,又见面了。"何翰墨递给我一支烟。

"不好意思,我不抽烟。"我说,"没想到我们还会碰面。"

"来海南肯定来三亚,你们不是也说要来三亚吗,碰面是在所难免的。"何翰墨说着又把烟装了起来,"其实我也不抽烟,和你一样,自从不搞IT了就戒烟了。"

"船要提前预订的,我们什么都没准备,来得太匆忙了。"子芷小声和夏洛依讨论着订船票的事情。

"你们是要订去西沙的船票吗?"何翰墨看着她俩,"不用查了,'椰香公主'号今天早上刚刚出发,下一次航行是十天以后,这个月只发三次船。"

"你怎么知道这些,你不会也要去西沙吧?"我惊讶地看着他。

"我以为你们只是来海南玩玩，就没和你们说这些。"何翰墨边说边解开他衬衫最上面的那个纽扣，"你们如果不急的话就等十天，要是急的话就跟我走，我有办法。"

"要不……"我看着夏洛依，等待她的答复，毕竟这次旅程能不能让外人加入得由她决定。

夏洛依看着子芷，又看着我们说："那我们一起去吧，多个人照应也好。"

"你去西沙旅游？"我问何翰墨。

"不是，"他说，"去找一个人。"

"你有熟人住在西沙？"我问。

但是他没有回答，他只是说："跟上我的车，去东方市。"

我去取车，子芷和夏洛依在原地等我们。

"何翰墨现在怎么变得这么深沉？"夏洛依小声嘀咕。

"带上他好吗？"子芷问夏洛依。

"我也觉得不好，可是谁让他跟我们同路，最重要的是我等不了十天。"

我们一直绕着海南岛，从东线到西线，一直寻找着可以出发的船，可是那个时候去西沙并不是太便捷。我也说不清夏洛依如此执着地踏上此行的具体目的，也弄不清我和子芷为什么和她一样奋不顾身。那个人的身影我都没见过，但是我知道，那个人在夏洛依的心中有多么重要，至少与她前二十二年生命中所遇到的那个男孩相比，一样重要。

只有迫不及待的旅程才不会提前去研究攻略，只有非去不可的旅程才会如此迫不及待。我们毫无头绪地跟着何翰墨的车，没有交流，没有询问,似乎把最后的希望都压到了他的身上。只是他对于我们而言有些陌生,对于我们而言不该加入到我们的旅程中,对于我们而言他不了解我们三人之间的故事,可好像所有只是对于我而言。

到达东方市,那个在海南最西边的城市。我们再一次来到海边,一个可以看日落的海边。渔船归港,一排一排,抛锚安眠。我们没有多问,跟着何翰墨来到码头,这种信任来得莫名其妙。也许他也只是很迫切地向往那个地方,才会与我们建立起超乎寻常的信任。

码头边,渔船把缆绳在岸上的铁桩上系牢,在船舷和码头之间搭上一个跳板。渔民们光着膀子,从跳板上走上岸,妇人们领着孩子在岸边等待。然后大家一起上船,把大桶小桶的鱼往岸上搬,搬上三轮拖拉机,消失在夕阳下。

何翰墨走近一条渔船,打了个电话,渔船里走出一位渔民,四十多岁的样子,在夕阳下显得特别黑。

"师傅你好,我就是前两天跟你联系的人。"何翰墨迎上去,递过一支烟。

"你们四个人?"渔民大哥说,"这样吧,一个人一万块钱吧。"

"之前不是说一共三万吗?"何翰墨和渔民大哥讨价还价,但是渔民大哥好像不是太乐意。

渔民大哥说最近有台风要来,都预报了,要在越南南边登陆,对我们去西沙还是有影响的。

听到这样的答复夏洛依焦躁不安:"那我们能去吗?"

"去也是可以的,就是浪要大一些。"渔民大哥掏出自己的烟递给我们,"我们没事的,什么大风大浪没见过,这次台风离我们那么远肯定没事,就怕你们受不了。"

"只要能去就行,我们不怕辛苦的。"夏洛依看着我们,好像在等待我们的认同。

我们没有说话,一同点点头。

"那就四万,少了真去不了,你看其他船都靠港了,我这次带你们去又不捕鱼,少了划不来的。"

"行。"何翰墨替我们答应了,"钱由我来出。"

"那怎么行,我们四人平分。"子芷说。

"还是先由我出,等回来再算吧。"何翰墨说着把整包烟给了渔民大哥,"那就麻烦你了,我们能上船看看吗?"

"可以的,可以的。"

"大哥,怎么称呼您?"子芷微笑着看着那位渔民大哥。

"不要叫我大哥,怪不好意思的,叫我老赵就行了。"老赵腼腆地笑了笑,看着眼前两位姑娘,又腼腆地低下头,"你们姑娘家坐渔船做什么,有大轮船的,渔船太危险了。"

渔船不大,也就二十米长的样子。我们踏上跳板,来到甲板上,甲板上放着乱七八糟的绳索和渔网。船头的二层是驾驶室,一层是吃住的地方。吃住的地方还算宽敞,地面铺上了地板,有厨房、卫生间,也有卧室和客厅,像一个流动的一居室。客厅里放着一张可以折叠的简易餐桌和几个塑料小方凳,餐桌上的扑克牌还没有收起来。一台21寸的电视,挂在小冰箱的后边。卧室里有股海水的腥味,床单又旧又黑又皱。一层连着船舱,船舱里凌乱地放置着一些大桶小桶、瓶瓶罐罐,子芷和夏洛依踮着脚在凌乱的船舱里像跳方格一样,左一脚右一脚。

老赵一边向我们介绍,一边满怀歉意地说:"让姑娘家见笑了,我今晚就收拾,保证你们明天来的时候干干净净的。"

夕阳下,一艘凌乱的船,却又是满载希望的船。整条船上只有国旗是崭新的,插在船头的最顶端,迎风飘扬。

02

何海日记2013年11月12日

我原以为昨天就要出发,但是今天船还是没走,大家都在备货。此行至少要三个月,我也不知道该准备点什么,听他们讲一是要备吃的,二是要备用的。三箱啤酒,一大袋榨菜,五瓶老干妈,一箱泡面。其实我平时也不是个酒鬼,可大家都搬酒上船我也跟着搬一点,也许时间久了酒会是个好东西。吃的是有了,还缺少可以打发时间的东西。船友们都下载了好多电影、电视剧,可是我进了一次传销组织后什么都没了,就连那台掉了漆的笔记本电脑都不在了。还好我在手机里下了好多电子书,应该够看一阵子。

因为我没有那些所谓的"四小证",所以我只能做服务生,其实就是跟厨师后边打杂的。不过也好,虽然钱不多,但至少是个轻松的活儿。而且我听搭船钓鱿鱼的哥们儿说了,说无聊的时候可以跟他们一起去钓鱿鱼赚外快。钓鱼本来就是一件有意思的事情,既能打发时间又能赚外快，听起来就很让人心动。第一次出海，还是挺让人期待的。

晚上心情很复杂，说不准是激动还是不舍。好像你想着去见一个人，却又不知道该怎么去面对。此次出海虽说是去赚点钱，也想通过自己的努力工作去告别曾经的自己，但此行也是一次逃避——逃避那个失败的自我，逃避那个不学无术的自己，也是去逃避那个一直想见的人。

依依，我不知道等你再见到一个重新开始的我之后，会不会原谅我一直以来的过错。我也不知道当我再次有勇气站到你面前，去重新面对你的时候，你是否也有勇气去重新接受我。

此行心情复杂，辗转难眠，匆匆写上这一天的日记，希望我以后的每一天都有你在我的记忆中，也希望以后的每一天你都会在远方倾听我对你的告白。

这本日记为你而写，我会坚持写下去。

晚安，依依。

夏洛依：出发后的第一天

昨晚没有睡好，很多事情让我琢磨了一夜，我不知道为什么非要去西沙。或许西沙只是我和何海曾经的一个约定，在这个约定中何海曾经到达过，那么我也应该跟随着他的脚步而来。

昨晚我是抱着何海的日记本睡觉的。看着他记录的一天，我也跟着走一天，也许只有这样我才算是跟随着他的脚步。何海究竟会把我领向哪儿，我不知道，曾经他领着我去看美丽的风景，去经历难忘的往事，也曾经领着我去做一些无可救药的事情。也许他就是个彻头彻尾的骗子，可是在我二十二岁之后的日子里，只有他曾经带给我快乐。二十二岁之前，我的快乐都被封存在了年少的记忆里。那些走进过我心里的男人，一个是父亲，死在了车祸中；一个是邵弘毅，和那些年少的记忆一起被封存着；最后一个就是何海，出现在我可以肆无忌惮地去爱的时候。

我不知道我到底有多么依赖邵弘毅和叶子芷，我本来在阳朔过得很安逸、很平静，他俩也在遥远的地方过得很安逸、很平静，可是现在他们都出现在了我的身边。也许在我之前的二十几年的岁月中，我太过孤单，所以长大了，我开始惧怕孤单了。当我孤单地在阳朔日复一日地消耗着我的青春的时候，我脑子里能想到的人没几个。当我平静地接受了这场命运的安排的时候，叶子芷却带着邵弘毅出现在了我的眼前，让我无可奈何地接受活在我二十二岁之前的那个男人即将为人夫了。当我平静地接受何海的消失，不想再去了解有关于他的任何消息的时候，却收到了他的日记，让我奋不顾身地去追寻他的足迹。

天没亮我就起床了，我怕打扰他们的美梦就一个人来到了海边。一丝光亮出现在地平线上，他们竟然比我来得还早，就好像都在等待着这一丝光亮的到来。

何翰墨问我们吃早饭了没有，我们三人都说吃不下。我不知道是心情会传染还是怎么的，邵弘毅和叶子芷就好像能够感受到我的悲伤一样。我也想把好的心情传递给他们，但是我现在就连强迫自己挤出一丝笑容的能力都没有。

太阳出来的时候老赵来到了海边。

"来这么早，你们的东西准备了没有？"老赵说。

"准备什么东西？"我问。

"你们要是觉得船上的饭菜吃得惯就不用准备了。"老赵说。

我们这才反应过来。一心想着快点出发，可是此行又不是一天两天的事。就和何海的日记里写的一样，我们也买了些泡面、榨菜、水果、饮料之类的东西。我也不知道我的心里到底想着什么，我虽然已决定戒酒，但也带了两箱啤酒，就好像刻意要和何海保持同一步调一样。但是电子书我没有下，因为我有何海的日记，看一页，想一会儿，把日记中的场景在大脑里过一遍，就好像已经身临其境地走过了一回。

来到船上,老赵一边向我们介绍船上的环境,一边给我们安排床铺。老赵说从来没有女人跟着出过海,所以船上只有一个房间,男人睡客厅,女孩子睡房间。房间里上下铺倒是不少,但为了照顾我们两个女孩子,只能是空着。

我大概看了下,船舱里比昨晚干净多了,看来老赵是连夜收拾的。客厅里用布帘隔了一半,一边是男人们的铺位,一边是吃饭的地方。房间里床单是新的,枕套也是新的,都是大红色的。

忙碌了一个上午总算出发了。渔船的马达开始轰鸣,一直在耳边吵着。过了一段时间不知是适应了这个马达的声音,还是因为海上的风浪声太大了,我已经忘记了马达声的存在。

海上风平浪静,渔船不大,但也平稳。阳光毫无保留地洒在大海上,反射着刺眼的光芒。我走出船舱来到甲板上,看着渐渐远去的陆地,看着远方的大海,一直发呆。要是以前,我一定会拿出相机快速地按动快门,但是此时,我除了发呆,不知道还能够做些什么。就这样一直发呆下去,陷入无限的沉思。

老赵说渔船的甲板上比较危险,让我回舱里去,我谢绝了他的好意。过了一会儿,老赵又拿出一件救生衣,非要让我穿上。我想当初何海在船上肯定也会时常在甲板上发呆,只是他身边都是陌生人,没有人会去关心他。

陆地越来越模糊,到下午的时候,地平线上就只有大海了。可能是一天没有吃东西的缘故,我感觉头好晕,然后就倒了下去。在迷迷糊糊之中,我看到一群人手忙脚乱地把我抬进船舱,有人说我是不是被晒中暑了,有人说我是晕船。总之迷迷糊糊的,我也看不清谁和谁,听到的话也是前言对不上后语。后来不知道是谁端了一碗糖水给我喝,我的嘴唇一下子润了起来,那种感觉就好像是某个男人在对我进行人工呼吸，那种感觉就好像我童年的时候对一个男孩进行人工呼吸一样，我好享受这样的感觉。

　　后来我清醒过来，吃了满满一大碗米饭。何海，你在船上的时候是大厨的帮手，也一定会做好多的菜，但是我却一直没有机会品尝。你每次走进厨房的时候，是不是想过要给我开个小灶？

何海日记2013年11月13日

　　今天真的是出发了，起点是广西的防城港，终点是南太平洋，最终也有可能到南美洲。我们的船是一艘冷冻船，很大也非常平稳。大厨告诉我说这艘船有8000吨，我对"吨"没有什么概念，反正觉得很大。我们的船上有很好的厨房，也有很不错的房间，总之我挺满意的。

　　听他们讲后天我们就能到西沙了，我好期待啊！依依，都不知道你还记不记得我，但是我这一辈子都不可能忘记你。也不知道你还记不记得我们曾经的约定，在那些快乐的日子里我们曾经约定说要来西沙群岛。后天等我到了西沙我一定多拍点照片，就不知道有没有机会与你分享。

　　上船之前我上网查过，好多人都说船上的生活非常苦，那是因为他们有家有期盼。其实我觉得船上挺好的，因为我本来就是一无所有。现在一个人上船可以不用去顾及周围的人，也有一个人可以放在心里想想，这就足够了，谁让我当初不好好珍惜呢。所以对于船上的工作，我必须要尽快适应，争取能干出一番事业，不能好高骛远，眼高手低。我觉得只要我是认真努力地去工作，就一定会有未来，你也不会对我失望。到时候，也许我和你还会重新开始。

第一次在大海上这么漂着，感觉挺好的，这一整天都风平浪静。天很蓝，海也很蓝，白云一朵朵的，像是在与我们的船竞赛。可是才第一天，我就感觉到了船上生活的无聊，一整天都没有事做。船上的人们要么在打牌，要么在看片子，就好像大家早已对这样无聊的生活做好了准备。只是我是新手，我虽然早就想过会有这样的生活，但显然我还没有准备好。太阳很大，但是我还是一个人来到了甲板上，眺望着船尾的方向，就好像眺望着家的方向一样。这让我想起了我的小时候。小时候我一直在淮河的船上长大，天天看着岸上却很难有机会上岸。那时候我对岸上的生活充满了向往。此时此刻，我们的船渐渐远离了陆地，陆地渐渐在地平线上消失，这一次，我却对大海充满了向往。如果还有可能，我一定会向你讲述我在大海上的生活，我想你一定愿意听我给你讲故事，就和以前一样。

大厨干活儿非常麻利，三十多人的饭，他很快就能完成。我是大厨的帮手，但好像我帮不了什么忙，有时还会添乱。可是大厨并没有责怪我的意思，他总是让我在一边休息休息，我哪好意思休息，而且我都休息一整天了。

无聊的一天，看不到陆地和岛屿，就连海鸟都没几个，海上的风景只需要一天就看腻了。不过傍晚时分海上的日落还是挺让我兴奋的，没有任何遮挡，阳光在海面上反射着最后的光芒，不那么刺眼，红红的一片。

　　晚上大海漆黑一片，分不清方向，也看不到光亮，就好像这个世界上只有我们的船存在一样。我站在甲板上，听着海浪的声音，心里还是有些害怕的。有那么一瞬间我在想，如果此时船翻了，任凭我们呼喊都不会有人知道。茫茫的大海上，漆黑的夜里，就好像黑纸上爬着一只蚂蚁，没有人注意到它的存在。

　　第一晚很难睡着，躺在船上能够感觉到船有些摇晃。后半夜的时候，我来到甲板上对着大海撒泡尿，然后困意全无。我一个人坐在甲板上看着天空，星星密密麻麻，一个接一个。我试着去辨识一些星星，却后悔当初没有好好学习地理，后悔没有学习根据星星来辨别方向。不知道方向也好，反正星空美得很，抬头看看星空也是挺惬意的。这让我想起了在西藏的日子，让我想起了我和你一起看纳木错星空的日子。与漆黑的大海相比，天空中的星星点亮了我的眼睛。

夏洛依：出发后的第二天

　　昨天他们说我晕船，怎么可能，海上风平浪静的。吃了那一大碗米饭之后我才知道我晕倒其实是因为饿的。

　　凌晨时分我做了一个梦，梦到我睡在童年的秋千上，和小伙伴们比谁摆得高。天还没有亮我就醒了，想起身去厕所差点摔倒在地上。船有点摇晃，我得扶着东西才能站稳。

　　天亮的时候，我透过窗户看着海面，海面上的浪一个接一个地拍打着船身。眼睛盯着船舷，海浪一会儿高一会儿低；眼睛盯着海浪，船身一会儿上一会儿下。然后我就开始呕吐，就好像喝醉酒一样，完全无法控制地呕吐。吐完了昨天吃下的所有东西又开始吐酸水，就好像有人在用力挤压我的胃一样，把胃里的东西都吐出来之后整个嘴里都是苦的。

　　后来子芷告诉我把目光对着远方，不要盯着近处的某一个东西看。我试着用子芷的方法看着远方，看着太阳从地平线上升起，就好像阳光给了我力量一样，我开始好了一些。子芷又端过来一碗白米粥让我喝下，我一边喝一边吐。

何海，你可能是因为小时候就在船上长大的，所以你感受不到晕船到底有多么痛苦。但是为了能够跟随你的脚步，让我吐死我也愿意。

看来晕船的不止我一个。邵弘毅一直躺在床上脸色发白，脖子上的喉结一动一动的，一直在咽着口水。我真想对他说想吐就吐吧，别把自己搞得那么坚强。子芷的眼神迷糊，说话的声音虚弱无力，但是她还一直照顾着我。至于那个何翰墨，一直冷冰冰的，话很少，就好像偶像剧里的男一号似的。他好像不晕船，但是他也没帮我们什么，估计他从小就是被宠大的，也不知道怎么去照顾别人。此时他一个人站在甲板上戴着墨镜吹海风呢。也罢，他的心情和我们不一样，他算是来游玩的，我也不应该把我的坏心情传给他。

中午的时候邵弘毅扶着墙爬了起来，跟跄着走向厨房："你们先休息，今天午饭我来做。"

何海，其实我也想和你一样做一个大厨的好帮手，但是我真的没有力气站起来。我看着邵弘毅走进厨房的身影，真的想笑出声来，那种步伐就好像喝醉了酒一样，想认认真真地走一条直线，但还是会左右摇晃。他也许是想用做饭来证明自己晕船没有那么严重，在我看来他的行为就和喝醉了酒的人用颤抖的手不停地给别人倒酒一样。

在迷迷糊糊之中，我听到了厨房里的切菜声，快速整齐，我想他应该是认真的。午饭的时候，我们都或多或少地吃了一些，但是邵弘毅没吃，他说他在厨房里闻饱了。我说你要么就是在厨房里偷吃了，要么就是在饭菜里下药了。其实我开这个玩笑只是想逗大家笑一笑，想让大家别和我一样那么忧伤，可是我的笑话并没有人笑。

老赵说晕几天习惯了就没事了，其实我也明白这个道理，就好像去西藏高反头痛一样，适应几天就好了。可是适应的这几天足够要了人的命。

　　子芷问我晕船与骑行新藏线的高反相比哪个难受，我说是晕船，子芷说是高反。
　　那一年我、何海、子芷三人骑行新藏线，从海拔一千多米的叶城骑到海拔四五千米的高原，我们三人都有不同程度的高反，但是子芷最为严重。那时候子芷的脸开始浮肿，发着高烧说着胡话，就连走直线都困难。那段日子应该是子芷这一辈子最痛苦的日子，但那段记忆也应该是子芷这一辈子最难忘的记忆。与高反面临的死亡相比，晕船又算得了什么。

　　饭后邵弘毅问老赵船上什么地方晃得最厉害，老赵说是驾驶台，后来邵弘毅就跟着老赵一起去了驾驶台。晚饭的时候，邵弘毅吃了两碗饭，他说他现在不晕了，他说他这是采用了极端疗法。其实晚上的风浪已经小多了，船也平稳了许多，晚上就连我都不怎么晕了。
　　天黑的时候我隔着窗户看着海面，月亮真的很美，月光洒在海面上，留下晃动的倒影。何海，我想你在船上的时候也一定喜欢看大海上的月亮，圆的、弯的你也一定都看过。也许现在你就在我的身旁，正陪着我一起看海上的月亮，看着那跳动的月光，然后我偎依在你的怀里，安静地入眠。

何海日记2013年11月14日

今天我才知道服务生是船上地位最低的人。什么是服务生？拿着最低的工资，干着所有人都要干的活儿，什么人都可以使唤我。今天就我一个人去整理冷冻舱。冷冻舱里那些密封袋里不知道装的都是什么，被冻得像石头一样，又重又冰，一不小心还会砸到脚。还好大厨人不错，他让我把一些蔬菜整理好就行了。不过后来船长骂了我，说我一个年轻人怎么那么懒。不过我一句也没顶嘴，谁让船长是老大呢，在船上一切都是他说了算。第一次上船还是虚心点好，大厨也和我说了，少一点争论，人家怎么说咱就怎么做，谁最勤劳谁最辛苦大家都看在眼里。不过我还是比较讨厌三副，船长说一句他便紧跟着重复一句，就好像他是船长的接班人一样，一看就是个马屁精。还好我的日记本有密码锁，他应该看不到我在日记里骂他。日记本密码是你生日的后四位，如果哪天你看到了这个日记本，你一定能够打得开。其实我这些日记就是写给你看的，要不然我还能给谁看呢。

今天大厨还告诉我，说船上地位最低的人其实是那些搭船钓鱿鱼的人，虽然他们也是付了钱的，但船是谁的谁就是老大，在海上有钱也不管用。每顿饭都是我们船上的人先吃完之后他们搭船的人才可以吃。与他们相比我已经够幸福的了。依依，说到吃饭让我想起在阳朔的日子，那时候我是给你做帮手。真后悔当初没有好好学习厨艺，给你也做一顿美食。

不知道是不是因为在大海上待久了产生了幻觉，我每次在厨房打杂配菜的时候，总觉得你就在我的眼前，有时候你会夸我刀工不错，有时候你也会训斥我菜没有洗干净。每次"看到"这些我就会情不自禁地笑出声来，然后就被大厨打断："你小子又犯痴了。"

出发前也不知谁和我说我们可以去钓金枪鱼，真是做梦，金枪鱼要是那么好钓那些人干吗还要去钓鱿鱼。其实我们的船就是一个移动的海上大冰箱，给那些钓鱿鱼的人提供保存鱿鱼的场所。不过我倒是挺期待哪天能够去钓鱼，不管钓到什么鱼都挺好玩的，万一也能钓到金枪鱼，那还可以赚点外快。

这几天一直在航行，好像没什么事可做，但是船长是绝对不会让我们闲着的，今天一大早就通知所有人都去洗甲板，就连大厨都不放过。船长的眼里是容不下一个闲人的。虽然是11月了，但是中国南海还是很热的。按我估算洗甲板这个活只要半天就可以完成了，但是大家都磨叽得很，都在忙里偷闲，尽管一个个都顶着大太阳汗流浃背。我小声问大厨大家为什么不勤快点早点干完回去休息，大厨说干活儿太快了也不好，船长看到了会以为洗甲板很简单，还会安排新的任务给我们的。快到中午的时候甲板被晒得滚烫，我感觉我的鞋底将要融化了一样。我不停地擦着汗，汗珠滴落在甲板上，只需半天，海风就把我的脸给吹黑了。大厨心疼我，让我先回去洗菜准备午饭。

午饭后没人再愿意上甲板干活儿，船长也没吭声，一个人回了房间。就这样在海上漂了两天,也没个正经事要做,大家都很无聊。但是我觉得做事是打发无聊的很好方式,所以下午我把厨房给打扫了,就连那油腻腻的灶台都被我用清洗球擦得铮亮。晚上船长来厨房的时候看到这么干净的厨房一个劲地夸大厨,大厨说都是我打扫的,但是船长好像没听见一样。船长走后三副说我太爱表现了,我没有理他。如果爱表现就是干活儿的话,那我宁愿他能天天表现。

这两天船员们除了吃还是吃,根本没有什么事可做。晚上一个个都捧着自己没有信号的手机有模有样地玩着。大厨一直在翻看手机中的照片,一边翻看一边微笑。我凑了过去,他还向我讲解。依依,还好我带了一张你的照片,那张在漓江拍的照片。每天能看到这张照片我就已经很满足了。

不知是哪个赌鬼喊了一声炸金花,船员们全拥了过去,大厨也收起了手机对我说:"走,去看看热闹去。"

真正炸金花的人就五六个,其余的人都是在看热闹,但我对这个兴趣不大。于是我拉着大厨和另外两个人一起,教他们打"掼蛋"。"掼蛋"也算是斗地主的另一种玩法,两副牌,炸弹比较多,讲究与对家的配合,看谁最先升级到A。中国的扑克牌玩法大多是相通的,只需试玩几回大家就熟悉了规则。后来越来越多的人过来围观,他们在旁边又开起了一桌。当那几个炸金花的人吵得面红耳赤的时候,我们这一直是笑声朗朗。

依依,当我日记写到这段的时候我还是有点自豪的,毕竟我教了大家一个全新的娱乐节目,也把家乡的"掼蛋"给发扬了出去。等会儿我就要睡觉了,睡前让我再看一眼你的照片。

晚安,依依。

夏洛依：出发后的第三天

经过昨天的晕船，今天感受到了船上的美好，一望无际的大海，蓝得可爱，那些美丽的景色看得我舍不得闭眼。何海，我想这样的景色你可能早已看得厌倦了，在你厌倦的时候你为什么不回来？阳朔的漓江两岸永远也不会让人厌倦。

今天我也知道了什么是无聊，尽管我可以看你的日记，可以想象着你所经历的那些场景，但是我也感受到了你曾经感受过的枯燥无味与寂寞孤独。一条船孤零零地漂在大海上，就连海鸟都看不到。

也许美景真的会让人的心情变好，今天大家的脸上都或多或少地洋溢着微笑，就连我也是。大家都以为我的心情也变好了，其实他们哪知道，我是在对你微笑。我分明感觉到你也在这艘船上，陪着我一同去西沙，去履行我们的约定。我分明是在牵着你的手，站在甲板上，向着大海挥手。我分明是在过着我最快乐的人生，那些身边仅有的几个朋友都陪伴着我，祝福着我和你的爱情旅行，对着我们微笑。

今天大家都一起去厨房做饭，有一种在外野炊的感觉。子芷在煲汤，邵弘毅在炒菜，何翰墨在剥蒜。难闻的蒜味，但是他说多吃蒜肠胃好。而我在洗菜，然后把洗好的菜交给你，你的刀工不错，切得很有节奏感。我们欢快地相视一笑，就和一家人在过日子一样。你一边切洋葱一边流眼泪，我一边嘲笑你，一边给你擦眼泪，但是怎么擦都擦不完。后来换我来切洋葱，我转过头，用那笨拙的刀法把洋葱切成手指头那么粗，你站在一边，一边笑一边继续擦着眼泪。我也跟着笑着，一边笑，一边擦眼泪……

"喂，你没事吧，喂！"何翰墨对我说话，"你怎么一边流泪一边傻笑，去休息一会儿吧。"

"啊？"我这才回过神来，看着自己切得像手指头一样的洋葱，擦去眼泪，"我没事。"

身旁没有你，砧板上也没有洋葱。何翰墨在洗菜，我在切菜，子芷在煲汤，弘毅在炒菜，厨房里只有我们四个人。

我忍不住向甲板上张望，甲板上也没有人，但是先前的场景又是那样真实。

今天何翰墨终于不装深沉，开始和我们说话了。我再一次问他去西沙是不是去游玩的，他说不是，他还是和一开始说的一样，说是去找人的。我问他确信要找的人就在西沙吗？他说不确定。

弘毅问何翰墨是不是去找一个在自己心里很重要的人，他说是。弘毅没有继续问下去，小声地对子芷说何翰墨应该是去找旧情人的，子芷愣了一下没有回答。

下午我们一起坐在船舱里聊天，弘毅一直追问着何翰墨是不是去西沙找旧情人的，何翰墨一直说不是。在弘毅的各种引导与追问下，何翰墨还是说了一段他的往事。我一开始以为何翰墨会把他与子芷的过去讲出来，真替大家捏把汗，还好他讲的是他大学时候的故事。

何翰墨读大学时候认识了一个女孩子，后来那个女孩成了他的女朋友。临近毕业，一切都重归于现实。毕业之后何翰墨听从了父母的话，回老家的农村继承父母的那片农场，但是他的女朋友决心要留在大城市里。家乡农村的生活很朴实、简单，外面的世界很丰富、精彩。最终他们的爱情输给了距离，没能抵挡住现实的冲击。何翰墨的女朋友和他分手之后，他了解到他的前女友一直蜗居在大城市里，于是他去了那座城市，见到了他的前女友。他想带着她离开，一同回到那个美丽而又安逸的农场，但是她不愿意。后来他托付同在那座城市打拼的大学舍友多多去照顾一下他前女友的生活，因为他怕那个女孩子会在城市里过得不如意，过得不快乐。之后一年多的时间里，何翰墨经常买些名牌的包包和化妆品之类的礼物让他的舍友转交给他的前女友。但是一年之后，他决定放手了，因为他的前女友成了他舍友的女朋友。

又过了几年，大学的同学都过得有声有色，有一部分人还小有成就，在大城市里扎根了。毕业五周年的时候，大学同学微信群里天天都在讨论要举行一次同学聚会的事情。但是在哪儿聚会，怎么聚会一直没有讨论出个结果。后来何翰墨提出来在他的农场聚会，但车费自理，其他费用他全包。这回同学们都响应了，特别是那些在大城市里扎根的同学，他们抱怨着城市里的枯燥生活，都嚷嚷着要来农村呼吸一下新鲜的空气，感受一回农家生活，吃些农家菜。

与其说是同学聚会不如说是一场炫耀攀比的宴会。聚会那天各种豪车云集，美女也不少。

何翰墨家的农场占着一大片山头，酒庄建在山的最高处，酒庄前边是一大片草坪。站在草坪上可以俯瞰远方的城市。淮河在山脚下流过，从山脚到山顶，整片整片的葡萄园和果园。晚上，同学们在草坪上办了Party，品尝了自酿的葡萄酒，然后参观了地下酒窖。何翰墨说他家的酒也是有品牌的，不过产量少，只供应本地市场，但是同学们都说他家的酒比1982年的拉菲还要好。

那天同学们在何翰墨家的农场里玩得很开心，同学们各种自拍，然后疯狂地刷朋友圈。但是那天有一位同学没有来，那是何翰墨的前女友。后来听说那晚她一个人坐在阳台上，一张张地翻看同学们的朋友圈，试图找到何翰墨的身影。

听何翰墨讲他曾经的故事，讲到那个农场的时候，我总觉得我去过，于是我就问他家的农场是不是在苏北。

"是的。"

"一条公路穿过大片的葡萄园，然后一直到山头上？山的后边是河，前方是城市？"

"是。"

"我好像去过。"

"嗯，你是去过。"何翰墨继续说，"我记得你，可能你一直认为我们是在西藏认识的。"

"你们以前认识？"邵弘毅惊讶地看着我，又看着何翰墨。

"只是见过面，当时还不认识。"我仔细搜索我的记忆，但始终想不起来何翰墨当时的模样。也许当时我只关注带我去的人，其他的人好像都不重要。那时候我还读大学，过着颓废的青春。

"但何翰墨却记得你，这段故事可以跟我们分享吗？"船上的无聊生活让邵弘毅越来越八卦了。

"不要打听别人的私事，我们到那边去看看，给他们一点私人空间。"子芷生怕这样的聊天会牵扯到她，就拉着弘毅去了甲板。

"在西藏你为什么没说认识我？"对于何翰墨这个人我很好奇，

总觉得他藏着很多秘密。

"那会儿你身边有男朋友，我说那段经历干吗呢。"何翰墨低着头，回避我的眼神，"那次聚会，带你来的人是我的大学同学，可是从你的眼睛里，我看到了一种和我那些同学不一样的东西，我分明从你的眼睛里看到了我喜欢的那种明净，就和我大学时的女朋友一样，所以我一下子就记住了你。"

"不要乱夸人，我可没有你想象中的那么美好。"我打断了何翰墨的话，"后来你女朋友找过你吗？"

"没有。"何翰墨抬起头，看着窗外的大海继续说，"后来我觉得我与大家之间的隔膜越来越多了，越来越与这个社会脱节了，于是我又离开了那最热爱的农场，去了苏州开了一家公司。可是我做这样的决定似乎有些迟了，没多久，我的前女友和别人结婚了。后来在公司里我认识了邵弘毅，一起交流着去西藏，再后来他辞职去了西藏，对我的刺激很大，没多久我转让了公司也去了西藏，直到认识了叶子芷，又在拉萨重新认识了你。"

"不过你家的农场真的是挺美的，就和电影里的一样，那次同学聚会你有邀请你的前女友吗？"

"那次聚会活动不是我组织的，所以我不好主动邀请，我以为只要是同学都会去同学聚会，我以为会一个都不少。"

"活动是在你家举办的，你不主动邀请她，她会好意思去吗？"我说，"你真傻。"

我总觉得何翰墨错过了一段美好的感情，就好像是我自己错过了一样，让我扼腕叹息。

对于眼前这个男人，我感觉他根本就不懂爱情。如果不是因为他和子芷有那么一段故事，我想我都不会认识他。这样一个男人，搞不懂子芷当初为什么会选择他。

"你觉得应不应该把你和叶子芷的故事告诉邵弘毅？"我问。

"我想我应该找个机会和他说清楚的，我也相信他一定会更加珍惜子芷的。"

"算了吧，你不提那段事，他们会过得更好。"我反驳道。

何翰墨没有辩解什么，我想他也应该明白我说的是什么意思。一个前男友故意加入前女友和她现男友的旅途，就在这一条不大的船上，朝夕相处，真让我怀疑他的动机。

"你去西沙是去找你那个大学的女朋友吗？"我故意套他的话。

"没有，我要找的人已经不在了。"

"什么意思？"我疑惑地看着他，总觉得他神神秘秘的。

"没有其他意思，是我自己的事。"何翰墨叹了一口气，把目光从窗外移到我的手中，"你的日记本可以借我看看吗？"

"那是我男朋友写给我的，不好意思，不能外借。"我果断地拒绝了他。

我总觉得何翰墨来者不善，总担心他会在邵弘毅面前说出他和子芷的过去。那个下午我一直在找机会想对弘毅坦白了这件事，以免何翰墨对他提起的时候会添油加醋，或是弘毅会做出一些失态的事情。但是整个下午，弘毅就和缺心眼儿一样，一直和何翰墨在一起。在海南的时候有那么一刻我还觉得他们就和兄弟一样，相处得挺融洽的，但是这两天来我越来越怀疑何翰墨的动机，他的心里一定藏着很多不可告人的秘密。我把我的担忧偷偷地告诉了子芷，子芷表面上说她相信弘毅不会介意的，但是她的眼神掩饰不了她的顾忌。

后来我一个人来到驾驶台去看老赵开船，然后和他聊天。我问他每次出海一条船上有没有人闹过矛盾。老赵说这是很正常的事，他说船上的生活本来就枯燥无味，船员们经常会为了一些鸡毛蒜皮的小事闹得不可开交，有时候还动起手来。我又问老赵有没有过杀人的事件，老赵诧异地看着我说："小姑娘你怎么有这些想法？是不是生病了？"

可能是我的问题吓到老赵了，我本来想再问他假如邵弘毅和何翰墨打起来他会帮谁，但是我没有问。有那么一段时间，我感觉船上马上就会有矛盾爆发，我感觉何翰墨就是来和邵弘毅抢叶子芷的，为此他们在船上打得不可开交，还动起了刀子。还好你开着一条船过来，接走了我们三人，把何翰墨留在了那条渔船上。

"依依，你今天怎么心神不宁，一直在发呆。"子芷出现在我的身后。

我被吓了一跳，眨了眨眼睛，这么大的海面上只有我们这一条渔船，根本就没有你，邵弘毅和何翰墨依旧坐在一起吃着花生米，喝着啤酒，聊着天。

自从来到这条船上，我就像着了魔一样，经常会看到或是想到一些别人看不到或是想不到的东西。有一种好奇心驱使着我一定要去听听那两个情敌在聊些什么，不然我总觉得不放心，总担心会有什么事情发生。

我拉子芷一同过去，子芷不愿意，我只好一个人走进船舱，坐在距离他们不远的地方，一声不响。

"之前听她们聊天，她们两个女孩子好像骑行过新藏线。真的很让人佩服，那是特别危险的一段路，应该是进藏的各条线路中最难的一条了。"何翰墨说。

"是呀，我也特别佩服她们，但是这样的经历一生只要一次就够了。"邵弘毅说。

"听说你女友在那次进藏的路上遇到了大雪，又是高反又是无人区的，听起来挺后怕的。"何翰墨说。

"我就是现在想到那种场景也是非常的后怕，不过我非常感激救她的那位修路工人，听说那个工人长得还挺帅气的。"邵弘毅说。

"那你觉得那个工人救她是出于喜欢她才救她，还是真心只是做好事？"何翰墨说。

"应该都有吧。"邵弘毅又打开一瓶啤酒，继续说，"我还是那句话，我非常感激救她的那个修路工人。"

"不聊这些了，来，喝酒！"何翰墨也拿起酒瓶。

邵弘毅把手中的酒瓶与何翰墨的酒瓶碰了一下，碰撞的声音特别响。我在一旁紧张得有些发抖，好像马上就要开战了一样。

"你想说什么就直说吧，我得感谢你。"邵弘毅咕噜几下一口气喝了半瓶酒。

"你千万别多想……"

"我要是多想早就把你推进海里了。"

"你都知道了？"

"知道了什么？"

"没什么。"

"没什么是什么？好了，直截了当地说吧，救她的那个人是我。"何翰墨说完这句话后就像是认罪一样低下了头。

"你们三人之中总算有人亲口告诉我了，我感谢你救了她，也感谢你把她还给了我。"邵弘毅放下酒瓶，起身离开了船舱。

"对不起，在徐闻县遇到你们的时候，我其实就想对你坦白的，可是我怕你会多想。"

"谢谢你替我着想，你要是真替我着想干吗也跟着一起去西沙？"

邵弘毅离开船舱之后，我立刻拉住何翰墨，大声训斥他："你要干什么？别动！"

"我没干什么呀？"

"没干什么是想干什么？别以为我不知道，把酒瓶放下。"我把何翰墨推倒在地，用手指着他。

子芷听见我的声音冲了过来："怎么了？怎么了？"

"没事。"我拉着子芷的手，带着她来到了甲板上，"他都知道了。"

"谁知道了什么？"

"弘毅都知道了。"

"哦。"子芷一声不吭，过了好久才说话，"知道了也好，都是过去的事了，提了又怎样？"

"那你不觉得他跟着我们来到这条船上动机不纯吗？"我小声地对子芷说，"弘毅刚才也说了，说他干吗也跟着我们一起去西沙？"

"弘毅真这么说了？"子芷惊慌地看着我。

"千真万确。"我一边和子芷说话，一边回头看着身后，生怕有人会偷听，"芷，一开始我就怀疑他的动机，问他去西沙干吗，他说去找人，问他找谁，他也不说，你说这个人是不是有什么企图？"

"你觉得他会有什么企图？"

"杀人，夺妻！"

"依依，你别吓我，你最近有点神神叨叨的，是不是生病了？"

我没有回答子芷，总之我要时刻提高警惕，保护弘毅和子芷。何海，我想你也一定会和我一起保护他们的，就像他们一直保护着我一样。

傍晚天空开始有些阴沉，大海和天空都变成了灰白色。在灰白色的边际，我看到了一条船，慢慢向我们靠近。船头上坐着你，拖着鱼竿，看着远方，但却怎么也看不到我们的船。我想对着那条船大喊，却一直喊不出声音，就像梦魇一样。我想对着那条船挥手，但我的手就好像被捆住了一样。我想站得高一点，以便让何海能够看到我，但我却动弹不得，就好像有谁拿着一个啤酒瓶把我砸晕了一样。

天空越来越阴沉，我看见邵弘毅从老赵那里回来，然后就召集我们开会。就这么几个人，有什么好开的，但看他的表情好像很严肃，就好像一场重大的批斗会立马要开始了。难道是要打架？为什么我今天一直在想打架的事？我拍拍自己的脑袋让自己清醒过来。

老赵说天气预报不准，原先可能在越南南部登陆的台风北移了，他也琢磨不准会不会遇上台风。我怕大家有危险，就问要不要掉头，但是老赵说台风如果真的北移了，那我们的船好像还是会被台风追上。看到我们四人一筹莫展的样子，不爱说话的老赵也开始安慰我们说天气预报经常不准，没准儿台风又改道了，如果我们全速前进的话没准儿会在遇到台风之前抵达西沙的某个岛礁避风。老赵还说他经历的风暴多了去了，每次都平安无事。

他们好像比较惧怕台风，我也惧怕，但是我觉得在台风来临之前肯定会发生更严重的事情。晚上临睡前我好不容易找个机会和邵弘毅说了几句话，让他晚上睡觉不要睡得太死，他只是"哦"一声就离开了，也不知道他有没有明白我的意思。何海，在我们遇到困难的时候你一定要出现，一直以来都是他们在帮我，这回你一定要和我一起帮助他们。

晚安，何海！

何海日记2013年11月15日

　　西沙，啊，好激动，我们在黎明中到达西沙。我们的船离那些岛屿越来越近，从远处看，就好像是在蓝色的玻璃上洒下了几袋食盐。远方的海蓝得很，接近岛屿的地方海水变成了绿色，在绿色海水的环绕下，白色的沙滩就在其中。一个岛屿接一个，就像是蓝色的宝石，美得让船上的每一个人都走上甲板眺望。

　　大厨就像导游一样一直给我讲解这个叫什么礁，那个叫什么岛，还说他曾经在某个岛上躲过风浪。我问大厨我们的船会不会靠岸，大厨说不知道，水头说不会的，靠岸就触礁了。那一刻我挺羡慕大厨的，毕竟他曾经登上过岛屿，而我却没有这样的机会。

　　有一个岛礁像一颗豌豆镶嵌在大海之中，岛礁上没有植被，白茫茫的一片，与四周蓝绿色的海水形成强烈的对比。如果我们的船真的停靠到了那个岛礁边，我还真不忍心上岸。那么美的沙滩，真舍不得踩上脚印。

我们的船驶过一片岛礁又接近另一片岛礁，始终没有人返回船舱，大家都情不自禁地用自己仅有的语言去表达此刻的心情。尽管有些赞美之词用了很多脏字，但是大家的心情都是一样的，都是激动与开心的。我一直目不转睛地看着那些岛礁，甚至都忘记了该拍点照片。依依，这片岛礁是我们约定的地方，今天我匆匆一瞥，等待某日与你再次到来。那一刻，我们应该坐到洁白的沙滩上，看着日出日落。那一刻我们应该会牵手漫步，在沙滩上留下我们的脚印和名字。那一刻，即将到来，不会太远。

依依，你说我们要是能在西沙拍结婚照那该多美，这么白的沙滩，再穿上一身白色的婚纱，想想都让人流鼻血。我有点痴人说梦了，不过我还是记下这一笔。如果你能原谅我，还能接受我，那我一定带你来这儿拍婚纱照，然后把我们的照片印在明信片上，写上请柬，寄给远方的亲朋好友。

下午的时候，我们的船接近一个比较大的岛屿，岛上植被茂盛，他们说那就是永兴岛。有人说在永兴岛上的某个礁石上刻有"祖国万岁"四个字，有人说他看到了永兴岛上的五星红旗在飘扬。后来船长拿来一个望远镜，一边看一边问："国旗在哪个方向？"然后大家都争抢着那个望远镜。

与西沙群岛擦肩，大家都非常激动，都不愿离开甲板，一直到那些岛屿消失在地平线上。有些船员拿出手机打开音响放歌曲，以表达自己此刻的心情，有的船员在甲板上表演着中国功夫，还有人跳着谁都看不懂的舞步。看到此景，我忍不住也跳了一段MJ的舞蹈，走了一段太空步，赢得了大家的阵阵掌声。但是三副却一直斜着眼看我，还打断了我的舞蹈："哎哎,别扭了,你这手一直抓着裆,然后再去做晚饭谁还吃得下?"

船上的人都看三副不顺眼,都在背后议论他,但他一直自我感觉良好。我本想上去揍他的,但是大厨把我拉进了厨房,让我忍一忍。

今天一天的好心情都被三副给搅和了,真想在他的饭菜里加点泻药。

临睡之前写点日记,写着写着就想到你了,依依。只要想到你,我就会开心得睡不着,就会拿出你的照片,享受着你的微笑。原本你的微笑我每天都可以看到,我恨我自己、眼高手低、好高骛远、心术不正。可是我仍然不后悔骗了你,要不然我这一辈子都不可能遇到你、认识你、爱上你。依依,其实我每时每刻都在自责,特别是被关进去的那些日子,我把我整个人生回忆了若干遍,每当回忆到与你相遇相识的那些日子,我就感觉有了生活的勇气,我就告诫自己要重新做人。人可以犯错,但我却一错再错,当我认识到应该悔改的时候已经迟了,我真的觉得自己没有脸去见你,我欠你的太多太多。以前在一起的时候,只要遇到开心的事我就会跳一段MJ的舞蹈给你看,今天也是,我就好像在跳给你看一样。可是却被那个三副给搅和了。这件事我为什么一直怀恨在心呢?依依,我是不是还是不知悔改,为什么非要去计较这些小事?依依,我错了,我连这些小事都放不下,难不成还想报复?要是这样,我还有什么脸去见你?

从明天起,笑脸面对每一个人;从明天起,不计较得失,听从领导们的安排;从明天起,认真帮大厨把饭菜做好。

依依,等着我,我们一起来西沙。

先写到这,依依,晚安!

夏洛依：出发后的第四天

何海，你的船两天就到了西沙，我们的渔船还在海上漂着。一大早天空就阴沉沉的，就像是傍晚一样。早饭过后开始下雨，船也开始摇晃着。早上老赵吩咐我们不要去甲板，一整天都穿着救生衣，就好像一场大难即将来临似的。

雨越下越大，暴雨落在大海上，就好像抓着一大把黄豆撒向了水里，又好像海面上被钉上了无数的铁钉。雨在大风的拥护下表现得很狂躁，海浪翻滚，一会儿形成一个巨大的水坑，一会儿又被更多的水填满。那种感觉就好像是人为地在掀动脸盆里的水。海面上雾气笼罩，能见度很低，昨天还是一望无际的蓝色，今天就变成灰蒙蒙的。就像一张灰蒙蒙的油纸，低低地压在装满水的脸盆上，而我们就漂浮在脸盆与油纸之间。

我们迎着大雨，顶着风浪前进。临近中午邵弘毅说要去厨房做饭，刚起身就摔了个大跟头。后来他扶着墙走进厨房，拖出一箱泡面对大家说，厨房里到处是暗器，没法做饭，让大家吃泡面将就一顿。

我真是服了大家的胃口，在这么晃动的船上晕得吐都来不及，竟然还能吃得下味这么重的泡面,我闻着都想吐。

今天最要命的还是去厕所,我坐在马桶上摔了下来。整个船都在剧烈地摇晃,马桶里的恶心东西都溅了出来。我本来已经吐得快不行了,看到这些恶心的东西,胃都要吐出来了。我趴在地上往外爬,却又被重新甩进了卫生间。我挣扎着爬出卫生间,客厅的惨状出乎我的预料。那台破旧的电视机终于光荣下岗了,滚落在一角,桌椅一会儿到那边,一会儿到这边。还有那些被打翻的泡面,像毛毛虫一样爬满了地板,一切就好像被炮弹轰炸过一样。

子芷看到我爬过来,向我招招手,我这才注意到几条被子中间裹着她。她说裹着被子即使被东西砸到也不会太疼。

船还在剧烈地摇晃,邵弘毅和何翰墨在剧烈的晃动中把客厅里的桌椅全拖进了房间。然后客厅里空荡荡的,除了我们四个人一会儿滚到这边,一会儿滚到那边,就再也没有可以滚动的东西了。

下午时分船晃动得更加剧烈了,有时候船头迎上一个大浪,就好像被甩到空中,再被狠狠地丢下来。我们就好像是坐上了没有安全带的过山车,在船舱里东倒西歪,左撞一下右碰一下。此刻晕船和呕吐都不是那么重要了,能让自己保持平衡不被甩出去才是最重要的。我试着抓住门框,一个晃动,门突然要关上了,吓得我赶紧放手。这一放手让我滑行了好几米,但要是不放手,我的手可能已经被门夹断了。又是一个大浪迎上船头,海水一直打到船上,灌满了整个甲板,船舱里都开始进水了。此时老赵应该在驾驶台里认真地控制着船,也没有人教我们该怎么自救。这样的浪一个接一个,我的屁股都快跌散架了。我们就像是筛子中的粮食,被一次次地抛向空中,再重重地落下。

后来弘毅竟然站了起来,他说就当是在索桥上,迈开双脚保持平衡就行了，他的方法好像挺管用的。但是没坚持一分钟，一个大浪过来他就来了个后空翻，摔得好像还挺严重的。

　　再后来我们四人都裹着被子，抓住门把手，任凭船体怎么晃动就是不放手。这种坚持真是生与死的考验。迷迷糊糊之中，我感觉我都快要晕过去了，却仿佛看到了你正站在甲板上与风浪搏斗。一个浪打过来，海水就淹没了船头，淹没了甲板，然后船头迎着风浪，高高昂起，海水从甲板上退去。海水退去之后，你的身躯毅然屹立在甲板上，抓着绳索，全然不顾身上的水。再一个浪打过来，海水再次淹没船头，你再次消失在甲板上，然后船头迎着风浪，再次高高昂起，海水再次从甲板上退去，你的身躯再次屹立在甲板上，抓着绳索，如此反复。

　　那一刻，我紧紧地抱着你的身躯不放手，你回过头来对我说："要相信大家的力量，要相信船上的每一个人，不能有猜忌，不能有杂念，不能自己放弃自己，要随时保持清醒，不能犯迷糊，不能出现幻觉，与大家一起团结一致，才能战胜风暴。"

　　天哪，我的何海，你说的要领实在是太多了，我根本记不住，此时你才是我唯一的依靠，为了你我要坚持住，不能自己放弃自己。

　　傍晚时分，天黑得比前几天要早，没多久，外边就是漆黑一片。在漆黑的大海上，没有任何光亮，狂风、暴雨、大海，大自然中的任何一方都想撕开这艘渔船。我头晕得非常厉害，一边晕一边吐，后来我实在没力气了，就放开手，任凭自己在地板上滚来滚去。有几次差点把头碰到墙上。还好弘毅抓住了我的手，把我抱在了怀里，那一刻我感觉到了温暖，就好像自己睡在一片大草地上，闻着花香，蝴蝶在头顶上飞来飞去。就好像童年的早晨在那片树林里，迎着太阳，阳光洒下斑驳,洒在我的脸上。那一刻,我就好像抓住了你的手,永远也不松开,就好像你一直守护在我的身边,时刻准备着要保护我。

又是一次翻滚,我和弘毅一起被甩到了一边,弘毅的头把窗户上的玻璃都给撞碎了,好像还流了血,但是我看不清楚。

风和海水一次又一次地从破碎的窗户涌进来,就像子弹一样,密集地打在我们的身上,不一会儿,所有的窗户玻璃都被风吹碎了。我无力得就像一个枕头,任凭弘毅把我拖来拖去。只是过了一会儿,他说他的腰好像是被撞断了,动不了了。风浪那么大,只有我听见他的声音,那么坚强,又是那么微弱。

"弘毅,你怎么了?"子芷疯狂地向我们这边爬来,但是只要一个浪打来,她又回到了原处。

"我没事,你抓紧何翰墨,千万不能被甩出窗户!"

此时弘毅的手一直紧紧地抓住门框,用他的身体阻挡着门的一关一合。此时,我紧紧地抱住他,我感觉我这一生都没有这么紧地抱过他。此时他应该是属于子芷一个人的,是子芷一个人的保护伞,但却被我夺走了,子芷,对不起。还有你,你跟我讲的那些要领实在是太多了,我记不住呀,我不知道该怎么战胜风暴,我大声地哭了起来,一边哭一边喊:"何海,你说我们怎么才能战胜风暴?你说得太多了,我记不住!"

"你说什么?你一个人在想什么东西?"弘毅绷紧了脸看着我,"你抱紧了,别瞎想!"

哪有你,你一直存在于我的心里,是我自己在告诉我自己该怎么去战胜风暴,那些冗长的要领是我自己想出来的,我怎么可能记不住。想到这些我对子芷大声呐喊,让她一定要抓紧何翰墨,别在意我之前对她说的话,并告诉她我等着吃她和弘毅的喜糖。

"在意什么?你之前和子芷说了什么了?"邵弘毅又用双腿勾住我的腰,生怕我松手滑跑了。

"没说什么,女人之间的话你不要问。"我说。

夜黑得找不着北,老赵也一直没有下来,我都有点担心老赵的安危了。风浪还在继续,可是弘毅却不说话,一动不动,我更担心弘毅的安危。

我问他还好吗,他没回答我,那一刻我的心凉了一半。我挠了挠他的腰,他就像被宰杀过的鱼一样,抖动了一下:"别动,挠我痒痒干吗?"

"你没死啊?"

"废话,你才死了呢。"弘毅扭过头,看着对面的子芷,对她呐喊,"老婆,别睡着了,抓紧点。"

"你就放心吧,我抓着她呢,丢不掉!"何翰墨回答道。

"哎,老何,我今天要是死了你会再救她一次吗?"弘毅说,就像临终告别一样。

"瞎说什么。"何翰墨说。

"我就问你会不会?"

"会的!"

"那我就放心了。"弘毅深吸一口气,就好像缺了一分钟的氧似的。

"你别瞎想,坚持住!"子芷也从迷迷糊糊中醒了过来,"都一整天了,台风也该过去了吧。"

"鬼知道还有没有更剧烈的,我现在就担心这船会翻掉。"弘毅换了一只手抓住门框,用另一只手摸了摸自己的腰,"好像没断,就是动不了了,老何,帮我照顾好子芷。"

听着弘毅的话,我的眼泪啪嗒啪嗒地甩了出来,我不知道子芷有没有被感动,反正我是被感动了。

也不知道是几点了,可能是零点之前,也可能是零点之后,当我们感觉晃动得不是那么厉害的时候,老赵下来了:"我的天哪,怎么不开灯?我的天哪你们怎么搞成这样,都没事吧?"

"风暴过去了吗?"我问,"灯泡早就碎了。"

"外面雨已经不下了,浪也小了许多。"老赵摸了摸肚子,走进厨房,"泡面哪去了?我的天哪,怎么窗户玻璃全碎了?我的天哪,你们把桌子搬哪去了?我的天哪,电视机怎么也坏了?我的天哪……"

"人没死就不错了。"弘毅打断了老赵的"我的天哪",招呼着我起身,"扶我一下,我的腿也麻了,腰好像真动不了了。"

我们都帮忙给邵弘毅铺好床铺让他躺下,子芷一直守候在他的身边。

一个小时过后,海面安静了许多,有种死里逃生的感觉。子芷说这是她人生中第二次经历生死。

风呼呼地吹进船舱,我冷得发抖,无处睡觉,也不敢入睡。我决定裹着被子,借着手电筒的灯光把你的日记看完。因为我怕再遇到什么风暴,我可能就没有机会再去看你的日记了。

何海日记2013年11月16日

　　我估计除了掌舵的人摸摸脑门可以辨别出东南西北，其他人没人能够辨别方向。反正茫茫大海中就看到我们自己的船，往哪开都不会和别人碰上。
　　过了西沙之后都是同样的景色，也实在没有什么值得惊奇的，天都是一样的蓝，云都是一样的白，就连一个坏天气都没有遇到过。
　　今天搭船钓鱿鱼的出海了，不过听说收获不多。说到钓鱼我就来劲，我挺喜欢钓鱼的。现在我们在热带，实在是太热了，等到了凉快的地方我再跟着去钓鱼吧。
　　无聊的一天，除了对依依你的思念，其他无事可做。日记也越写越少，就好像该写的话都已经写完了。

　　晚安，依依！

何海日记2013年11月17日

  昨天还说一个坏天气都没遇到过,今天就起风了。海上的浪实在是太大了,有好几米的样子,好多老船员都晕船了,不过我一点事都没有,这可能跟我从小在船上长大有关。

  中午的时候我和大厨在厨房里做菜,一个浪打来,菜刀碗筷落了一地,还好刀没有落在我的脚上。有一个浪比较猛,把滚烫的油锅都给打翻了,还好大厨躲得快。看来厨师也是一个高危职业。

  晚上天黑的时候,天空下起了雨,非常大,就好像是洒水车洒过来一样。船长又命令我们去甲板上干活儿。反正我在船上资历最浅,船长让做什么就做什么,毫无怨言,但是其他人都怨声载道的。

  漆黑的夜,漆黑的大海,伸手不见五指,我们这儿在下瓢泼大雨,海上什么都看不见,只有一道道闪电划破夜空。大厨一直提醒我要戴安全帽,他说晚上很容易摔倒,也很容易会被掉落的东西给砸到。

忙碌到半夜,大家都排着队洗澡,我借这个空写上这些日记。

晚安,依依!

何海日记2013年11月18日

  船上的生活真的很单调，偶尔天空飞过一架飞机，我们都会兴奋地对着天空挥挥手，就好像人家能看到我们一样。

  要是哪天运气好，能看见其他船只，双方都会拉响汽笛。然后我们就站在甲板上挥手，也不管对方是白皮肤还是黑皮肤。

  无聊的时候我就会走上甲板，看着船尾翻起的浪花，我内心再也没有起初登船时那么兴奋。就好像已经习惯了这样的生活，就好像自己已如此生活了好多年。

  空闲的时候经常有船员去打卫星电话给家里，据说电话费非常贵，总之我一个也没打过，因为我都不知道我可以打给谁。

  今天依旧下雨，没事可做。下雨天就连打牌的人都变少了，每个人都懒洋洋的，船员们都躺在床上看片子、看电子书。

下午的时候我闲得难受,就主动要求整理仓库。其实仓库里就那么一点东西,把烂掉的菜整理出来,把一些冷冻的肉搬上来。还有那些鸡蛋,估计还能放一阵子,水果也还有不少。整理完仓库,我把剩余的菜品列张清单交给大厨,大厨非常满意,还夸了我。

今天船长的笔记本开不了机了,找一个机工小伙子去看看,小伙子摇摇头表示不会。正好我给船长送小灶看见了,我就说我会修。之后我给船长的电脑重装了系统,能够正常开机了,船长很高兴。船长问我怎么会电脑,我说我大学学的就是这个。船长用惊讶的眼神看着我说:"想不到你还是个大学生,你来船上有点大材小用了。"

机工听到船长这么夸我,也凑了过来对船长说:"船长,我也是个大学生。"

"你是大学生,那你会修电脑吗?"船长扭过头看着机工。

"不会。"机工摇摇头。

"不会就滚一边去。"船长气愤地合上电脑离开了。

下午船长通知大厨多做几个菜,说晚上聚餐。本来是一件很高兴的事情,但有一些人却不乐意了:"没事就聚餐,就那么多伙食费,都给聚没了,我还指望月底能退点伙食费呢。"

其实远洋在外挺不容易的,吃的又差,还舍不得吃。不过每次大厨都会安慰那些不开心的人说他会省着花的。

晚饭的时候船长又看到了我,问我叫什么名字。我说我叫何海,船长听了很开心,说这个名字好,注定和大海有缘。

晚饭大家都喝了好多酒,船长喝多了一直在夸我。船长夸一句,三副也跟着夸一句。就和当初船长训我的时候一样,船长骂一句,三副也跟着骂一句。

酒后船长说要把她的女儿嫁给我,我吓得头都没敢抬。听大副讲他见过船长的女儿,长得可漂亮了。可是没过多久船长又反悔了,说不能把女儿嫁给船上的人,说远洋太苦了。

　　依依你放心,船长的女儿我看不上,我的心里只有你。

　　晚安,依依!

何海日记2013年11月19日

　　今天是个好天气，所有的人都开始忙活儿起来。我的大部分时间都在厨房，也不知道大家都在忙什么。总之今天不像往常，要是哪天大家闲得没事做了，每个人一天都至少要来三次厨房，东张西望，生怕有什么好吃的被藏了起来。

　　今天大厨包饺子，我剁饺子馅。我说包饺子很浪费时间，不知道今天为什么要包饺子，大厨说出门在外不容易，大家特别容易想家，特别想吃一顿饺子。大厨还说以前的大厨怕麻烦，从来不包饺子，但是他心疼大家，所以麻烦一点不算什么，做厨师最爱看到的事就是大家吃得有滋有味，最爱听到的就是大家一直夸饭菜做得好吃。

　　一直以来我就觉得大厨人非常好，也一直很照顾我，今天听他这么一说，我更加佩服他了。

　　今天又是没什么事可写的一天。

　　晚安，依依！

何海日记2013年11月20日

今天我们的船要停靠印尼的港口加油，顺便补充点蔬菜。我们这艘船加满油至少要一天的时间，船员们都嚷着说要上岸走走，我也觉得应该上岸溜达溜达，如果能够踏上他国的土地，好歹也算是出过国了。

一大早船长就吩咐我们不要下船，留下来打扫卫生，说是印尼的边检要上船检查。等了整整一个上午，几个边检才来到我们船上，船长早早地就出去迎接了。很多船员和我一样，根本不懂这些规则，就站在一边看热闹，只见船长滔滔不绝地说了一大堆英语，真是让我们开了眼界，都佩服得五体投地。印尼的边检也用英语和船长交流，但我只听懂了一句"Can you speak English?"。

船长瞬间失语，我仿佛看到一团黑云从船长的头顶飘过。

这时那个说自己是大学生的机工走到了船长跟前对船长说："船长，你的口音太重了，人家听不懂……"

"就你能！"船长怒了，把所有的怨气都撒在了机工的头上，对着他咆哮，"我讲了十几年的英语，全世界人民都能听懂，就你和这一群鸟人听不懂,你能你去讲!"

这个机工好像缺心眼儿一样,还真自告奋勇地走上前去,每说一句英语都会带一句口头禅"Do you know",搞得对方频频摇头。

"滚犊子,Do you know?"船长一脚踢开了机工,并招呼我过去,"何海你过来,你上过大学。"

其实我的口语也比较蹩脚,还好我用一些肢体语言勉强与边检进行了成功的沟通。

这事之后船长既没夸我也没说要奖励我,倒是那个三副一直跟在我的身后,重复着那句"你小子不错嘛",一直跟到厨房,然后就好像要张罗着给我相亲一样,问东问西。还好船长突然造访厨房,看到三副张嘴就骂:"你跑厨房来干什么,滚出去!Do you know?"

我以为船长来到厨房是要来夸我,事实是我想多了。船长只是通知大厨把时间调快一小时,别误了做饭。

今天船长不开心,除了大厨和水头上岸买菜之外,命令我们其他人谁都不许下船上岸。

下午我躺在床上一直看电子书,看到一些感人的情节还情不自禁地落下眼泪,然后就开始想你。看来我也变成了性情中人。

今天就写到这儿,晚安,依依!
……

何海日记2013年12月13日

　　下午搭船的人约我晚上跟他们一起去钓鱿鱼，虽然我很想去，但是我还是没答应。其实自第一天上船起，我就对钓鱼充满了期待，但是我可不忍心把大厨一个人丢在厨房里，三十多人的晚饭，他一个人会忙不过来的。约我前去钓鱿鱼的人好像看出了我的心思，便安排另一个搭船的人去厨房帮大厨打杂，让我安心和他们前去钓鱿鱼，真是一个好心人。

　　我坐上他们的鱿鱼船驶向公海。与我们的冷冻船相比，这些钓鱼的船实在小得可怜，一个三米的浪都会把他们的船打得翻天覆地。出海这么多天来我从没晕船，但是今晚我的胃有点不好受，有点想吐的感觉，可能是因为他们的船太晃了。

　　钓鱿鱼的船四周都布满了灯，亮得有点刺眼，我也是第一次知道钓鱿鱼不用鱼饵而用灯光。夜晚的大海漆黑一片，放眼望去，只有我们的鱿鱼船是亮着的。灯光可以一直照到几米深的水下，我们匆忙地放下带有夜光的鱼钩，等待着鱿鱼的疯狂上钩。我也是第一次知道鱿鱼是喜欢光亮的。

海上的鱿鱼很大，比我平时在烧烤摊上吃的大多了，今天我必须带几条到我们的冷冻船上烤烤，想想都是美味。

钓鱿鱼真不是件有趣的事情。在陆地上钓鱼半个小时能有一条鱼上钩就不错了，但是在海里，你得重复着放杆、收杆，因为鱼多得根本钓不完。一直折腾到半夜，我累得精疲力竭，但是大家都在干活儿，我也不好意思偷懒。说实话，钓鱿鱼完全是个体力活儿，也很考验人的耐心与毅力。

到了后半夜的时候，浪大了起来。一个浪打过来，所有人的渔线都缠在了一起，然后又要很有耐心地解开。有时候解得烦了，真想拿个剪刀剪掉算了。我问身边的人要钓到什么时候，他说到天亮，可是现在离天亮还有好几个小时。看来我把钓鱿鱼想得太美了。

鱿鱼灯真是太亮了，灯光都快把我脑门给烤熟了，我都不知道脸上流的到底是汗水还是海水。

下半夜的时候，浪越来越大，但是我却是挺开心的，因为浪大就可以提前收工了。果然不出我所料，收工了。

可是这样的浪也太大了，也许他们早已习以为常，但是我第一次上钓鱼船，还是适应不了。一个浪打上来，甲板上全是水，我的身上也全湿了，就好像在瀑布里走了一遭。

凌晨的时候，钓鱿鱼的船靠上我们的冷冻船。一个晚上至少钓了七八吨的鱿鱼，忙碌了一夜还要把那些鱼分拣开，扛到我们的冷冻仓，真是一个辛苦活儿。难怪大厨说搭船钓鱿鱼的人才是地位最低、最辛苦的。

只这一次，我再也不去钓什么鱼了。

早上刚刚洗了个澡，做完早饭我得去睡会儿，太累了。

早安，依依！

何海日记2013年12月14日

　　昨晚折腾了一夜，钓鱿鱼的人都去睡觉了，但是我还得干活儿。还好大厨照顾我，让我眯了好一会儿。大厨问我钓鱿鱼有什么感受，我说太累了，船还晃得厉害。大厨只是笑了笑，什么也没多说。

　　下午的时候甲板上一阵躁动，我想无非又是看到了一架飞机，或是遇到了一艘挂有中国国旗的船。但是大厨把我叫了起来："别睡了，上去看看，有好玩的了。"
　　我想能有什么好玩的，难不成大家发现了新大陆。我懒懒地来到甲板上，只见不远处有一群海鸟一直在海面上盘旋。我问大厨是不是遇到了大白鲨，大厨说一般有海鸟盘旋的地方很可能有金枪鱼群。
　　听到金枪鱼我一下子来劲了，也跟着大家上了渔船。渔船接近那群海鸟的时候，大家纷纷往海里撒小鱼，不间断地撒，然后我就跟着大家一起放钩。很快我们就收获了很多金枪鱼,大的有百十斤那么重,真是又开心又兴奋,比昨晚钓鱿鱼好玩多了。

我们把收获的金枪鱼搬进冷冻仓,我兴奋得困意全无,真想找个地方卖个好价钱。

今晚我们吃的是红烧鱿鱼。不过我总觉得没有烧烤摊上的鱿鱼好吃,是不是因为鱿鱼太大了比较肥呢?

躺在船上翻来覆去睡不着,好想吃蔬菜。半夜里我一个人偷偷来到厨房,找到几个发软的土豆,削去发芽变绿的部分,就没剩多少了。然后炒了个土豆丝,吃着白天剩下的米饭,真是人间美味。

明天又将是新的一天,先写到这儿,晚安,依依!

何海日记2013年12月15日

  每次靠近陆地或港口的时候，大家都会不约而同地来到甲板上，举起手机寻找信号。然后某个人喊一声有信号了，大家就齐刷刷地聚过去："哪有？有一格……"如此重复，只为与家人报个平安。可是每当大家打电话给家里人报平安的时候，我却找不到可以打电话的人，那个时候我才真正感受到了什么是孤独。

  今天我思来想去，决定还是给老父亲打个电话，这是我在船上打的第一个电话，但是没人接听。我又把第二个电话打给了你，可是提示该号码不存在。我好久都没有和你联系过了，却一直还记得你曾经用过的号码。你应该是离开我之后就换了号码，我想你一定是恨死我了，再也不想与我联系了才换了号码。

  过了半个小时，我觉得应该再给老父亲打一次电话，可是此时船上又没手机信号了。我本想作罢,突然又觉得老父亲此时应该正在给我回电话,但又打不通,他肯定会非常焦急。于是我来到船长室,打了一通很贵的卫星电话。电话那头,我终于听到了老父亲的声音,老父亲问我过年回不回来,我说回,然后就匆匆挂掉了电话。

  今天我特别想家,也特别想你。我甚至想象着带你回到我的老家,去见我的老父亲,我想他老人家看到了你,一定会非常开心。

  依依,今天我没能打通你的号码真的有点失落。看来你早就已经换了号码,你也已经决定把我彻底地给忘了。既然这样,那我就祝福你过得幸福吧。

  依依,你还在阳朔吗?那个梦一样的地方。我们这儿是晚上,阳朔现在应该是白天吧,早安,依依。

何海日记2013年12月16-20日

　　船到了秘鲁的时候,有两艘鱿鱼船往我们船上运货。平时闲着无聊的船员今天都累得和牛似的。除了船长和大厨,所有的人都要去扛大包,包括我。从早上六点开始下仓干活儿,一直干到晚上十点钟,夜里还倒班继续换人搬。冷冻仓里每一样东西都冻得和石头一样,一不小心还容易被砸伤,完全是既危险又辛苦的体力活儿。一个鱿鱼包有四十斤重,一包压在肩膀上好像并不重,但是一天搬上十几个小时之后,肩膀上就好像被钉了钉子一样疼。一开始我很羡慕操吊手,他的任务就是把鱿鱼船上的鱿鱼包吊到我们的船上,一吊能装八十袋。可是观察了一天我又觉得操吊手虽然干的不算是体力活儿,但是他的压力应该是最大的。每天十几个小时精神高度集中,眼睛还要好使,有时候船还会左右晃动。操作不好就会被船长骂、被水头骂、被大副骂,不小心碰上对面的渔船也会被对方骂,总之是人都会骂操吊手,就好像一切的劳累都是因为他操吊不好而引起的一样。

其实大厨也不轻松，两波人换班倒，都是大厨一个人做饭，一天要做六顿饭，只能在空闲时间睡上几个小时。

这样的搬货工作一直持续到第四天。这一天大厨在冷冻仓里翻菜的时候一不小心被鱼砸伤了脚，船长这才让他去休息，我顶替大厨给大家做饭。

让我做几个人的饭菜没有问题，但是要我一天做三十多个人的六顿饭菜，我真没有那本事。还好大厨一直在指导我，在大厨的指导下，我学会了包包子，这样大家饿的时候随便拿一个就能吃。真的不是我不去用心做饭，是时间实在是太紧。择菜、洗菜、切菜、做菜、刷锅碗，全是我一个人，真是抢着时间在忙。有时候还切着菜呢眼睛都已经眯上了，真是太累了，但是我还是觉得厨房的工作要比扛包轻松多了。

这几天除了累还是累，还是抽个空把这五天的日记写成一篇吧，因为我怕时间久了就会忘了。真不知道还要搬几天，再这么忙下去，日记都不想写了。

依依，也不知道该说早安还是晚安，安吧！

夏洛依：出发后的第五天

当手电筒发出最后一丝微弱的光亮时，我合上了你的日记本，心中波澜起伏。此刻我真想对你说，傻瓜，我怎么会忘了你。我当初离开你是真的对你彻底失望了，所以我才狠下心来换了号码。这么多年过去了，我以为我早已习惯了没有你的日子，我以为你只是我生命中的一个过客，可是直到我收到你的日记，我才发现我根本忘不掉你，我的心里一直装着你。

一夜过后大海从狂躁中醒来，海面恢复了风平浪静。邵弘毅也能站起身来了，腰上被老赵贴上了"老虎贴"。

今天的早饭是何翰墨做的，味道还不错，他竟然还会炸油条，看起来还不错。

吃早饭的时候老赵问我有没有对象，我说没有。老赵酝酿了好久说他的儿子还没对象。

"你儿子多大了？"我问。

"二十二岁了。"老赵说。

"可我都快三十岁了！"我哈哈大笑。

"姑娘你骗我的吧。"老赵一脸疑惑。

"她没骗你,不信拿她身份证给你看。"子芷也笑得合不拢嘴。

"看不出来,看不出来。"老赵匆忙地喝完粥就去了驾驶室,留下我们四人笑了好久。

经过一夜的风暴,我们死里逃生。大难之后我的心情也好了许多,就好像马上能够见到何海一样。

早饭后大家坐在一起,第一次有说有笑。我提议我们四人打牌,大家问我打什么,我说打"掼蛋"。其实我不知道"掼蛋"是个什么规则,只是看你的日记里写过,我就随口而出。当我说出"掼蛋"二字的时候,弘毅和子芷异口同声地问我:"什么蛋?"

"掼蛋。"何翰墨替我回答,他说他的老家比较流行这种打法。他还说他们家乡有一句话叫作"饭前不'掼蛋',等于没吃饭"。只是今天我们四人都来"掼蛋"了,谁去做饭?

下午的时候,我继续翻看你的日记,一直看到最后一页,最后一页没有写完。

何海日记2014年1月23日

　　今天是小年，我们在返航的路上，一大早雨就下个不停。

　　天气预报说我们返航的路上可能会有风暴生成，船长说要避停或是改道绕路，但是这次全体船员都不干了，大家归心似箭，坚持按原定路线返航。大家都说还有六天就年三十儿了，都想着快点回家过年。船长说他保证大家能在年三十儿上岸，但是又有人说上了岸还要坐两天的车才能到家。

　　要是以往船长根本不会听他们的意见，但是这次船长却犹豫了。

　　大家要么在打牌，要么在看片，我在厨房包饺子，船长在犹豫之中航行。

　　后来船长再一次征求大家的意见，有些人建议还是听船长的，有些人却说："我们八千吨的船怕什么，什么大风大浪没见过？"

我不知道船长最终下了什么命令,但好像一整天我们都没遇上什么大浪。

晚上的时候船员们继续打牌、喝酒、聊天,我在床上看着你的照片,想着很快就能上岸还是挺开心的。等上了岸之后我想我有必要鼓起勇气去看看你,如果你身边有另一半了,我就默默地离开,如果你还是一个人,那我就向你求婚。

我还在写日记,船开始摇晃了起来,外边下着暴雨,风浪也很大。船长说甲板上的油布被吹开了,叫大家去甲板上盖好了。大家都骂骂咧咧地上了甲板,我也该上去了,再不上去又要被骂了,等回来继续写。

夏洛依：出发后的第五天下午

下午的时候蓝天再次出现，海上恢复了平静。我看完了你的日记，来到甲板上，望着远方，泪水潸然。

我觉得你固然有错，但你至少知道了悔悟，罪不至死。我甚至希望你还在某个监狱里服刑，至少这样，我还有等待的可能。

我想象着回到陆地上，我们一起去监狱看你。我们隔着一块玻璃，用电话沟通。本来一部电话只能聊十五分钟，但是我们占了两个机位，和你聊了半个小时。玻璃的那一边，你变白了，面带笑容。电话里，你说你在监狱里每天都在做玩偶，每一个都做得很细心、很认真，因为你说没准儿我就会买到你亲手做出来的玩偶。

风暴是在救赎你，风暴过后，你就该刑满归来了。你应该提前告诉我们，这样我、子芷、弘毅才能去接你。可是你没有告诉我们，也没有去找我，独自一个人走了，一个人去了天堂。

经过五天的航行，我们终于看到了西沙群岛。登上那些岛礁，放眼望去，海水真是清得有点过分了，还有那些白白的沙滩，我都不忍心去踩。远方是蓝色的天，分不清是天还是海的蓝色交界，由远而近，蓝色开始渐变，变成浅蓝，变成浅绿，再变成和白色的沙滩融为一体的颜色。大片大片的白色沙滩，就像撒上了白白的糖，真想抓一口尝尝。美丽的白色沙滩上，我仿佛看到了你站在我的面前，跳着MJ的舞步，等待着我们的掌声。可是沙滩太软，你根本走不了太空步，你的动作是那么搞笑，在我们的掌声中，你消失了。"我颠覆了整个世界，只为摆正你的倒影"，可是你的倒影却消失在了大海里。

我们走到永兴岛上，在邮局里邮寄我们的明信片；我们走在北京路上，瞻仰政府大楼前的国旗；我们在指路牌边拍照，指路牌上写着：北京2680公里，海口452公里，三亚339公里，纽约13601公里……

我们在沙滩边坐下，光着脚，聊着天，唱着歌，等待着日落。

海面风平浪静，晚霞把海面照得金黄。我们看着日落的方向，辨识着云彩的形状，就好像回到了小时候，坐在村头的大石头上，看着夕阳下的云彩，想象着未知的世界。

火烧云千变万化，美不胜收，我们一直遥望着西方，一直等到自己的影子消失在沙滩上。夜色渐渐暗淡下来，我们还是没有离去。月亮悬挂在地平线上，月光替代了阳光，一直等到我们的影子又重新出现在沙滩上。

只是经历了一次形影不离的旅行，就好像一次凤凰涅槃；只是一个行程的终点，就好像是对某段人生做了一个总结。

月光下，我在沙滩上挖了一个坑，把你的日记重新锁上，放进了坑里。

佛曰："彼岸花，开一千年，落一千年，花叶永不相见。情不为因果，缘注定生死。"

可我要说:"日记本,写一世间,看一世间,写看两不相见。情不为因果,缘注定离别。"

我埋葬了你的日记本,就好像埋葬了我与你之间的种种,那些种种早已种进了我的心里。

子芷、弘毅、何翰墨,他们站在我的身边,一同目睹了日记本的埋葬,就好像我们一同埋葬了去世的亲人一样。

当我们准备离开的时候,何翰墨却叫住了我:"夏洛依,何海的日记可以借给我看完再埋掉吗?"

我说:"这是你第二次向我借日记看了,请给我一个可以借给你的理由。"

何翰墨愣住了,子芷和弘毅也愣住了,我们相视而站,站在月光下的沙滩上,听着何翰墨说着足够让我退让的理由。

何翰墨出生在淮河岸边,小时候家里很穷,多一个孩子就多一个负担。正好船上有一户人家不能生育,想领养一个孩子,何翰墨的父母就把一岁大的弟弟送给了这户人家。因为当时大家都说跑船的人有钱,所以何翰墨的父母也是希望能给孩子寻找一个更好的未来。何翰墨的弟弟去了新的家庭没多久,船夫的老婆就病逝了,从此他的弟弟和船夫相依为命,跟着船夫在淮河上生活,就连陆地都很少去过。很多年之后,何翰墨的家境变得富裕了,他的父母也一直惦记着那个送养在船上的小儿子。为此他们也打听了好多年,但是始终没有找到那位船夫。直到一年前,船夫即将离开人世,他才主动托人联系何翰墨家,船夫说这个儿子很久没有与家里联系了,也还没有结婚,他让何家一定要找到他们的儿子。何翰墨说在西藏的时候他也曾见过他的弟弟,只是当时并不知道,就那样匆匆擦肩,也没留下联系方式。之后何翰墨带着一家人的嘱托，经过多方打听寻找，终于在半年前确定了他的弟弟是谁，知道了他的弟弟去过哪里，于是他追寻着他的足迹，来到了阳朔。

何翰墨说，他的弟弟我们都认识，他的弟弟就是你。

他说去年有人按照你身份证上的地址把你的遗物寄了过去，经过多方转交，在半年前转交到了他们家。那些遗物里有很多信件和明信片，都是来自同一个人。信件里还夹着一张照片，照片上的人是我，照片的背景是二十元纸币的背面，所以他找到了阳朔。

他说他去过阳朔，还找到了"自然卷青年旅舍"，他说他也让人去店里打听过，但是没有说明打听你的缘由。他说他不确定当时我和你是什么样的一个关系，怕打扰到我的生活。他说他也怕我得知你找不到了，而跟着一起担心。

他说有一段时间我外出了，他在我的店里住了好久，也试着从店员那里打听一些关于你的消息，但是他们都说不知道。他说他与我们在湛江徐闻县相遇并不是偶然，他一直跟着我们，他也是为你而来的。

他说你的日记本是那艘船上的大厨寄的，而我能收到那本日记是他故意寄给我的，他说因为我比他更了解你。

他说大厨在寄的物品中附了一封信，信上说那是一个暴风雨的夜晚，眼看着就要回家过年了，大家都到甲板上去盖油布，但是那晚你却失踪了，可能是被风浪卷到了海里。

他说那本日记是写给我的，所以他始终没有打开过。他向我说对不起，他说他不应该去打扰我的生活，只是在这个世界上没有人能比我更了解你了，所以他不得不跟着我。

他说他想再看看那本日记，想从日记里知道更多关于他弟弟的一些事情。

夜深人静，我的心有种解脱前的苦涩，就像一直在吞食着莲子。

一朝贪婪
苦涩到心底
一口一口
吞食着幸福与苦楚

一夜狂欢
离别在海角
一次一次
哭诉着爱恨与离愁

剥去最深处的一丝青绿
留下最美好的记忆
揭开被隐藏的一块疤痕
抹平被遗弃的青春

第五章 银杏叶黄

　　我们穿过银杏树林，御风而行，风吹拂着金黄，吹拂在我们的脸上。我们的脸上留不住青春的印迹，那印迹如同一地的金黄，随风飞舞，散落在让人铭记的土地上。

01

我离开的时候,正当龙虾时节,我回来的时候,螃蟹已经上市;我离开的时候,合欢树花开正艳,我回来的时候,银杏叶已经开始泛黄飞舞。

回来之后,子芷说要去看一看我和夏洛依童年生活过的那个村子,说是要感受一下雾气笼罩的早晨,要在树林里迎着阳光,让阳光洒下斑驳,洒在我和她的脸上。

秋天是叶落的季节,泛黄的树叶散落在乡间公路上,汽车后视镜里,车尾的树叶被卷起,自由自在地飞舞。公路两边的农田已经播下了麦子,麦子才刚刚崭露头角,稀疏地生长于泥土之中,饱经雨露风霜、冰雪严寒,等待着风吹麦浪,等待着郁郁葱葱,等待着春暖花开。

小时候去外婆家都是坐在爸妈的自行车上,一直骑到路的尽头,骑到运河边,然后等待着摆渡过河。今天,崭新而宽阔的大桥横跨运河两岸,不到一分钟的时间,我们的车就驶过了运河。到了河对岸,我们停下车,走在修建一新的运河大堤上,欣赏着眼前的运河美景。河还是儿时的那条河,河上依旧船来船往,只是我们已经长大,只是那些曾经的快乐只能成为回忆,永远地伴着河水流淌,流向远方,去寻找我们童年的梦想。

就在不远处,一座更大更高的桥架在运河之上。桥上高铁呼啸而过,穿过田野,与童年的铁路并行,搭载着不同于儿时的梦想,南来北往,一直延伸到远方。

运河对岸新建了一排排景观楼房,整齐地排列在运河的怀抱里。看着记忆中的故乡发生的变化,我情感复杂,无以言表。运河大堤上,儿时的泥土路面被铺上了沥青,河堤边那个我曾经和夏洛依学习游泳的地方也被修建成了亲水石阶。一切都在变化,包括我们的眼睛和我们的视野,而唯一不变的是童年的纯真和挥之不去的记忆。

秋风萧瑟,吹开了子芷风衣的下摆,秋风飒飒,也吹起了地上的落叶。落叶围绕着风衣旋转,围绕着子芷的身影旋转,就好像刻意让她的身影不再孤单,就好像刻意跟随着她的脚步去拂却秋的落魄。我们手牵着手,迎着秋风,闻着秋的味道,呼吸着运河边的空气,走在河堤上,找寻着旧日的足迹。河堤上,路面被铺上了浅浅的一层树叶,踩在上面,沙沙作响,就好像踩在雪地上的声响,脆脆的、清清的,清脆得有些安静,安静得让人安心。黄叶飘落,风吹长发,一切都随风而舞,一会儿像蒲公英般散漫,一会儿像流水般柔畅。偶尔有一两片落叶飘落在我的肩上,我浑然不知,忘记理会,就和子芷的长发飘落在我的肩上是一样的感觉。在落叶与秋风中,倾听脚下踩起的声响,倾听落叶枯黄的摩挲饮泣,倾听大雁南归的一片美好阳光。

继续往前走,来到童年的村庄里,能记得住的地方不多,大部分老房子都已消失在高楼之中。那个我曾经喜欢坐在上面看日落的大石头，竟然也找不着了。顺着马路往前走，穿过那一片高楼，眼前豁然开朗，让人欣喜若狂。童年的石板路还在，与石板路并行的那条小河还在，河上的那座石拱桥还在，桥头的那些老房子还在……

我和子芷来到石拱桥边，在老旧的弄堂里穿行，就好像穿行到了童年的记忆中，就好像看到了在弄堂里奔跑的孩子们。灰旧的影像里，孩子们穿着朴素的衣服，手里拿着棉花糖，追逐打闹，一直追逐到一口大水缸跟前，有一个男孩一直注视着大水缸里的东西，就好像水缸里有未知的世界存在着。老旧的灰白墙砖，墙砖与石板的接缝处绿色的青苔遍生，似乎很少有人光临这个老旧的村庄。我们的脚步，我们的鲜艳，也似乎是穿越时空的造访。弄堂的尽头，一口大水缸抢占了我们的视线，我们快步上前，就好像找到了通往未知世界的大门。那口大水缸依然被箍着一圈铁丝，只是水缸里空空如也，没有什么宝物，也没有猪食，更不可能从猪食中找到未知的世界。我们走近大水缸，子芷笑了，我也笑了，一句话也没说。

继续沿着石板路往前走，走到了夏洛依家的老房子跟前。房子破旧不堪，已经搭上了脚手架，正有工人在修缮。子芷拉着我走了进去，在工人诧异的目光下，就好像来到了自己家一样。只可惜房子里空空如也，只剩下一副老旧的外形。

不远处的旅游街市已经开起了不少店铺，其中一家单车店还提供单车租赁。子芷问老板有没有老式的带大杠的自行车，老板用疑惑的眼神看着她："你是要回收吗？"

"不是，我要租。"子芷回答。

"那么笨重的自行车姑娘你骑得动吗？"

"骑得动。"子芷微笑着拍着我的肩膀，"我坐后边他骑。"

"我推荐你们骑这种,轻便,现在哪儿还有那种自行车。"老板一边说一边推出一辆自行车,"现在都流行怀旧,有些饭店会在大厅放一辆老式的自行车,我还以为你们是专门回收那种老式的二八自行车呢。"

"老板有没有带后座的自行车?"子芷对老板推荐的自行车不是太满意。

"这是你男朋友吗?"老板看着我,又看着子芷。

"是呀。"子芷得意地看着我。

"有你这么心疼男朋友的吗?"老板又走进店里推出了一辆带后座的自行车,"一个人骑一辆多好,非要把你男朋友给累趴了,我们家从来都是我媳妇骑,我坐后座上。"

"老板你吹牛,你舍得这样对你老婆?"子芷捂着嘴笑着。

"我又没说是自行车,我说的是电动车。"

我骑着自行车,穿行在老旧的石板路上,穿过那座石拱桥,来到河对岸的小树林里。子芷坐在后座上,把脸贴在我的后背上,一声声"哎哟"伴随着石板路的颠簸。这样的场景在我们读大学的时候有过,这样的场景在我年少的记忆中有过,这样的场景在我的梦境中也有过。如今光阴匆匆,春去秋来,如今树林里的银杏树叶像下雪般飘落,就像是等待着我和子芷的到来,等待着我们重温这样的场景。

已是深秋,金黄的树叶飘落,如铬黄的风景照片。银杏树林,长条木椅,笑容灿烂;长发飘飘,微风拂动,形影瑰丽。

我们穿过银杏树林,御风而行,风吹拂着金黄,吹拂在我们的脸上。我们的脸上留不住青春的印迹,那印迹如同一地的金黄,随风飞舞,散落在让人铭记的土地上。

02

我们重新回归了正常的工作生活,张罗着婚礼的事情,忙得不可开交。

合欢花的胜景已经过去,银杏叶的金黄刚刚开始。我们准备在这个季节拍婚纱照,外景选择在运河边的古老村落,选择在漫天金黄的银杏树林里。金黄的落叶如雪花般漫天飞舞,落在了长椅上,铺满了整个地面。子芷穿着洁白的婚纱站在银杏树下,树叶哗哗而落,落在洁白的婚纱上。

幸福而又忙碌的一天,我和子芷准备回家,她打了网络专车电话。一会儿司机的电话打来了,问我们在哪儿,电话里子芷回答说:"我们在像一匹马的云彩下边等你。"

"什么地方?"司机重复问了一遍。

"在像一匹马的云彩下边。"子芷回答。

"你有病吧？"司机恶狠狠地挂了电话。

"唉，现在的人过得一点诗意都没有。"子芷放下电话，摇摇头，一副很无奈的样子。

"你怎么不说我们在像月饼一样的太阳底下等他？"我也很无奈地摇摇头。

婚礼当天，有人送来一卡车的玫瑰花。玫瑰花在酒店的门前摆成一颗爱心的形状，从酒店门前到宴会厅，一路上都是玫瑰花相伴，簇拥成爱情大道。

面对这突如其来的礼物，我用疑惑的眼神看着子芷，子芷也用同样疑惑的眼神看着我，我们相视着摇摇头。

一位自称是保险公司的工作人员递给我们一张保单，他说："二位新人，这里一共是一万朵玫瑰，请二位清点一下。"

"一万朵？怎么清点？"子芷接过那张保单，"我们不用清点了，在哪儿签字？我们直接签收了。"

子芷把保单递给了我，我大概地看了一下，受益人的确是我和子芷，但是保险购买者却是何翰墨。

三年多前，叶子芷骑车行驶在新藏公路的无人区里，出现了严重的高反，并产生了幻觉，最终她丢弃自行车，独自一人徒步在茫茫的大雪中。那时，何翰墨正好负责这一标段的公路维修，就在生死一线之间，他恰好路过救了她。在茫茫的无人区里，就连植被都显得荒凉，在荒凉的人生轨迹之中，他们俩相遇了。后来子芷向何翰墨讲述了她与我的青葱岁月，讲述了她和我的爱情故事。讲到动情之处，子芷忍不住落下了眼泪。看到子芷流下了眼泪，何翰墨安慰她说："你应该相信，你们还会再见面的。"

"就是再见面又能如何，该失去的已经失去了，也许现在他已为人夫了。"子芷一边说一边擦拭着眼泪。

"听说过爱情保险吗？就是那种花几百块钱为两个人买一份爱情保险，如果三年后他们结婚了，保险公司会送他们一万朵玫瑰的保险。"

"保险公司从来不做亏本的生意。"子芷一声苦笑，"保险公司愿意承保的都是一些低概率的事情，这种爱情保险既然保险公司愿意卖，那就说明很少会有情侣能坚持三年。"

后来子芷与何翰墨相爱了，在他们相爱的日子里，何翰墨为他们俩买了那份爱情保险。只是他们的爱情没能经得起考验，简单而又短暂。在他们分手之后，何翰墨思来想去，他觉得自己始终走不进子芷的心里，他觉得子芷的心里一直装着一个人。最好的爱就是祝福，何翰墨祝愿子芷，也相信她还会再遇到我，于是他私下里为我和子芷买了一份爱情保险。

三年之后，我们再相遇。西沙归来之后，何翰墨拿出两份爱情保单，撕掉了有他名字的那一份，拿着另一份去了保险公司。

婚礼仪式上，我和子芷在台上交换爱情的信物——戒指，举起手中的酒杯，向前来的各位来宾举杯。喜庆的日子，我向每一个人传递着快乐与感激的目光。当我的目光转移到台下的时候，我看到了夏洛依。她坐在一位中年女士的身旁，那位中年女士的另一边坐着一个外国男人。

夏洛依目不转睛地盯着舞台上的我和子芷，一边看一边侧过身去，和身旁的中年女士聊着天，就好像在向那位女士介绍着我和子芷。然后那位女士又侧过身,一边看着台上,一边和身旁的外国男士讲解着。他们三人开心地聊着天,时不时地露出笑容,场面温馨,其乐融融。

后记

我为什么要写作？

筑梦——

和大都多文学爱好者一样，先是喜欢上了写，然后越写越多，再然后就期待着有朝一日能把自己所写的东西变成纸质书。拼命地写，拼命地投稿，不被理睬，等不到回复，被拒绝……同样的过程一次又一次地重复着，我就是这样，可笑的是我这样重复了十六年，十六年了，终于出版了一本书！写这些，就是想谈谈我这十六年的坚持。

我是个工科男，目前从事IT相关工作。从小一直喜欢捣鼓电子器件，小学的时候就梦想自己长大后能成为一名科学家。但也不知是哪根筋搭错了，上了初中之后就爱上了写作，而且一发不可收拾，从此我的梦想就变成了要成为一名作家，并且十几年了从未改变。

初中时学习了中国古代四大名著，书上动不动就介绍那个谁谁谁写一本书写了三十年还是几十年的，那时我就在想，有那么难吗？于是我也模仿着写，也写什么演义之类的历史小说。那会儿我才初一呀，书没读过几本，字也不识几个，苦苦凑了一个月，才写了几千字。故事编呀编，什么小时候全家被灭口，主人公侥幸躲过一劫苟活于世，什么二十年后统领三军，建立帝国……故事实在编不下去了，剧情也实在是俗不可耐，就此放弃人生中的第一部长篇小说。

初二偶读一本20世纪80年代出版的茅盾短篇小说集，于是我的文学梦又被点燃了。于是便开始写短篇小说。那会儿我还是初中生，还从没走出过本县，见识短，能写啥呢，只能写写初中生的朦胧初恋。那会儿我要是坚持下去吧，也许也还有个未来，也许就是现在青春校园文学的鼻祖。可写写吧，总觉得太没深度了，写了二十多篇短篇小说作罢。后来那些书稿全被我烧了，连同被烧的还有三本青春校园长篇小说，为什么要烧书稿呢？痴迷写作，荒废学业，留级了。

写在青春里——

我早熟，也就自然早恋，初中就谈恋爱了。在当时看来觉得是撕心裂肺的，不过也非常纯洁。写情书，写情诗是那个年代最流行的。那时哗哗就写了一百多首情诗，后来十来年写的都不及那一年写的多。十六年来我写过两百五十多首，版排好了，自己打印装订成集——《北极光》，也试着投过很多次稿，但始终没能出版，毕竟汪国真之后中国诗人没人关注了，诗也卖不动、火不了，没有出版社愿意在诗歌上多投入。倒是上大学的时候，我把诗集码到电脑上，传到网上，还真有一家图书公司电话联系我，说要求出版我的诗集。但是一个月后这家图书公司变卦了，之后便不了了之。

继续说我初中早恋那些事。那会儿就想把那种青涩的爱情给写下来，在中考之后的暑假动笔，全是手写稿，写了二十多万字，又改了改，再誊写一遍。话说手写比码字累多了，也不便修改。耗了一个暑假的时间，学习都没这么用功过。然后呢，我就去书店翻翻，发现好多书都是长江文艺出版社出版的，就觉得这个出版社蛮厉害的，于是我就把我人生中的第一部长篇小说《春始终别》（寓意初恋没啥结果）投寄了过去。那时候投稿没有邮箱，全是邮寄纸质稿件。

上了高中之后，我知道了新概念作文，知道了韩寒。韩寒！我不能恨你，我欣赏、羡慕你，可为什么我偏偏要模仿你？本来高一年级一千多名学生，我进校的成绩是全年级前十几名，一年后退到三百多名。为啥？为了学韩寒，为了写作。人家上课我写作，人家进步我退后。期末考试后学校开成绩分析会。表扬了一大批学生，重点批评了我，还要我做退步发言。人家都是好学生发言，我是作为退步生代表谈谈退步的原因，让大家引以为戒。耻辱！但我不知又哪根筋搭错了，我竟然同意了。因为我想借这个机会宣传一下我的思想，给同学们洗洗脑，企图让同学们肯定我的所作所为。但是却不承想老师都替我把发言稿写好了，全是自我批评的那种发言稿。后来我上台发言，根本没有读老师帮我写好的稿子，而是即兴发挥。现在想想我疯了吧。会后年级主任发飙了，他说要削平我头上的棱角。

当时我根本不在乎那些成绩，在我看来，我马上就要成功了，因为我写的第一部长篇小说《春始终别》就快有结果了（邮寄到出版社一般是半年有消息）。可是最后等来的是退稿，万念俱灰，我死心了。

但是我心还是不甘，又写了一本小说《恋雨思雨》寄到了作家出版社。作家出版社是啥？会接受我的投稿吗？当时真是井底之蛙，不知天高地厚。两个月后就退稿了，效率真高。失望至极，我祈求家人再给我一个暑假的时间，我把书稿再整理整理，交换的条件是放弃写作，重读高一，好好学习，说是要打好基础。

最后一搏，《恋雨思雨（二）》完稿。多么纯的青春小说，可那时没人要呀。又寄给长江文艺出版社了，半年后再次退回。不过那时我平静多了，再也不像前两次那样感觉这个世界都要塌了。整理好心情，烧掉了所有的书稿，不写小说了，不写小说了，作家梦破了，破啦！

之后真的不写小说了，一直写诗。那时候写的诗也是最美的，把高中心里的压抑、期望、幻想全写了出来。

流浪——

快要高考的前一个月，我离家出走了，那时候内心压抑，又过于高傲。有同学举报我去网吧，然后被老师训，然后我就离家出走了，去了苏州的周庄。至少对于当时的文学少年来说，周庄是最美的，最具有文学气息的。什么高考我不在乎了，我要流浪，大气，十八岁的大气！自信而又自负。

我就这么走了，看见一辆南下的长途大巴就拦了下来。

一路上我的手机振动个不停，就好像谁都知道我已经远远地走了。老爸的电话不停打来，我真的没有勇气再去听他的声音，于是我残忍地把他的号码拉进了黑名单。

这回我真的下定决心走了,我不想因为亲人的泪水而留住脚步,我要流浪。这是我所向往的生活,也是我唯一的生活。我的流浪不能让太多的人担心,我只能发条短信安慰家人:不要急,我会回来的,该回来的时候我会回来的,就当是出去散散心。

什么高考,什么责任,什么美好的生活我都不要了,我下定了决心要去流浪,去寻找我想要的自由,去做我认为最幸福的事情。在汽车的最后一排,没有人注意到我。我望着窗外,望着这一辈子都有可能再也看不到的家乡,不禁泪水潸然。我强忍着泪水,强忍着不让别人看见,可泪水还是啪嗒啪嗒地落了下来,像是夏天的大雨无法止住,像是思念的情感无法割断,像是一棵青松,永不枯黄……

一路上我听着飞儿乐队的《我们的爱》去流浪了,那样的歌词像是为我而写的:从此以后我都不敢抬头看,仿佛我的天空失去了颜色,从那一天起我忘记了呼吸,眼泪啊永远不再不再哭泣,我们的爱过了就不再回来,直到现在我还默默地等待……(在2005年、2006年的时候这个乐队还是挺火的,歌曲正写中少男少女的心思。)

一路上的风景很美,在这个季节更美,天很蓝,江也很宽。一路上我都在想该去哪,想来想去决定先去常州,常州有我一个同学在那儿读大学(我高一留级,所以我的好多同学都已经读大学了)。一个陌生的城市在等着我,直到夕阳西落。在不知道是哪儿的地方车子停下,司机对我说:"常州到了。"

下车的地方是郊区,一片荒凉,看不到太多的人烟。天已渐黑,分不清路,也不知道路,一切都很陌生,就像是来到了坟地。但一切我都不在乎,也都无所谓,只要能离开我不愿待的家乡,只要能寻找到我想要的自由,哪怕流浪他乡也无悔。

在同学宿舍里待了两天，很感谢这位同学收留了我。这两天我见识了大学的生活，但都不是我想要的，我决定继续去流浪，去周庄。

　　在从没有去过的路上，看着从没有看过的风景，我并不孤单。向着那个向往已久的地方前进，不顾一切，只为能够看一眼心目中的古镇。就好像去看一个多年没见的爱人一样的迫切。迫切得忘记了陌生与惧怕，迫切得忘记了时间与空间。

　　到了昆山，我很想买一张地图。可一张地图的钱抵得上一碗面钱，我没有买。只是在一个报刊亭前翻看一会儿，用最快的速度记下了。

　　好不容易找到一个公交车站，四处打听才知道去周庄的车已经下班了。车站前边的黑车不断地向我招手。为了那个梦想中的地方，我顾不了那么多，上了一辆面包车。我明知昆山到周庄的公交车费只要八元钱，也明知自己身上连吃饭的钱都没有，但面对司机开价三十，我一点儿也没犹豫，只为了能够快点到达那个梦中的圣地。

　　一路上黑车司机脏话不断，可我并没有丝毫的紧张与害怕。那一刻对我来说，一切都已无所谓，连心都死了，还在意那么多干吗？

　　到了周庄夜已降临，找不到一个可以待很久的地方，一个人孤单地转了很久，终于看到了我想象中的小桥流水。可是门票一百，我无力负担！夜已深，周庄的街上，我的身影孤单，沙哑的嗓子唱着沙哑的歌，流浪的脚步迈着最伤感的步伐。

　　一座佛塔下，我的身影出现，看着身边的周庄大桥。周庄大桥下过往的船只很忙，整个周庄都很忙，只有那个塔下的孤影，虔诚地向佛祖祈祷到凌晨。凌晨风起，吹得人好冷，吹得大地都心疼。我站在一座石桥上,吹着湖风,看着佛塔。我再次泪水潸然,泪滴落入周庄的水中,毫无声响。

为了来这个地方,我已等了好多年。

今天的到来,有点突然,更有点无奈。

在那个桥上坐到半夜,除了哭,其他什么也不会,我也不知道一个男子汉怎么会这样。

周庄的水,也有我的泪。

周庄的水上漂浮着塑料袋,周庄到处都是灰尘,周庄的停车场那么大。

周庄太小,周庄的人太多,都是外地人,周庄只有迎接,反正与之交换的是金钱。

周庄是有钱人的天堂,一辆辆私家车载着胖汉和美女。

周庄是一对对情侣们爱的桃源,在古桥上恋爱,别有一番滋味。

于是周庄比我还累,周庄几十年未安眠,周庄的灯,一点就是几十年。

只有我,一个人在周庄静坐到深夜,哭到天亮,周庄是像我这样人哭的地方,周庄的水,全是泪。

他们不懂周庄,他们也糟蹋了周庄,他们的口水与鼻涕和着我的泪;我喜欢的女孩,我要带她去真正的周庄。

天亮了,周庄下着小雨,好冷!我一个人走着,没有吃,没有喝,没有睡,没有洗!

一个喷泉边,我捧一把周庄的水,洗了洗疲惫的脸。步行街上我闻到了万三蹄的香味,却只能走进拉面馆。周庄好冷,下着小雨的周庄更冷,我忘记了自己,忘记了家。这个周庄不是我想要的,我要找到属于我的周庄!

周庄的早晨让我好无助，在小桥流水的边缘，在不知死活的早晨。

一切都好无力，为了喜欢的人，我下定了决心回去，下定了决心去用一颗爱的心来换那颗死掉的、没有顾虑和负担的心。

我回去了，不顾一切地回去了，就和不顾一切地离开一样。

我回来了，这一走就是十天，与十天前相比我明显地瘦了。我回来了，很狼狈地回来了，我回来了，很失败地回来了。我接受了所有的处分，写了十几份检讨，被多个老师找去谈了多次话。我当着全班同学的面读检讨，被德育处狠狠地训。

我失望而走，也失望而归。

坚持——

高考之后我和同学相约去打工，意识到自己可能考不上大学了，先找个退路呗，也好躲开家人。工作没找着，天天泡在网上，一直泡到分数下来那天。

这段时间我又开始拼命写作，开始写我人生中的第四本长篇小说《废墟》，写了一半觉得不能再写了，有时写着写着就把自己假想在情节之中，就会郁郁寡欢。

还好以前写的小说全烧了，烧了也好，不然现在又要纠结怎么出书的问题了。

分数查出来了，考得还不错，赶快回家，哈哈哈，内心乐开了花。突然间我释怀了，什么恋爱啊，写作呀，我都释怀了，我把我所有的梦想与希望都寄托在了大学。那时哪知道，到了大学还是空虚，什么都没有，包括谈一次轰轰烈烈的恋爱。

上了大学空虚之后，各种社团转悠之后，包夜玩游戏之后，总觉得还有一些事未完成：写作。继续把《废墟》写下去。那时发誓，写完这本再也不写了。大学的空余时间实在是太多了，可书就是写不完。那时也在网上连载，也排过首页好多天，可是没有存稿，写写也就连载不上去了。一直写到大二才算完稿，其中好多内容还是凑合的。算是了却心愿了吧。

到了大学之后，我仿佛才认知到这个世界山外有山，人外有人，于是我开始低调了，除了宿舍的人，都没人知道我擅长写作。如今我都快三十了，只有我的高中同学会经常说起我是一个才子，大学同学没人知晓。大学同学只知道我唱歌好，其实大学时代我只是想用唱歌来掩饰我那有创伤的追梦历程，不想被人揭开。特别是一个舍友说过，文人都是酸的之后。他的话对我的改变特别大，我甚至因为这句话一度放弃了写作，一直放弃到我工作后好几年。是呀，我再这么酸下去还有谁会和我来往？

其实对于现在的我来说，写本小说一点问题都没有，几个月就能搞定一本，大脑里同时酝酿了好几本，但一直不想下笔。不敢写呀，写得越多，越失望，没有出头之日呀。有时特别羡慕那些名家，写点啥就可以出点啥，不怕没书出，就怕没书写。而我们苦呀，不怕写，就怕出不了。网上有好多招匿名写手的，也有人找过我，说实话，我已经过了缺钱的年纪，写作是为了情结，出书是为了梦想，不是为了钱。

2010年我毕业工作了，艰苦地奋斗，一个人租一间十几平方米的小房子，低工资，一个人上班，一个人下班，周末宅两天，两天没说一句话。说实话，贫穷和寂寞是创作的理想时期。但是那段时间我除了写诗啥也没写。因为我对写作失望了。那时爱上了旅行，开始研究怎么去西藏，爱上了当背包客。

在苏州工作没混出个名堂，就回老家了。忙买房、忙结婚、忙这忙那的。都忙完之后开始旅行，哪都去，自驾去西藏，从南京出发，开了整整五天才到拉萨。四个人，一辆普通轿车，路上遇到各种困难，高反什么的都不算事，真是与生死擦肩。我一直认为旅行可以带给我写作的无穷灵感，只有亲身经历的事情，才是最宝贵的精神财富。

后来工作安定，又空虚了，想想不甘，再次创作。

在投稿过程中认识一个人，一个很好的人。也因为这个恩人，事情才有了一丝转机，终于我的一部作品被出版了。

虽然出版了一部作品，但我仍然感觉到出书很难，并不是像朋友们所认为的，认为我是作家了，都期待我的其他作品。其实我不算是作家，我只是一个普通人，一个爱好写作的人，我想写的作品很多，正如前面所说的，写了又出不了，会很难过的。

最近仍然在坚持写作，不管能不能出版。哪怕是有一个人看，我都应该继续写下去。

有时候写着写着，就把自己写感动了。有时候写着写着，就顾不得那么多了。写作只是我生活中的一部分，我的爱好广泛，我也只能把写作当成我的爱好，要不然心太累了。